KB146982

신부神父와의 자기관리 일주일

신부와의 자기관리 일주일

ⓒ 김리원 2020

초판 1쇄	2020년 11월 20일		
지은이	김리원		
출판책임	박성규	펴낸이	이정원
편집주간	선우미정	펴낸곳	도서출판 들녘
편집진행	이채진	등록일자	1987년 12월 12일
디자인진행	김정호	등록번호	10-156
편집	이동하·이수연·김혜민		
디자인	한채린	주소	경기도 파주시 회동길 198
마케팅	전병우	전화	031-955-7374 (대표)
경영지원	김은주·장경선		031-955-7381 (편집)
제작관리	구법모	팩스	031-955-7393
물류관리	엄철용	이메일	dulnyouk@dulnyouk.co.kr
		홈페이지	www.dulnyouk.co.kr
ISBN	979-11-5925-590-8 (03810)	CIP	2020047151

이 도서의 국립중앙도서관 출판예정도서목록(CIP)은 서지정보유통지원시스템 홈페이지
(http://seoji.nl.go.kr)와 국가자료공동목록시스템(http://www.nl.go.kr/kolisnet)에서 이용하실 수 있습니다.

신부神父와의 자기관리 일주일

김리원 장편소설

들녘

감사합니다.

김태학 님, 윤혜경 님께 감사드립니다.

김상진에게 감사합니다.

친절하신 들녘 직원분들께 감사를 전합니다.

김리원

차례

자기관리로

당신 안의 아름다운 모습을

되찾으세요.

더는 당신 몫의 사랑을

놓치지 마세요.

1억 병이 팔린 다이어트 음료 '체리45'의 광고 카피다. 나는 아이돌 '시아' 언니의 몸매를 본떠 디자인한 다이어트 음료병 광고지를 들여다보았다.

그래, 내 안의 아름다운 모습을 되찾자. 열두 살이지만 여자 니까 45킬로그램을 넘기지만 않으면 돼. 그럼 나도 보육원을 벗어나서 날 사랑해줄 가족을 찾을 수 있을 거야.

나는 눈을 꼭 감았다 뜬 후, 체중계에 올라섰다.

59.3킬로그램.

맙소사.

나는 체중계에서 내려와 팬티까지 벗고 다시 올라섰다.

59.2킬로그램.

다행이다. 백 그램이 줄었다. 아니, 다행이라고?

나는 눈앞의 거울을 보았다. 백오십 센티미터의 키, 크고 넓적한 얼굴, 짧고 두툼한 팔과 다리.

배고파.

이 와중에도 배가 고프다니. 나는 미친 게 분명하다.

나는 학교에서 친구가 없었다. 뚱뚱한 보육원 아이 주위에는 동그란 빈 원이 생겼다. 같은 반 아이들은 외식을 한 적 없다는 내 말을 믿으려 하지 않았다. 선생님들은 알파벳을 모른 채 초등학교에 입학한 나를 신기한 동물처럼 바라보았다.

내가 학교를 견디는 방법은 잠과 책이었다. 쉬는 시간에는 잠을 잤고, 수업시간에는 책을 읽었다.

내가 가장 좋아하는 책은 『인어공주』였다. 인어공주의 붉게 물결치는 긴 머리칼, 가냘픈 몸매, 주위가 환해지는 미소. 보기만 해도 기분이 좋아졌다. 내가 왕자라도, 저렇게 생긴 여자라면 말을 잘하든 못하든 상관하지 않을 것 같다. 착한 마음씨가 무슨 소용이람. 날씬하고 예뻐야만 바닷가에 홀로 떠밀려 와 있어도 왕자님이 나타나는 것이다. 예뻐지는 게 진리였다. 그러려면 먼저 살을 빼야 했다.

보육원에는 입양을 원하는 어른들이 종종 방문했다. 원장은 늘 보육원생들에게 말했다.

"사랑받는 건 좋은 거란다. 나는 너희들이 모두 사랑받았으면 좋겠다."

원장은 어떻게 하면 사랑받는지는 말해주지 않았다.

나는 누군가가 날 봐주고 무엇이든 물어봐주는 게 좋았다. 그래서 무슨 질문이든 고분고분 대답했다. 나는 어른들이 할 질문들에 모두 답할 자신이 있었다. 어떤 색과 숫자, 책을 좋아하는지, 어떤 선물을 받고 싶은지.

어른들이 내게 궁금해하는 건 한 가지였다.

"너 몇 킬로그램이니?"

대답하고 싶지 않은 질문이었다. 나는 애매하게 웃으며 답을 모면하려 했다.

"몇 킬로그램이냐니까?"

"너 60킬로그램 넘지?"

"아니에요!"

나는 질린 듯한 어른들의 눈을 보고 바로 후회했다.

"뚱뚱한 애들은 성질이 이렇다니까."

"너보다 10센티미터 넘게 큰 애들도 너보단 체중이 적을걸?"

"여자애가 45킬로그램을 넘으면 안 되지."

나는 착한 아이로 보이기 위해 했던 깨끗하게 씻기, 눈이 마주치면 미소 짓기, 밝게 인사하기가 모두 무위가 됐다는 걸 알았다.

나는 보육원에서 착실히 나이를 먹었다. 내가 아무리 깨끗이 씻고 웃음을 띠어도, 입양되는 애들은 정해져 있었다. 유아복 광고지에서 오려낸 듯한 아이들이었다. 나는 마땅히 내 것이어야 할 행운을 외모 때문에 그 애들에게 빼앗긴 것 같았다.

그 아이들은 대개 너무 어려서, 입양 서류가 작성되는 순간에도 양부모의 품에서 벗어나 보육 교사에게 가려고 엉엉 울었다. 행운이란 그것에 감사할 줄 아는 애한테 가야 하는 것 아닌가? 갈 곳을 잃은 원망은 나에게로 돌아왔다. 내가 뚱뚱해서 그래. 살이 쪄서, 예쁘지 않아서 이렇게 혼자 남은 거야. 우선 45킬로그램이 되어야 해. 그러기 전엔 내 모든 삶이 정지 상태일 거야.

보호자를 찾지 못한 보육원생들은 나이를 먹으며 온갖 보호시설로 흩어져 갔다. 더 지저분하고 좁고, 이상한 원장들이 있는 곳으로.

나는 저녁을 먹고 나면 텅 빈 공원을 걸었다. 혼자 공원을 몇 바퀴 돈 후, 공원 편의점 앞 전광판에서 시아 언니의 광고를 보는 게 내 저녁 일과였다.

시아 언니의 체리45 광고는 뚱뚱하고 구박받는 인어가 미인 인어로 변신한다는 줄거리였다. 오물이 떠다니는 갈색 물로 가득 찬 거대한 아쿠아리움, 뚱뚱한 인어들이 더러운 물속에서 느릿느릿 헤엄쳤다. 관람객들이 뚱뚱한 인어들을 손가락질하고, 뚱뚱한 인어들은 개중 가장 어리고 뚱뚱한 인어를 몰아가고 쥐어박으며 화풀이를 했다.

구석에서 눈물을 닦던 어리고 뚱뚱한 인어는 검푸른 미역 사이에서 붉은 체리45 음료를 발견했다. 체리45 음료를 마신 어리고 뚱뚱한 인어는 곧 환한 빛에 휩싸였다. 그와 동시에 더러운 아쿠아리움 물속에서 인어공주 같은 시아 언니가 수면으로 솟아올랐다. 부드럽게 풀리는 붉은 머리칼, 가느다란 흰 팔다리. 뚱뚱한 인어들은 입을 다물지 못한 채 시아 언니를 보고, 관람객들도 똑같다.

그리고 관람객들 뒤에서 검푸른 옷의 왕자님이 나와 뚱뚱했던 그녀에게 손을 내밀었다. 둘은 오물투성이의 아쿠아리움을 떠나 푸른빛의 궁전으로 올라갔다. 나는 입을 헤 벌리고 시아 언니가 궁전 속으로 들어가는 장면을 보았다.

가느다란 허리에 가냘픈 팔을 올리고는, 자신을 괴롭히던 사람들을 내려다보는 저 표정이라니. 마지막으로 시아 언니의 내레이션이 흘렀다.

"자기관리로 당신 안의 아름다운 모습을 되찾으세요. 더는 당신 몫의 사랑을 놓치지 마세요."

나는 고개를 끄덕거렸다. 살을 빼자. 45킬로그램이 되면 날 사랑해줄 왕자님이 나타날 거야.

광고가 끝나는데 등 뒤에서 남자애들의 웃음소리가 들렸다. 낄낄대며 비웃는 말의 타깃은 돌아보지 않아도 분명했다. 대한민국에서 뚱뚱한 여자를 가장 싫어하는 종족은 십 대 남자

애들이었다. 나는 아무것도 듣지 못한 듯한 얼굴로 편의점 전 광판에서 시선을 떼고 몸을 돌렸다. 선망에 찬 눈으로 전광판 의 시아 언니를 보던 남자애들이 나를 보고는, 보란 듯이 날 쫓아 달리는 흉내를 냈다. 나는 편의점을 지나 이마트 안으로 허겁지겁 도망 왔다. 등 뒤로 남자애들의 욕설과 웃음소리가 따라붙었으나, 사람들과 섞이자 그들은 더 이상 날 따라오지 않았다.

남자애들은 뚱뚱한 여자를 정말 싫어했다. 그리고 자신들이 날씬하지 않은 여자를 싫어한다는 걸 굳이 표현하고 반응을 보려고 들었다. 내 허벅지와 허리, 다리를 품평하는 남자애들 을 본 게 한두 번이 아니었다. 하지만 지금처럼 쫓아오기까지 하는 건 드물었다. 밤의 공원에서 혼자 운동하다가 저런 남자 애들과 마주치면? 등이 땀으로 젖었다. 공원은 안 되겠어. 저 런 남자애들에게서 벗어나 안전하게 운동하려면 수많은 사람 들이 바쁘게 오가는 곳이 좋겠다.

나는 매일 이마트에 가는 것이 일과가 되었다. 평일 오전에 마트로 가면 시식 코너에서 탄산수를 얻어 마실 수도 있었다. 나는 늘 체리45의 맛이 궁금했지만, 체리45는 워낙 인기 상 품이라 그런지 한 번도 무료 시식을 하지 않았다.

일요일인 오늘, 나는 운동을 빼먹었다가 영영 안 하게 될까 봐 한여름 더위에 땀을 흘리며 이마트로 향했다. 그러나 대형 마트는 격주 일요일마다 의무적으로 쉰다는 걸 잊었다.

쉬는 날이었을 줄이야. 나는 휴무일을 알리는 공지가 붙은 이마트 정문 앞에서 얼이 빠져 한참을 서 있었다.

나는 철창이 내려진 마트의 문을 바라보았다. 광고지만 가득 붙어서 날 반겨주었다. 나는 시아 언니가 웃고 있는 체리45 광고를 멍하니 올려다보았다.

〈오디션 안내〉

체리45를 더욱 빛내줄 체리 소녀를 모집합니다.

참가 자격: 부모님이 계시지 않지만 꿈이 있는 소녀들

지원 연령: 12~16세

체리45 음료는 가정환경이 어려운 소녀만 지원하기로 유명했고, 시아 언니는 이혼 가정 출신이었다. 지난 오디션엔 다문화 가정의 소녀들을 지원했는데 이번에는 부모가 없는 소녀들이 지원 대상인 모양이었다. 광고 모델 지원 자격에 예뻐야 한다는 말은 어디에도 없었지만, 시아 언니의 얼굴과 몸매를 보면 오디션은 나와 무관했다.

시아 언니의 트레이드마크는 끊어질 듯 가느다란 허리였다. 시아 언니가 방송에 나오면, 크고 뚱뚱한 남자 MC들은 손바닥으로도 가려지는 그녀의 허리에 감탄했다. 어떻게 이렇게 자기관리를 잘 해? 실물이 바비 인형이네. 아녜요, 광고가 잘 나와서 부담이에요.

시아 언니는 부끄러운 듯 웃었고 남자들은 넋이 나가 그 곡선미 넘치는 몸매를 바라보았다. 내 표정도 별반 다르지는 않았을 터였다.

내가 시아 언니 같은 몸매라면 매일 같이 백화점과 옷가게를 마구 쏘다닐 것이다. 나는 허리가 너무 가늘어서 맞는 옷이 없다며 점원들에게 핀잔을 줄 테다. 그들은 머쓱한 얼굴로 다른 옷들을 갖다 주겠지. 나는 남아도는 옷의 크기에 신경질을 내면서 좀 더 작은 사이즈는 없냐고 할 것이다. 상상만으로도 웃음이 나왔다.

시아 언니가 커다랗게 나온 저 체리45 광고지 하나만 있으면 내 자기관리에 도움이 될 것 같은데. 철창 사이에서 시아 언니가 바람에 펄럭이며 고개를 끄덕거렸다. 나는 발돋움 끝에 광고지 한 장을 겨우 떼어냈다. 가까이서 보니까 시아 언니는 더 예뻐. 허리가 어쩌면 이렇게 거짓말처럼 가느다랗지? 넋을 놓고 들여다보는데 오디션 장소 지도 밑에 작게 쓰어 있는 말이 눈에 들어왔다.

'오디션에 응시하는 참가자에 한해 체리45 음료 1박스 제공.'

오디션에 참가하면 체리45 음료를 준다고?

오디션 장소는 여의도였다. 걸어서 가면 한 시간 정도 걸릴 것이다. 다이어트 겸 걸어가서, 참가만 하고 한 박스를 잽싸게 받아 나오면 되지 않을까? 나는 광고지의 지도를 자세히 들여다보았다.

인형의 집처럼 꾸민 핑크색 오디션 장에는 화보에서 갓 튀어나온 듯한 소녀들이 가득했다. 나만 긴 바지와 늘어진 면 티셔츠를 입고 있었다. 내 몸에서는 보육원 실내에서 말린 빨래 냄새까지 났다. 체리45를 얻으려고 오디션에 온 애는 나 말고 없단 말인가? 파스텔 톤 정원에서의 나는 꽃다발에 든 버섯이 된 듯한 느낌이었다. 그것도 아주 두꺼운 버섯.

개망신 당하기 전에 빨리 도망가자. 나는 빠져나갈 통로를 찾아 두리번댔다. 문득 천장까지 쌓여 있는 체리45 음료 박스가 눈에 들어왔다. 그래도 여기까지 왔는데. 눈 한번 질끈 감으면 음료 한 박스가 생기는 거야. 빈손으로 돌아가지는 말자. 어차피 카메라든 심사위원이든 예쁘고 날씬한 애만 주목할 테니까 내가 조명 받을 일도 없다고. 나는 침을 꿀꺽 삼키고 예능 MC와 유명 작가가 심사위원으로 앉아 있는 오디션 대기 줄로 향했다.

최고 심사위원은 장재성이라는 전직 국회의원 겸 소설가였다. 드라마 〈태양의 사제들〉이 종영한 후 시청률 1위를 되찾은 예능 〈청춘솔루션〉의 진행자 '재성 씨'이기도 했다.

〈청춘솔루션〉은 재성 씨가 18세에서 39세까지의 청춘들의 신상을 파악한 후, 세심하게 취업과 진로 상담을 겸한 인생 솔루션을 제공해주는 내용의 예능 프로다.

〈청춘솔루션〉의 재성 씨는 고민하는 청춘들에게 날카로운 일침과 인생의 명확한 결론을 내주는 것으로 유명했다. 부모가 말해준 길은 틀렸다. 네가 걸어온 인생은 다 틀렸다. 재성 씨의 냉정한 조언에 자살 충동까지 느꼈다는 출연자도 있어 비판도 있었지만, 재성 씨는 몇 천만 원에 달하는 면접 성형 비용까지 사비로 지원해주는 사람이었다.

"재성 씨가 아니었다면 저는 끔찍하게 살았을 거예요."

"재성 씨가 인생의 새 길을 내줬어요."

대부분의 〈청춘솔루션〉 출연자들은 재성 씨에게 고맙다며 눈물을 흘렸고, 재성 씨는 출연자들을 안고 등을 토닥이곤 했다. 그 재성 씨를 오디션에서 실제로 보다니. 재성 씨가 내게도 인생의 새 길을 찾아준다면 얼마나 좋을까.

59살인 재성 씨는 성형 미중년으로도 유명했다. 원래 재성 씨는 잘생긴 얼굴이 아니었지만 성형과 자기관리를 잘해 지금의 외모가 되었다고 했다. 재성 씨가 성형 미남이라고 욕하는 사람들도 있지만, 성형해서 인생이 달라지면 좋은 일 아닌가? 흰 머리카락 하나 없는 흑갈색 머리, 주름 없는 피부와 근육질 체형은 그가 자기관리의 화신임을 증명해주었다.

재성 씨가 마이크를 잡고 시작 연설을 했다.

"대한미국의 미래를 위해서는 새로운 먹거리가 필요합니다. 대한민국의 아름다움이 곧 세계의 아름다움이 될 수 있도록, 이제 새로운 자원을 개발해야 합니다. 케이 뷰티, 대한민국의 미래이자 새로운 대한민국의 비전입니다."

다들 박수를 쳤다. 오디션 참가자들의 율동과 노래에 장내 분위기도 그녀들의 얼굴처럼 화사해졌다. 어떻게 저렇게 가느다란 팔다리로 날아가듯 춤을 추지? 나는 다른 참가자들의 율동과 노래에 놀라기만 했다. 이윽고 마지막에 서 있던 내 차례가 돌아왔다.

심사위원들은 다른 여자애들과는 비슷하지도 않은 내 정체에 의구심을 품은 표정을 숨길 생각이 없는 모양이었다. 심사위원 하나가 내게 물었다.

"김유정 양, 이 오디션에 참가한 목적이 뭐죠?"

체리45를 받으러 오디션에 참가했다고 말하면 바보로 보일 것 같은데. 우물쭈물하는 사이 다른 심사위원이 말했다.

"김유정 양의 특기는 뭔가요?"

특기? 내 몸에 대한 말들을 듣고도 못 들은 척하는 것? 무슨 말을 들어도 웃어넘기는 것? 아니다. 이 오디션 장 분위기를 망치면 안 돼. 날씬하지 않은데 어두컴컴하게까지 보이면 큰일이다. 심사위원들이 누가 누군지 잘 몰랐지만 재성 씨만큼은 알아볼 수 있다. 나는 재성 씨에게라도 잘 보이고 싶었다.

"저는 좋아하는 책은 백 번도 읽을 수 있어요. 백 번 읽지는 못 했지만, 재성 씨의 소설 두 권은 정말 감동적이었어요."

재성 씨가 몸을 앞으로 내밀며 말했다.

"그래? 어떤 부분이?"

"네 딸을 낳고 칠 년 만에 막내아들 재성 씨를 낳은 어머니는 처음으로 시어머니에게 미역국을 얻어먹었다고 하셨죠? 어머니는 네가 나를 살렸다며 재성 씨를 껴안고 우셨다고. 그어머니가 재성 씨가 서울대를 졸업하는 것을 보지 못하고 세상을 뜬 건 너무 안타까웠어요. 암 판정을 받은 재성 씨의 부인분이 돌아가시기 전, 재성 씨가 좋아하는 반찬을 만들어놓고 나보다 나이 많은 큰아들 거라며 웃는 장면도 슬펐고요."

"맞아. 모성이야말로 사람에게 준 신의 선물이지. 나는 신이 모든 사람 곁에 있을 수 없기에 대신 어머니를 만드셨다는 말을 늘 절감한단다. 평론가들도 놓친 장면들을 네가 알아보는구나."

어깨가 으쓱해졌다. 재성 씨가 웃었다.

"백 번 읽은 책은 뭐지?"

"인어공주요."

"여자들은 동화를 좋아하지. 하긴, 핍진성이란 작가들에게나 중요한 개념이니까."

"핍진성이 뭔가요?"

"뭐랄까. 사실적인 개연성, 허구에서 현실을 실현한다는 개념이지. 동화에선 용사가 악당에게서 소녀를 구원하지만, 현실에서는 작가가 악마에게서 뮤즈를 구원한단다. 동시에 그는 세상도 구원하는 셈이지."

재성 씨가 내게 웃어 보이자 다른 심사위원들의 표정이 누그러들었다. 그것만으로도 좀 숨이 쉬어지는 기분이었다.

1차 오디션이 끝났다. 쉬는 시간, 다른 참가자들은 각자 받은 체리45 음료 박스는 내버려둔 채 파우더 룸에서 화장을 고치고 머리를 매만지고 나가느라 정신이 없었다. 나는 체리45 박스를 들어보았다. 생각보다 무거운데, 이걸 어떻게 들고 가나. 무게를 줄여야 하니 우선 한두 개 마셔볼까.

박스를 뜯어 음료를 꺼내려는데 1차 오디션 통과자가 발표되었다. 알게 뭔가. 한입 마시려는데⋯⋯김유정⋯⋯이라는 이름이 들려 푸흡 하고 음료를 뱉고 말았다. 사레가 들어 쿨럭거리며 재채기를 하는 사이, 티셔츠에 체리45가 흘러 벌건 얼룩이 졌다. 미치겠네. 스피커 소리가 울렸다.

"1차 오디션 통과자는 다시 오디션 장으로 모여주시기 바랍니다."

파우더 룸까지 들리는 소리에 진땀이 났다. 뭐야. 내가 어떻게 1차를 통과했지.

나는 텅 빈 파우더 룸에서 멍하니 거울을 보았다. 늘어진 티셔츠 목부터 시작해 배까지 벌겋게 체리45를 흘린 자국이 비쳤다. 이 꼴로 나갔다간 예능 코너에서 놀림 받는 뚱뚱한 엑스트라 역이나 하게 될 거야. 1차 오디션 통과고 뭐고 빨리 도망이나 가자.

음료 박스를 들고 조심스럽게 파우더 룸을 나섰다. 오디션 장으로 돌아가는 대신, 시아 언니의 대형 광고판 뒤에 숨어 있다가 2차 오디션이 재개되면 튈 작정이었다.

2차 오디션 통과자 발표의 시간. 재성 씨에게 오디션 통과자가 적힌 카드가 전달되었다. 조명들이 모두 재성 씨를 향했다. 재성 씨가 통과자를 발표하고 소란할 때 도망가야지. 카운트다운이 끝나는 순간, 재성 씨가 카드를 부욱 찢어버리는 게 아닌가. 다들 술렁거리자, 미소를 머금은 재성 씨가 말했다.

"여성은 대한민국의 미래입니다. 부모가 없는 십 대 여성들에게 낙담까지 선물하는 건 성인의 도리가 아닙니다. 마침 전에 저의 집에서 묵었던 다문화 십 대 여성들이 전부 독립해 나가고, 저는 국회의원도 사퇴하여 전업으로 작품을 집필하는 적막한 일상을 보내고 있답니다. 그러니 이 본선 진출자 모두가 초라한 제 집에 기숙하면서 모자란 저와 서로의 꿈을 키워가는 건 어떨는지. 저는 이 여성들에게서 젊음의 꿈과 희망을 엿보고 싶습니다."

뭐야, 오디션 참가자들이 재성 씨랑 같이 생활한다고? 내가 어리벙벙한 사이에 박수 소리가 터지고, 소녀들은 환호성을 지르거나 눈물을 닦았다. 마찬가지로 눈물을 훔친 진행자가 말했다.

"김유정? 김유정, 1차 진출 소녀는 어디에 있죠?"

나는 체리45 박스와 벌겋게 얼룩진 낡은 티셔츠를 보았다. 앞으로 나서야 할지 도망쳐야 할지 갈피를 못 잡다가 발이 엉켜 넘어졌다. 우지직, 내 몸이 시아 언니의 광고판을 부쉈다. 누군가가 인생은 멀리서 보면 희극, 가까이서 보면 비극이라고 했다. 가까이서 본 내 인생의 장르는 시트콤의 한 장면이었다. 그것도 매력적인 여주인공의 뚱뚱하고 주책맞은 친구가 잠깐 주목을 받는, 그러나 그녀가 원하지 않았던 장면.

내가 부순 시아 언니의 광고판을 바라보았다. 내 허벅지에 걸려 가냘픈 허리가 부러진 시아 언니의 얼굴에 미소가 가득했다. 조명들이 내 쪽을 환히 비추며, 땀에 젖어 번들대는 팔다리와 나뒹구는 체리45 음료 캔을 드러냈다. 나는 바닥만 뚫어져라 내려다보았다. 지금 이곳에서 흔적 없이 사라질 수 있다면 내 수명의 십 년이 깎인다 해도 오케이 할 거야. 그때 갑자기 좋은 냄새가 훅 풍기더니 커다란 손이 눈앞에 불쑥 나타났다. 놀라 올려다보니 재성 씨가 웃고 있었다.

"다치지는 않았니?"

나는 재성 씨가 내민 손을 멍하니 보았다.

"재성 씨라고 부르렴. 네가 가장 어리긴 하지만, 여기 있는 소녀들 모두와 나는 앞으로 허물없이 지내야 할 사이잖니?"

수십 개의 플래시가 팡팡 터졌다. 나는 나뒹굴고 있는 체리45 음료 캔을 그러모았다. 미쳤나 봐. 도대체 왜 이러고 있어. 나는 급히 말했다.

"재성 씨, 이거 제가 다 먹으려고 한 거 아니에요. 보육원 애들한테도 주려고 했어요."

"알겠다. 그럼 같이 음료를 나누어 주러 보육원으로 갈까?"

쉼 없는 플래시 속에서 재성 씨가 웃었다. 재성 씨는 나의 인어공주 동화책에서 빠져나온 검푸른 옷의 왕자님이었다.

나는 사람들의 박수를 받으며 체리45 음료를 안고 재성 씨의 차에 탔다. 그리고 놀란 얼굴을 하고 있는 보육원장과 원생들에게 수십 박스의 체리45 음료를 안겨주었다. 번쩍이는 카메라 플래시 속에서 재성 씨의 설명을 들은 원장은 잘됐다며 축하해주었다. 원장은 나에게 음료수까지 받았으니 송별 선물을 줘야 할 것 같다고 말했고, 나는 인어공주 동화책을 달라고 했다. 그리고 동화책을 꼭 껴안고 다른 오디션 참가 소녀들과 함께 재성 씨의 저택으로 향했다.

그날이 보육원에 관한 마지막 기억이었다.

재성 씨의 차는 외국 연예인의 집 같은 대저택 앞에 멈췄다. 거실이 운동장처럼 넓고 수십 개의 방들이 있었다. 저택에는 가사 도우미들과 비서, 요리사들이 바쁘게 걸어 다니고 있었는데 셰프로 불리는 요리사 외에는 모두 여자였다. 하나같이 식사로 사과 반 개만 먹을 것 같은 외모였다. 그중에서 가장 세련되어 보이는 사람은 맞춘 듯 치마 정장이 잘 어울리는 삼십 대 여자였다.

"오셨습니까, 의원님. 기다리고 있었습니다."

"오, 역시 도우미 장이 잘 준비해두었군. 고맙네."

도우미 장이라고? 삼십 대인데 저렇게 연예인 같다니.

부드러운 실크 벽지가 은은한 빛을 뿜어내는 거실엔 세 개의 사진 액자가 걸려 있었다. 첫 번째 사진의 메인은 동남아계 혼혈로 보이는 아름다운 소녀였고, 두 번째는 시아 언니, 세 번째는 빈 액자였다.

사진의 포즈는 모두 같았다. 미소녀들에게 둘러싸인 재성 씨가 미소 지으며 가장 아름다운 소녀를 무릎 위에 앉힌 사진이었다. 재성 씨의 두 팔에 감싸인 소녀는 더할 나위 없이 안전하고 편안해 보였다.

거실 옆은 거대한 검정색 대리석 식탁과 엔틱 의자가 세트로 놓인 응접실이었다. 그 주위로 욕실이 딸린 수십 개의 방들이 있었고, 가운데에는 '핍진성의 산실'이라는 현판이 붙은 집필실이 있었다. 집필실에는 벽면 전체를 차지하는 멀티비전이 설치되어 있었다. 재성 씨가 소녀들 앞에서 멀티비전으로 영화를 틀어주었다. 〈레옹〉에서 나오는 화분이 멀티비전을 가득 채웠다.

"와. 프랑스 영화 같은 것만 보시나 봐요."

언니 한 명이 감탄하자, 재성 씨가 웃으면서 그렇지 않다며 리모컨을 누르자 TV 화면이 나왔다. 체리45의 광고였는데 시아 언니의 긴 속눈썹과 홍채까지도 농구공처럼 크게 보여서 놀랐다. 표정은 물론이고 눈빛에 담긴 감정까지 다 보이겠는데.

사실 시아 언니도 딱 하루이긴 했지만 재성 씨의 저택에서 산 적이 있다고 한다. 그러나 이혼했다 재결합한 부모님이 저택에 쳐들어와 시아 언니를 되찾아 갔다는 것이다.

"그녀의 부모는 돈에 미쳐 있고 시아를 사랑하지 않아. 시아는 제대로 된 보호자가 필요해."

재성 씨가 말했다. 그 후 재성 씨는 시아 언니에게 거듭 전화를 걸었지만 시아 언니는 한 번도 연락을 받지 않았다고 한다.

"시아 언니가 전화를 받지 않는 건 아닐 거예요. 부모님이 못받게 했나 봐요."

언니 하나가 말했다. 그제야 재성 씨는 굳은 얼굴을 풀고는 빈 방들을 가리켰다.

"저 방들은 손님용 침실이니 너희들 각자 그 방에 머물면돼. 가서 방을 확인하렴."

소녀들은 모두 자신의 방을 보러 갔다.

작은 방은 핑크빛 벽지로 마감되어 귀여운 분위기를 풍겼다. 화장대 위에는 여러 색의 파운데이션과 네일 컬러, 각종향수까지 수많은 화장품들이 비닐도 벗겨지지 않은 채 빈틈없이 들어차 있었다. 전부 새 것이잖아. 한쪽에는 메이크업 박스와 파우치, 그걸 담아 가지고 다닐 수 있는 작고 귀여운 크로스백까지 쇼핑백 안에 들어 있었다. 화장대 가운데에는 체크카드가 있었다. 쓰라고 준 카드인가?

나는 아까 음료를 쏟은 티셔츠가 마음에 걸렸다. 욕실에서 바디샴푸를 짜내어 티셔츠를 빨았다. 붉은 자국이 잘 지워지지 않았다.

삑. 방에 있는 핑크빛 전화기에서 도우미 장의 목소리가 울렸다.

"모든 소녀들은 카드를 가지고 응접실로 와 주시길 바랍니다."

티셔츠의 얼룩은 지우고 나가자. 나는 대충 얼룩을 뺀 뒤 허겁지겁 카드를 집어 들고 응접실로 나갔다. 모두 식탁 앞에 앉아 있었는데 빈 의자가 없었다. 나는 대충 스툴 하나를 끌어다 앉았다. 내가 앉자 재성 씨가 웃으면서 말했다.

"집사 장이 오늘부로 바뀌어서 약간 혼란스럽겠지만, 곧 안정될 거야. 하필이면 그녀가 이제 마흔이 넘어서 고용을 할 수 없어졌거든."

아까 그 아름다운 여자가 마흔이라고? 왜 마흔이 넘으면 고용할 수 없는 거지. 궁금했지만 아무도 묻지 않아 나도 아무말 하지 않았다. 뚱뚱한 애가 쓸데없이 주목 받는 것도 곤란하니까. 그렇지만 마흔 살이 넘은 여자는 어디로 가는 걸까. 난 마흔 살이 되려면 아직 한참 남았으므로 곧 그 질문을 잊어버렸다.

재성 씨가 말을 이었다.

"아이돌 오디션을 위한 연습에 집중하려면 개인 폰은 없는 게 좋겠지. 대신, 너희들을 위한 카드를 준비했단다. 내게 여성 용품이나 필요한 물품들을 하나하나 말하고 사기 민망할 것 같아서. 마음껏 쓰렴."

"네!"

다들 들뜬 얼굴로 재성 씨에게 감사하다고 말했다. 보육원 에서 카드는 물론 용돈도 받아본 적 없었다. 나는 카드를 만 지작거리다 잃어버릴까 봐 바지 주머니에 깊숙이 집어넣었다. 재성 씨에게 잘 보여야 하니 꼭 필요한 때만 써야지.

재성 씨가 말을 이었다.

"사랑스러운 너희들과의 점심 식사를 나 혼자 누리는 건 불 공정하겠지. 예쁜 너희들을 다른 사람들에게도 자랑하고 싶 단다. 그러니 너희들과의 점심 식사를 찍어서 유튜브에 올려 도 될까?"

"네!"

"그러면 매일 나와 같이 점심을 먹자꾸나. 아무도 빠져선 안 된단다. 물론 예쁘게 하고 나와야겠지?"

재성 씨가 웃고는 말을 이었다.

"유튜브에 영어 자막도 달아야 하니 내가 너희들에게 영어 이름을 새로 지어줄게. 한글 이름의 영어 약자를 따면 되지. 수미? 너는 에스. 혜진? 너는 에이치. 영현? 너는 와이."

다들 소곤소곤, 새 이름들을 말해보았다. 언니들이 내게 말했다.

"넌 유정이니까 와이려나. 아니, 와이는 있으니까 이름 마지막 자를 따서 제이일지도 모르겠다."

제이? 그래, 와이도 괜찮지만 제이도 나쁘지 않았다. 언니들이 〈제이에게〉라는 옛 노래가 있다며 소곤소곤 불러주었다.

"제이, 어젯밤 꿈속에~."

언니들의 여린 음색에 실린 내 이름, 제이. 제이가 더 좋은데? 나는 들떠서 생각했다. 마지막으로 나를 본 재성 씨에게 내 이름을 말했다.

"김유정이라. 네 이름은……. 그래. 비포. 넌 비포가 좋겠다."

비포라니. 나는 침을 꿀꺽 삼키고 말했다.

"비포는……. 제 이름의 약자가 아닌데요……."

재성 씨가 웃었다.

"비포 앤 애프터 알지? 비포, 넌 그 비포란 거야. 넌 변해야 해. 난 네게 자극을 주려는 거야."

나는 눈을 깜박거렸다. 그래, 난 자극이 필요해. 재성 씨는 날 위해서 이름을 지어주신 거야.

"알겠지, 비포?"

"……네."

언니들이 안타깝다는 듯 날 보았다. 아냐, 날 그렇게 보지 마. 재성 씨는 날 배려하는 거야. 나는 언니들 앞에서 웃어 보였다.

"비포라니, 저한테 잘 어울리는 것 같아요."

"그렇지? 앞으로 모두 유정이를 비포라고 불러주렴."

"네, 감사합니다."

비포. 내 새로운 이름이었다.

다음 날부터 저택에는 뷰티 프로그램에서나 보던 메이크업 아티스트와 모델 트레이너가 상주하기 시작했다. 언니들은 메이크업을 배우고 각선미를 돋보이게 하는 자세 교정을 받았다. 나는 예외였다.

"비포인지 뭔지, 쟤는 살부터 빼야 해요. 뭘 믿고 저렇게 돼지처럼 살을 찌운 건지."

"몸에 맞는 옷도 없지, 살 때문에 화장이 받지도 않지. 일단 45킬로그램부터 만들라고 하세요."

모델 트레이너와 메이크업 아티스트가 재성 씨에게 하는 말은, '핍진성의 산실' 문 사이로 고스란히 들려왔다. 재성 씨가 나와서 내게 말했다.

"비포는 일단 열심히 식단 조절하고 운동해서 45킬로그램부터 만들고, 그 후에 메이크업을 배우는 게 좋겠다."

나는 재성 씨의 조언을 받아들였다.

나는 점심 식사 때마다 엔틱 의자 대신 두툼한 스툴을 끌어다 앉았다. 언니들은 내게 의자를 양보하고는 했다. 나는 저 가느다란 의자에 내가 어울리지 않는다는 속내를 감추고 스툴이 편하다고 말하곤 했다. 재성 씨는 나를 볼 때마다 의자를 하나 더 주문해야겠다고 말했지만 늘 주문을 잊었다.

나는 재성 씨에게 잘 보이고 싶었다. 그래서 식사 때면 재성 씨가 좋아할 만한 질문을 했다.

"재성 씨 차기작이 궁금해요."

재성 씨가 웃었다.

"슬럼프에 빠진 유명 작가가 뮤즈에게 영감을 얻어 차기작을 구상하게 돼. 그러나 악당이 뮤즈를 타락하게 만들지. 작가는 악당에게서 뮤즈를 구해내고 그녀의 아름다운 모습을 돌려주지. 그리고 그 대가로 뮤즈는 작가와 영원히 행복하게 사는 거야. 사실 이 뮤즈의 모델은 시아였어. 하지만 시아는 지금 악마에게 홀려 그 미모를 잃고 있단다."

다들 놀랐다. 시아 언니는 휴식기에 들어간 것이 아니었단 말인가? 이번 주 토요일에 〈청춘솔루션〉 생방 촬영이 마지막이라던데. 재성 씨가 말을 이었다.

"나는 악마가 시아를 유혹해 망가뜨린 영상을 증거로 갖고 있지. 나는 시아 대신 너희 중에서 새로운 뮤즈를 찾기로 했다. 나의 뮤즈가 되면, 내 소설의 표지이자 주인공이 된다는 뜻이지. 이제 부모 없는 고아가 아니라 모두가 원하는 여자가 되는 거야. 내 뮤즈가 되어 주겠니?"

"네!"

나는 감히 입 밖에 낼 수 없는 소원이었지만, 재성 씨가 시아 언니를 보듯 나를 보아주길 바랐다. 그럼 나는 비포가 아니라 제이로 불릴 거야. 동그란 안경을 쓴 귀여운 여가수가 꿈꾸듯 노래했던 사랑스러운 사람. 45킬로그램이 되면 나는 예뻐질 거야. 그럼 재성 씨의 뮤즈가 될 수 있겠지. 나는 반드시 살을 빼야 했다.

언니들은 매일 더 예뻐져 갔다. 그녀들은 하루도 빠짐없이 강도 높은 운동을 했다. 메이크업과 헤어 세팅도 빼놓을 수 없었다. 언니들은 점심 식사 전에 메이크업을 완벽하게 고쳤다. 어쩜 저렇게 날씬하고 예쁠까. 가사 도우미들과 메이크업 아티스트들도 언니들을 칭찬했다. 난 메이크업 하는 방법도, 모델처럼 걷는 법도 배우지 못했다. 일단 45킬로그램을 만들어야 하니까.

나의 일과는 매일 똑같았다. 아침에 일어나면 다이어트 선식을 마셨다. 그리고 크로스백에 선식을 담은 텀블러, 카드, 틴트, 인어공주 책을 넣어 공원으로 운동을 하러 나왔다. 언니들은 재성 씨가 준 카드를 쓰지 않았다. 그녀들은 매일 메이크업 레슨을 받고 모델 워킹을 배우느라 바빠서 밖에 나올 시간도 없었다.

하지만 나는 운동을 마치면 언제나 편의점에 들렀다. 생수한 병만 사서 나오는 거야. 편의점에 들어설 때마다 다짐했지만, 계산대 밑에는 각종 초콜릿과 1+1 쿠키들이 손짓하고 있었다. 초콜릿쿠키가 1+1에 천 원이라니, 정말 헐값이잖아. 오늘은 운동을 많이 했으니 딱 한입만 먹자. 내일이면 세일을 하지 않을지도 모르니까. 나는 초콜릿 크림이 든 두툼한 쿠키를 사서 한입 먹었다. 그러면 언니들의 가냘픈 몸매를 떠올릴 때마다 목 위까지 올라오는 쓴 물들이 부드럽게 내려가는 것 같았다. 한 입, 두 입······.

곧 쿠키 봉지는 비었다. 오늘 물리도록 먹었으니 내일부터는 먹지 않으면 된다고 나에게 말했다. 그런 날은 가느다란 허리의 인어공주 그림책을 펼치지 않았다.

이 저택에 올 때 나는 150센티미터에 59.5킬로그램이었다. 며칠간 굶어 몸무게를 좀 뺐다 싶으면 하루 종일 폭식을 해 원래대로 돌아가곤 했다. 지금은 64킬로그램이고, 보육원에 있을 때보다 몸무게가 요동치는 기간이 짧아지고 등락이 심해졌다. 사나흘 사이에도 4, 5킬로그램이 쪘다 빠지는 게 기본이었다. 나는 왜 이렇게 된 걸까.

오늘은 어제보다 힘들게 운동했다. 살이 출렁거린다고 놀리며 쫓아오는 또래 남자애들을 피해 도망가느라고 더 뛰었으니까. 그러니 오늘은 과자를 하나 먹어도 될 거야. 나는 점심 식사 직전에 허겁지겁 저택으로 돌아왔다. 초코칩 쿠키를 목구멍으로 밀려나올 만큼 삼켜 더부룩한 배를 누르며 스툴에 앉곤 했다.

오늘도 거대한 대리석 식탁에는 오색의 비건 요리가 가득 놓여 있었다. 언니들은 우아하게 비건 빵에 올리브 오일 소스를 찍어 먹었다. 재성 씨가 말했다.

"올리브 오일의 풍미가 어떠니?"

"맛있어요."

"신선해요."

언니들의 말에 재성 씨가 웃었다. 나는 재성 씨의 얼굴을 바라보다가 아스파라거스에 올리브 오일을 듬뿍 뿌리고 급하게 먹었다. 나도 맛에 대한 감상을 말하고 재성 씨가 웃어주는 걸 보고 싶었다. 재성 씨가 날 보고 웃었다.

"왜 그렇게 급하게 먹어. 그러다 아줌마 되려고. 아니, 벌써 아줌만가?"

나는 파르르 떨리는 입꼬리를 움직여 웃으려고 애썼다. 그냥 농담이잖아. 살을 못 빼는 내가 잘못이지. 내가 웃자 재성 씨가 웃고 언니들도 그제야 따라 웃었다.

나는 점심을 먹고 나서 운동하겠다며 저택을 나왔다. 그리고 초콜릿 드링크와 쿠키를 사서 먹었다. 초코의 달달한 맛이 바닥까지 꺼지는 내 마음에 정지선을 그어주었다. 재성 씨와의 점심 식사 전후에 편의점에 들르는 것이 습관이 되었다.

내 방에서 웅크리고 누워 인어공주 책을 들여다보았다. 붉은 머리칼이 부드럽게 물결치는, 가느다란 몸매의 인어공주. 언니들은 내 외모에 대해 욕하지 않았다. 오히려 무지방 우유 같은 걸 챙겨주었다. 언니들은 자신들의 자기관리만으로 바빠서 내게 관심을 줄 시간이 없었다.

나는 무지방 우유의 세계에 있는 버터였다. 아니, 마가린이었다.

막장 드라마와 흰 사제복의 신부

나는 방에서 인어공주 책을 읽고 있었다. 에스 언니가 나를 불렀다.

"비포. TV에 네가 좋아하는 인어공주 광고 나온다. 재성 씨 오시기 전에 봐."

언니들은 TV 앞에 모여 있었다. 시아 언니의 체리45 광고가 몇 초 만에 끝나 아쉬운데, 언니들은 기다렸다는 듯 드라마가 시작한다며 환호성을 질렀다. 언니들은 시아 언니의 광고보다 드라마를 더 기다렸던 모양이다. TV에는 얼마 전에 종영한 드라마, 〈태양의 사제들〉이 나오고 있었다.

"저거 몇 달 전에 끝났는데, 또 재방송이야?"

"비포야, 시청률 1위였잖아. 당연히 재방해야지."

〈태양의 사제들〉은 온갖 무술에 능숙한 가톨릭 신부가 여주인공과 함께 대한민국을 구하는 줄거리였다. 한마디로, 그냥 막장이었다.

드라마에서 가톨릭 신자인 북한 여자가 남한으로 망명한다. 북한 여자는 사기를 당해 정착금을 빼앗기고 술집에 팔려갈 뻔한 다음 강간 당할 위기에서 도망친다. 온갖 일을 다 겪던 북한 여자는 우연히 남한의 잘생긴 가톨릭 신부와 마주치고는, 종교고 남한이고 다 망하라며 초장부터 신부에게 시비를 걸고 헤어진다. 신부는 북한 여자에게 겉으로는 까칠한데 뒤에서는 목숨까지 걸어가며 그녀를 지켜준다.

북한 여자는 신부에게 틱틱 대다가 사실을 알고는 신부에게 오해했던 것을 사과하며 둘은 사랑에 빠진다.

그러나 곧 위기가 찾아온다. 못생기고 뚱뚱한(!) 남한 재벌 3세가 등장한 것이다. 재벌 3세는 북한 여자를 납치한 후, 결혼해주지 않으면 서울에 독가스를 풀 것이라고 협박한다. 그리고 재벌 3세는 신부에게 사시미 칼을 든 조폭 마흔 명을 보낸다. 신부는 사제복을 멋지게 휘날리며 조폭 마흔 명을 때려눕힌다. 신부도 상처를 입지만 입가에 피만 살짝 흐를 뿐,

조폭들처럼 쌍코피를 흘리지도 않는다. 신부는 등 뒤에서 총을 겨누고 있던 재벌 3세마저 화려한 무술로 날려 보내고는, 여주인공과 협력해 독가스 밀폐 용액을 한강에 영원히 넣어버린다.

이게 끝인가? 아니다. 갑자기 신부가 출생의 비밀을 밝힌다. 신부는 재벌 3세보다 더 커다란 재벌 출신에, 전직 미국 FBI였던 것이다. 그러나 사랑하던 여자의 죽음으로 신부가 되고 말았다. 놀랍게도 죽은 첫사랑과 북한 여자는 똑같이 생겼다(여배우 1인 2역). 마지막 회. 재벌 3세는 감옥에 갇히고 신부와 북한 여자는 단둘이 미국으로 떠난다.

지금은 하이라이트인 중간 회를 방송하는 중이었다. 신부의 검고 긴 수단 자락이 조폭의 칼을 아슬아슬하게 비켜갈 때마다 언니들은 눈을 가리며 소리를 질렀다.

"위험해!"

"어떡해, 어떡해!"

신부가 주인공인데 위험에 빠지거나 악당한테 죽을 리가 있나 뭐. 나는 뚱하게 생각했다. 출생의 비밀이나 나오는 저런 막장 드라마가 시청률 1위라니, 말도 안 돼.

그러나 〈태양의 사제들〉은 해외 수십여 개국에 수출되었고,

특히 사제복을 입은 신부 역 배우의 가슴 졸이는 격투신이 동남아에서 화제였다고 한다. 그 후로, 촬영지였던 성당에는 외국인 관광객들까지 몰려온다고 했다. 그 성당에 있는 실제 신부는 할아버지로, 드라마 속 신부를 기대하고 온 애들이 할아버지 신부를 보고 우는 바람에 미사가 중단되었다는 황당한 뉴스도 있었다. 아무리 인기 있는 드라마라 해도 드라마일 뿐인데. 난 드라마와 현실을 혼동하지는 않는다고.

언니들은 중간 광고를 하는 사이에 채널을 돌렸다. 연예 프로에서 드라마 촬영지가 나오니 들뜬 얼굴로 말했다.

"비포. 우리, 재성 씨께 허락 받아서 같이 성당으로 구경하러 갈래?"

"난 안 가. 할아버지 신부밖에 없다며."

"아냐, 원래 있던 젊은 신부님이 다시 왔대. 저기 봐."

과연 언니들 말대로 삼십 대로 뵈는 하얀 얼굴의 신부가 있었다. 연예 프로에서 나온 취재진이 카메라를 들이대자, 신부는 부드럽던 표정을 구기면서 성당 문을 쾅 닫아버리는 게 아닌가. 성질하고는.

"관광객들이랑 외국인들까지 저 성당으로 계속 찾아온대. 힘든가 봐."

힘들어도 그렇지, 애먼 사람들한테 화풀이하기는.

"비포. 저 신부님, 곱게 생겼지?"

"그냥 다 사제복 빨이지 뭐. 제복 빨."

"일요일에 저 성당으로 놀러 갈까? 재성 씨께 폰을 빌려서 사진이라도 찍고 오자."

어휴. 성당이라니, 5분만 있어도 지루할 것 같은데.

"언니, 성당에 가 봐야 배우들도 없고 스트레스만 받아. 재미도 없고."

"그래도 실제로 보고 싶어."

"일요일에 꼭 가보자. 응?"

"어딜 간다는 거냐."

재성 씨가 왔다. 다들 긴장하여 식탁 앞으로 갔다. 재성 씨가 식탁 앞에 앉자 모두들 황급히 매무새를 만지며 의자에 앉았다. 나는 의자를 양보해주는 에스 언니가 고마웠지만 가느다란 의자 다리가 마음에 걸려 사양했다. 대신 두툼한 스툴에 앉았다.

모두가 자리에 앉자, 요리사가 식사를 날라다주었다. 요리사가 직접 짠 엑스트라 버진 올리브유로 볶은 유기농 아스파라거스였다.

재성 씨는 옅은 미소 대신 날카로운 눈으로 TV에 나오는 성당을 보고 있었다. 재성 씨는 음식이 다 나오자 손짓으로 비서와 요리사를 모두 물러나게 하고는, 롤스크린을 내려 빔 프로젝터를 켰다.

사제복을 입은 신부가 롤스크린에 비쳤다. 아까 그 신부잖아. 희고 풍성한 사제복이 펼쳐지며, 검은 머리칼과 대조되는 하얀 얼굴이 드러났다. 미술책에서 본 이탈리아 성화 같다.

언니들이 탄성을 터뜨렸지만 재성 씨의 표정은 심상치 않았다.

"꽤 그럴듯하지 않니. 흰 사제복의 악마라니."

재성 씨가 말했다. 언니들이 침을 삼켰다.

재성 씨가 화면을 보며 말했다.

"한채안, 프란치스코. 올해 39세로, 서울대교구 소속의 양천구 신환1동 성당 주임신부야. 워낙 노출을 꺼려 은둔 사제란 별명도 있지만, 실체는 아름다운 여자를 유혹해 망가뜨리는 악마지. 본디 신부란 타인에게 기생하는 존재야. 그들은 어떤 종류의 생산도 노동도 하지 않지. 고고하고 아름다운 말씀만 입술 위에 올려 타인을 착취할 뿐, 제 몸조차 스스로 돌보지 않아서 어머니나 누이를 식복사로 두어 가사노동을 시킨

단 말씀이야. 그것뿐이면 저들 사정이니 이해할 법도 하지만, 한채안은 달라. 저 휘황한 사제복으로 여자를 망치는 교활한 인간이지."

재성 씨가 섬세한 홍차 잔의 테두리를 매만졌다.

"나는 이자에게 경고를 하고자 몇 번이나 연락을 취했지만 단 한 번도 답하지 않더구나. 더 어이없는 건 이자가 날 거부하는 와중에도 여자들은 쉬지 않고 만났다는 거야. 노래는 약간 할 수 있는 모양인지, 이자는 일주일 뒤에 있을 대축일미사에 가톨릭 대표로 성가 독창을 하기로 했다더군. 그러니 대선 주자로서 대축일미사에 참가할 나와 본의 아니게 마주치게 되었지. 나는 그전에 어떻게든 이자의 실체를 만천하에 폭로할 작정이야."

한 번은 방송에서 성직자가 보육원으로 찾아온 적 있었다. 성직자는 보육원생들을 다정하게 안아주다가, 카메라가 꺼지자 날 보며 뚱뚱한 애들은 싫다고 말하기도 했다. 이 신부도 같은 부류인가 보았다. 재성 씨가 말을 이었다.

"국민들이 절대로 저 신부의 사제복에 속아선 안 돼."

언니들이 말했다.

"그러고 보니 정말 사악해 보여요."

"다시 보니까 인상도 별로예요. 재성 씨가 아니었으면 속을 뻔했어요."

"모두 저 신부의 정체를 알게 되면 좋겠어요."

재성 씨의 표정이 확연히 누그러졌다.

"그래, 너희들 중 누구도 절대로 저 신부와 만나면 안 돼. 분명 인생을 망칠 테니까."

나야 절대로 저 신부랑 만날 일은 없을 것이다. 나를 포함하여 다들 고개를 끄덕거렸다. 재성 씨가 포크를 들자 모두 식사를 시작했다. 재성 씨가 말했다.

"이 푸른 꽃봉오리는 케이퍼라고 한단다. 꽃봉오리의 숨을 죽여 만든 것이지. 아주 영양이 풍부하고 신선하단다."

재성 씨가 케이퍼를 씹으며 말을 이었다.

"오늘 생일이 누구랬지?"

"에스요."

"전에 디는 광대 수술을 선물로 받았지. 에스는 뭘 받고 싶다고 했더라?"

"재성 씨가 주시는 거면 뭐든지 감사해요."

에스 언니는 화려한 외모와는 달리 수줍고 친절했다. 내게 말없이 엔틱 의자를 내어준 적도 여러 번이었다. 나는 에스 언니가 좋은 선물을 받기를 바랐다.

"에스를 위해 준비해둔 선물이 있지."

재성 씨가 에스 언니에게 카드 봉투를 건넸다. 에스 언니가 봉투를 열었다. 안에는 코 수술권이라고 적힌 카드가 있었다.

"에스는 코끝을 조금만 보완하면 말 그대로 여신일 거야."

에스 언니가 얼굴을 붉히며 감사 인사를 했다. 다들 박수를 쳤다. 재성 씨가 흐뭇한 표정으로 말했다.

"생일 파티를 하려면 스케줄을 비워놔야겠구나. 또 누가 생일을 맞이하는지 알려주렴."

"8월 15일, 이번 주 일요일이 유정, 아니 비포의 생일이에요."

"우리 비포의 생일이로군."

재성 씨가 날 보며 웃었다. 뺨이 달아올랐다.

"공교롭게도, 아까 말했듯이 이번 주 일요일은 내가 대축일 미사에 참석해야 한단다. 정치란 모든 종교를 아울러야 하니까. 아쉽지만 비포의 생일 파티는 하기 어려울 것 같다. 대신 생일 선물을 줄게. 무슨 선물을 받고 싶니?"

나는 다이어트 주사를 맞고 싶었다. 다이어트 주사를 맞으면 금방 45킬로그램이 될 수 있을지도 모른다.

"재성 씨……, 저는……. 다이어트 주사를 맞고 싶어요."

"……다이어트 주사라."

재성 씨가 되뇌었다. 나는 재성 씨의 눈치를 살펴봤지만 무슨 생각을 하는지 알 수 없었다. 다른 언니들은 코 수술이나 얼굴 지방이식을 선물로 받았다. 다이어트 주사랑 가격대가 비슷한 편으로 알고 있었는데.

재성 씨가 말했다.

"비포. 넌 지금 자기관리를 전혀 안 하고 있는 것 같은데. 그런 네가 다이어트 주사를 맞을 자격이 있을까? 다른 소녀들은 매일 아침에 체중을 재고 0.1킬로그램이라도 늘면 운동 시간을 늘리는데. 비포, 너는 그동안 뭘 했지?"

나는 아무 말도 하지 못했다. 언니들도 말이 없었다. 포크가 달그락대는 소리도 멎었다.

"비포, 어제 내가 준 카드로 뭘 했지?"

나는 얼굴에서 핏기가 가신 것을 느꼈다. 재성 씨가 한숨을 쉬더니, 아스파라거스를 자르던 나이프를 내려놓았다.

"비포, 나랑 집필실에서 얘기 좀 할까?"

나는 집필실 문에 붙은 '핍진성의 산실'이란 글자를 바라보았다. 집필실의 한쪽 벽면을 모두 차지한 멀티비전에 〈레옹〉의

나탈리 포트만의 얼굴이 띠워져 있었다.

집필실에 들어간 재성 씨가 의자에 앉았다. 나는 그 앞에 놓인 조그마한 스툴에 앉았다.

재성 씨는 셰프가 만들어준 아보카도 샐러드를 먹으며 다정하게 나를 보았다.

"비포, 어제 뭘 했지?"

"공원에서 운동……을 하고, 선식을 먹었어요."

"그리고?"

"……."

"편의점에 가지 않았니?"

난 할 말을 잃었다. 다 알고 있었구나.

재성 씨가 폰을 꺼냈다.

"내 폰으로 카드 결제 내역이 날아온단다. 비포, 거의 매일 CU편의점과 GS편의점에 갔구나. 뭘 샀지? 여성 용품이라면 말하지 않아도 괜찮다. 좀 빠르지만, 네 나이 즈음에 임신이 가능한 2차 성징이 시작되는 경우도 알고 있으니까."

눈물이 나올 것 같았다. 차라리 생리대라든가 팬티라이너를 샀다면 덜 부끄러웠을지도 모른다. 하지만 난 아직 생리를 하지 않는다. 설마, 뚱뚱해서 그런가.

50

"······편의점에서, 초콜릿을 사 먹었어요."

"그리고?"

"허쉬 초코드링크랑 화이트초코쿠키도요. 일부러 1+1 과자만 샀어요. 돈을 아끼려고요."

재성 씨가 한숨을 쉬었다.

"비포. 돈은 아깝지 않아. 여성 용품을 사라고 소녀에게 개인별로 카드를 준 거야. 다른 소녀들은 카드에 손도 대지 않았단다. 매일 같이 편의점에 간 아이는 너 하나야. 다른 소녀들이 매일 같이 공복 운동에 춤 연습을 하는 것을 보면서도 너는 라면이나 과자를 사 먹다니······. 도무지 믿기지 않는구나."

말이 나오지 않았다.

"······죄송합니다."

"너희가 오기 전에는 열 살, 열한 살짜리 다문화 아이들로 이루어진 연습생들이 있었어. 다들 너보다 어린 데도 열심히 연습했지. 국적 문제나 불미한 사고 등으로 독립하긴 했다만 ······. 그 아이들과 함께하면서 온갖 일을 겪었다고 생각했는데, 너 같은 애는 처음 보는구나."

재성 씨가 말을 이었다.

"네가 1차 오디션에 통과할 수 있었던 이유는 총명함 때문이야. 내 소설을 읽고 이해한 그 총명함. 나는 네가 소녀들 중에서 가장 열심히 운동할 거라고도 믿었지. 그런데 내 기대를 모조리 배반하고 다이어트 주사까지 맞고 싶어 하다니. 너는 어떻게 내게 이런 답을 할 수 있지?"

"……."

"비포, 유튜브에 올릴 소녀들의 모습과 네가 어울린다고 생각하니?"

"재성 씨, 살을 뺄게요. 앞으로 절대 과자도, 라면도 사 먹지 않을게요. 변할 테니까……."

눈물이 날 것 같았다. 재성 씨는 이 집에 나를 살게 해주고 예쁜 방과 화장품도 주었는데……. 나는 몰래 과자를 사 먹기만 했어. 내가 재성 씨라도 화가 났을 것 같았다. 하지만 저택의 화병 속 꽃대를 닮은 언니들의 몸매를 보면, 뭐라도 먹고 토하지 않고는 견딜 수가 없어서.

"비포, 변하겠다고? 지금까지의 너의 행동을 보건대, 나는 믿을 수가 없어."

나는 재성 씨 앞에 무릎을 꿇고 매달렸다.

"죄송해요. 뭐든지 할 테니까 용서해주세요. 제가 잘못했어요."

눈물, 콧물로 범벅이 된 나를 재성 씨가 일으켰다.

"그래……. 내가 너를 잘못 판단했다고 생각하고 싶지 않단다. 비포, 너는 내게 특별해. 날 도와줄 수 있는 유일한 아이지. 그렇지 않니?"

내가 재성 씨에게 특별하다고? 그렇구나, 재성 씨는 날 좋아하는 거였어. 나는 고개를 세차게 끄덕였다.

"비포, 무엇이든 하겠다고 했지. 그래서 말인데, 부탁 하나 들어주겠니?"

"네, 뭐든지 할게요!"

재성 씨가 미소를 보였다. 재성 씨가 멀티비전을 향해 리모컨을 누르자 화면에 '재성 씨 In 청춘콘서트'란 플래카드가 나타났다. 사제복을 입은 그 신부님도 보였다.

재성 씨가 말했다.

"알아보겠니?"

"네. 아까 그 신부……잖아요. 나쁜 사람."

재성 씨가 웃었다.

"저자는 사람을 피해 다니는 데다 남자면 이유 불문 만나지 않아. 심지어 십 년 된 성당 벽지를 실크 벽지로 교체하는 지원을 해주겠다고 해도 거절했지. 도무지 성당 안에 사람을 투

입할 길이 없어. 그래도 미사가 끝나면 간간이 노인네나 동남아 여자들, 어린애들의 말은 받아주더구나. 그러니 네가 저자의 폰을 빌려 어플 하나만 설치할 수 있겠니?"

"어플이요?"

"몰카 어플이야. 저자의 폰을 빌려 인터넷 창에 주소를 입력해 엔터만 치면 설치가 끝난다. 1분도 안 걸릴 거야."

불법 촬영 어플을 설치하라고? 그건 범죄 아닌가? 내 표정을 읽었는지 재성 씨가 말했다.

"너도 할리우드 첩보 영화에서 악당을 속이는 여자 스파이들을 본 적이 있을 거야. 너도 그런 스파이라고 생각하면 돼. 나는 어른으로서 책무를 다하는 거고, 너는 내 공적인 임무를 도와주는 약간의 수고를 하는 거지. 날 도와주겠니?"

재성 씨가 메모지를 내밀었다. 아마 불법 촬영 어플의 주소 같은데, 나는 알파벳을 몰랐다. 재성 씨도 그 사실을 깨달은 것 같았다.

"열 자 내외니 모양대로 외울 수 있을 거다. 설치에 성공하면, 내일이라도 생일 선물로 미리 다이어트 주사를 맞게 해주마. 너는 일주일 만에 인생이 바뀔 거야. 생일에, 너는 완전히 변한 자신을 선물로 받아드는 셈이지."

45킬로그램이 되면 재성 씨의 팔에 가벼이 안길 수 있을 거야. 재성 씨가 시아 언니를 보듯 나를 사랑해주는 재성 씨만의 뮤즈가 될 수 있어. 그러려면 지금 뭐든 해야 해. 나는 불법 촬영 어플의 주소가 적힌 메모지를 받았다.

신환1동 성당은 맞은편에 있는 신환제일교회의 오 분의 일 규모였다. 드라마에서 봤을 때보다 작고 초라했다. 신환제일교회 앞에는 노숙자를 위한 무료 급식소를 운영한다는 현수막이 펄럭이고 있었다. 교회에서 나온 전도자들은 성경 구절이 적힌 전단지나 물티슈를 나눠주고 있었다. 나는 물티슈를 받으려는 사람들을 요리조리 피해 성당 앞으로 향했다.

성당 앞에서 기웃대던 나는 성당에서 나오는 할머니에게 물었다.

"한채안 프란치스코 신부님은 어떻게 하면 뵐 수 있나요?"

"신부님? 미사를 집전하는 중이시니 끝나고 오렴."

나는 성당 구석에 서서 미사가 끝나길 기다렸다. 하고 많은 사람 중에서 어떻게 신부님 폰을 빌리지? 신부님이 혼자 바깥에 있는 시간은 없을까?

미사가 끝나고 신부님이 나왔다. 〈태양의 사제들〉의 주인공

신부와 외모가 반대였다. 키는 170센티미터 정도에 체형은 가냘팠다. 검은 눈에 하얗고 부드러운 얼굴선이 인상적이었다. 드라마의 주인공도 아닌데 아줌마나 할머니들이 옷깃을 여미면서 허리를 굽혀 인사하는 게, 대중매체의 영향이 강력하구나 싶었다. 나야 드라마와 현실을 착각하는 아줌마들이랑 다르니 저 신부님에게 빠질 일은 없지.

어서 폰을 빌리려고 신부님에게 가까이 다가갔다. 아기를 안은 두 부부가 나보다 신부님께 잽싸게 다가가서 아기를 내밀었다. 이런, 차례를 뺏겼잖아.

아기 엄마가 말했다.

"한 신부님, 저희 기억하세요? 신부님께 지난달에 유아세례를 받았어요. 안수도 받고 싶어서 들렀답니다. 잠깐 해주실 수 있나요?"

"그럼요."

신부님이 아기를 받아 안아 짤막한 기도를 하고 나자, 그 부모가 말했다.

"저희 부부가 오 년이나 기다린 아가거든요. 한 신부님께 세례를 받아서 얼마나 운이 좋은지 몰라요."

"그렇게 말해주셔서 감사합니다."

신부님이 품에 안긴 아기를 내려다보았다. 신부님에게 안긴 아기가 웃으니 아기의 부모도 따라 웃었다. 신부님도 웃고는 있지만 묘하게 슬픈 얼굴이었다. 그 부모는 아무것도 느끼지 못한 것 같았다. 이상하네, 내가 착각했나? 신부님은 사제복 자락에서 유아용 과자를 꺼내더니 아기에게 쥐어주었다.

재성 씨는 자기관리가 안 되는 사람은 세상에서 제일 혐오스럽다고 말했다. 그 말대로였다. 좀 더 가까이서 신부님을 보니 검은 머리칼에 흰 새치가 뒤섞여 있었다. 얼굴은 하얬지만 눈가엔 주름이 깊었다. 필러를 두어 대 맞으면 주름살은 금방 해결이고 새치 염색은 언니들이 하는 탈색과는 달리 시간이 오래 걸리지도 않는데. 신부랍시고 자기관리라곤 전혀 하지 않잖아. 저런 외모라면 약간만 신경 써도 다들 좋게 볼 텐데, 저렇게 방치하다니.

저 신부님은 여자들의 고통을 모를 거야. 맨 얼굴로 나갔다가 같은 반 애들이나 아는 어른들을 마주치면 화들짝 놀라는 기분을 알지 못할 것이다. 여자들은 파운데이션을 발라 피부색을 균일하게 하고 틴트로 창백한 입술 색을 감춘 후에야 편의점에라도 갈 수 있었다. 신부님은 여자들의 이런 괴로움을 알지 못 할 것이다. 드라마에 나온 검은 수단 차림으로 나서면 누구나 저 신자 부부처럼 굽실거릴 테니까.

신부님은 자기관리를 상상이나 해봤을까. 아니, 그런 단어를 알기나 할까. 재성 씨의 말이 맞아. 신부란 자기관리는 물론이고 아무 일도 안 하고 사람들을 등쳐먹으면서 편하게 살잖아. 나는 처음 본 순간부터, 저 신부님이 싫어졌다.

신자들이 미사를 마치고 흩어져 갔다. 다들 〈태양의 사제들〉을 봤는지, 신부님께 깍듯이 인사하는 것도 잊지 않았다. 저렇게까지 인사할 일인가. 신자들은 바빠서 미사에 빠져 죄송하다는 둥, 성가대가 생겨 신부님 노래를 못 들어 슬프다는 둥 쓸데없는 수다도 빠뜨리지 않았다. 신부님은 신자들 관리 차원인지, 하나하나 대답해주고 인사에 답하며 신자들이 청하는 기도를 쉬지 않았다. 떨어져 구경만 하고 있자니 하품이 나고 목이 말랐다. 나는 주변을 둘러보았다.

성당 맞은편에 거대한 빌딩이 보였다. 빌딩은 흡연실까지 딸려 있고 일 층 전체가 GS편의점이었다. 잠깐 편의점에 들러 생수 한 병만 사오자. 나는 편의점에서 생수를 샀다. 망설이다가 초코쿠키도 사고 성당으로 돌아왔다. 아니, 그사이 성당에서 나온 사람들이 다 없어진 게 아닌가. 뭐야, 벌써 신자들과 인사를 다 끝낸 거야? 신부님은 어디로 갔지?

나는 허둥지둥 성당 안쪽을 살폈다. 사무실 직원들도 다 퇴근한 모양이었다. 사무실의 불이 꺼진 채 잠겨 있었다. 이럴 수가. 나는 망연해서 성당 구석에 주저앉았다. 눈앞에 기회를 놓친 게 믿기지가 않았다. 성당 안으로 쳐들어가서 신부님의 핸드폰을 내놓으라고 할 수도 없는 노릇이었다.

나는 성당 옆 화단 앞에 쭈그리고 앉았다. 편의점에 가는 게 아니었는데. 이대로 돌아갈 수는 없다. 어떻게 하지?

편의점 건물에 있는 흡연실 문이 끼익 열려 쳐다보니, 검은 정장을 입고 키가 2미터 정도 되어 보이는 흑인 아저씨가 나왔다. 곱슬곱슬하게 부풀어 오른 머리칼에 꿰뚫어보는 듯한 눈빛을 갖고 있었다. 두툼한 목에 두른 굵은 금목걸이가 번쩍거렸다. 조폭인 걸까.

사람들이 흑인 조폭을 힐끗거리며 빙 둘러 지나갔다. 예전에 본 영화에 나오던, 금발 여자애를 지키는 흑인 배우랑 똑같이 생겼네. 까만 양복 차림도 똑같아. 하지만 저렇게 굵은 금목걸이는 처음 본다. 조폭은 성당 앞으로 와 십자가를 힐끗 보더니 뒤돌아서 폰을 꺼내고는 정신없이 들여다보았다. 손봐

줄 사람이라도 물색하는 걸까?

나는 안 보는 척하면서 조폭을 구경했다. 누군가가 화단 앞에 있는 나를 지나쳤다. 돌아보니 너덜너덜한 검은색 추리닝을 입은 노숙자였다. 아니, 추리닝 차림의 신부님이었다. 나는 할 말을 잃었다. 자기관리를 안 해도 적당해야지 평소 복장은 해진 추리닝이란 말인가. 아니, 지금 이게 문제가 아니다. 추리닝이고 뭐고 폰부터 빌려야 한다.

신부님에게 폰을 빌리려고 멘트를 궁리하는데, 신부님도 흑인 조폭을 보더니 놀란 얼굴을 했다. 신부님에게 말을 걸려고 하는 찰나, 신부님이 발소리를 죽이고 조폭 뒤로 살금살금 다가갔다. 신부님의 시선은 두툼한 지갑이 꽂힌 조폭의 뒷주머니를 향하고 있었다. 설마, 훔치려고? 신부님이 조심스레 손을 내밀어 지갑을 잡아 빼려는 순간, 조폭이 돌아보았다.

조폭은 눈을 희번득거리며 신부님의 손을 움켜쥐었다. 조폭에게 사로잡힌 신부님이 말했다.

"가진 거 빨리 다 내놓지 못해?"

낮고 부드러운 목소리의 조폭이 말했다.

"대한민국 종교인의 전형적인 멘트로군. 성직자라면 우아하게 돌려 말할 줄 알아야지."

"가진 돈 싹 내놔."

웃음을 참지 못하는 신부님을 조폭이 놓아주었다. 곧 조폭은 주머니에 폰을 넣으며 말했다.

"채안아, 검색해봤는데 이 근처에 맛집이라곤 없어. 뭐 이렇게 후진 동네가 소임지야. 일단 가면서 예약하면 되니까, 내 병원 근처로 가자."

저 조폭 아저씨, 신부님과 친한가? '내' 병원이라니, 조폭은 사시미 칼에 찔리면 치료할 병원도 갖고 있단 말인가?

"신자들이 추천해줬는데, 성당 앞 돼지갈비 집이 맛있대. 거기다 무한리필이다?"

"넌 그놈의 무한리필 좀 그만 밝혀. 가난뱅이 티 내냐?"

"가난뱅이? 다 알아채겠네. 조용히 말하지 못해?"

"네 코스튬이 시끄럽다는 생각은 못 하는 거지?"

조폭 아저씨가 신부님의 추리닝 지퍼를 고쳐 올려주며 말했다. 나는 돼지갈비 집에 들어가는 둘을 따라갔다.

신부님과 아저씨는 식당 야외에 설치된 파라솔 밑에 자리를 잡고 고기를 구웠다. 이 식당은 가족 단위의 손님이 많아 어쩐지 내겐 출입금지인 곳 같았다.

나는 후식으로 아이스크림콘을 들고 뛰어다니는 네댓 살 짜리 애들을 피해 식당 구석에 섰다. 어떻게든 신부님에게 폰을 빌리기만 하면 된다. 어차피 어플 설치는 금방 끝날 것이고, 나는 바로 재성 씨에게 돌아가 다이어트 주사를 맞을 수 있을 거야. 나는 금세 45킬로그램이 되겠지. 그러면 재성 씨의 무릎 위에 앉아 사진을 찍을 수 있을 거야. 그 사진은 거실 한가운데에 장식될 거고, 재성 씨는 날 가장 사랑해주겠지. 상상만으로도 행복했다.

조폭 아저씨가 고기를 구워 신부님께 건네주며 콜라를 따라주었다. 신부님이 화장실이라도 가지 않을까? 그럼 슬쩍 따라가서 폰을 빌려 달라고 하면 될 것 같은데. 계속 엿보고 있는데 신부님이 아저씨에게 말했다.

"병원은 어때?"

"출생률이 낮아서 그냥 그래. 그나마 산후조리원 평판이 괜찮아서 먹고사는 거지."

"그래, 산모들에게 무료로 심리 상담을 지원하는 병원장은 드물지."

설마, 저 흑인 아저씨가 병원장이라고? 신부님의 미소에 아저씨가 딴 데를 보며 말했다.

"산모들 배려라기보단 병원 홍보 차원에서 투자한 거야. 근데 심리 상담사가 영……. 여러모로 예민할 산모들 심리 상담을 해주라고 부탁했더니 출산의 고통은 신의 선물이니 감사히 여기라질 않나, 까칠한 산모의 상담 내역을 나한테 다 흘리질 않나……. 바로 해고수당을 줬는데, 공석엔 정신과 의사를 데려올까 생각 중이야. 어디서 괜찮은 사람을 찾을지는 모르겠지만."

"하긴 그렇네. 나도 심리 상담에 관한 좋은 기억이 없지만……. 적임자가 있겠지."

"네 적임자는? 식복사는 구했어?"

"아직."

"이번 식복사는 꼭 신원을 확인하고 구해. 연속으로 치매 할머니라니, 지나간 식복사 라인업은 너무 화려했다고."

"알츠하이머 아니시래."

"그럼 왜 TV 리모컨을 냉동실에 넣어두지? 그리고 왜 잠든 널 놔두고 가스불을 켜놓은 채로 외출하지? 자칫하면 그 할머니들이 널 중세의 파문형에 처하게 할 뻔했어."

아니, 그건 정말 위험하지 않나? 그런데도 신부님은 아무렇지 않은 얼굴로 고기를 먹으면서 말했다.

"사람이 실수할 수도 있지 뭐. 난 죽지도 않았고. 근데 리모컨을 냉동실 얼음에서 떼어내려니 귀찮긴 하다."

"이번엔 꼭 심신이 건강한 성인을 식복사로 구하라고."

식복사는 신부님의 어머니나 누이를 고용한다고 들었는데. 이 신부님은 가족이랑 사이가 나쁜가?

아저씨가 신부님의 접시에 고기를 담아주는 동안 신부님이 소주를 주문해 병마개를 땄다. 그러자 아저씨가 소주병을 빼앗았다.

"술 끊었다며."

"오늘 한 잔만."

"네 강아지가 걱정한다."

"요한이? 개야 신학교에 있으니까 괜찮아. 오늘만 먹을게, 응?"

신부님이 술을 따르자 아저씨가 잔을 빼앗아 불판에 부어버렸다. 불판이랑 숯이 뜨거운지 술이 치익 소리를 내면서 수증기가 되었다. 으악, 저 아저씨 성깔 있네. 아저씨가 술잔을 들여다보는 신부님에게 말했다.

"그 여자애 일은 너만 입 다물고 있으면 돼. 알았지?"

신부님이 여자애라도 건드린 건가? 역시 생김새는 믿을 게 못 돼.

신부님이 쓴웃음을 지었다.

"당연하지. 난 무슨 일이 있어도 신부 정년인 칠십 세까지 오래오래 해먹을 거야."

신부님이 여자들을 유혹해 나쁜 길로 몰아넣나 봐. 역시, 재성 씨의 말은 틀릴 리가 없지.

신부님이 콜라를 꿀꺽꿀꺽 마시곤 화장실을 간다며 자리에서 일어났다. 화장실 열쇠를 받아들고는 식당 밖으로 나왔다. 나는 신부님을 급히 따라갔다. 신부님은 화장실 열쇠를 편의점 테이블 위에 두더니 뛰다시피 편의점 안으로 들어가는 게 아닌가. 뭐지?

편의점에서 나온 신부님은 팩소주를 급히 마셨다. 어이가 없었다. 분명 술 끊었다고 했는데? 도로 식당 쪽으로 걸어가는 신부님은 술이라곤 마시지 않은 듯한 얼굴이었다. 그런 신부님의 모습이 좀 섬뜩했다.

나는 식당 주차장을 지나는 신부님을 따라가면서 폰을 빌릴 기회를 엿보았다. 식당의 야외 파라솔과 통로 쪽으로 종업원들이 화로를 들고 분주하게 돌아다녔다. 아이스크림을 든 서너 살짜리 아이가 종업원들 사이로 우당탕 뛰어다니면서 내 앞을 지나쳤다. 신부님이 뛰어가던 아이를 당겨 안았다. 신부님의 반질반질 빛나는 싸구려 추리닝 위로 아이스크림이 뭉개지며 종업원이 아슬아슬하게 아이를 비켜 지나갔다. 신부님이 아이를 풀어주자, 아이는 기분 나쁜 표정으로 뭉개진 아이스크림을 내던지고 뛰어갔다. 어이가 없었다. 뭐 저런 싸가지 없는 애가 다 있어?

화로를 든 종업원이 근심 가득한 얼굴로 신부님에게 뭐라 뭐라 말하자, 신부님은 종업원에게 웃어 보이고는 파라솔 아래로 가 아저씨의 맞은편에 털썩 주저앉았다.

둘이서 또 한참 동안 이야기를 나누었다. 신부님은 일어날 기미를 보이지 않았다.

나는 초조해져 식당 앞을 계속 기웃거렸다. 종업원 하나가 날 보고 고개를 갸웃하더니 말을 걸어왔다.

"애, 아까부터 여기 혼자 서 있는데, 부모님은 어디 있니?"

부모님 얘기가 나오면 할 말이 없다.

"부모님 어딨냐니까?"

나는 말없이 고깃집을 나왔다.

신부님은 성당에서 산다니까 앞에서 기다리자. 오늘 안에는 성당으로 올 것이다. 성당 문이 잠겨 있어서 나는 문 앞에 붙은 이런저런 포스터를 구경했다.

〈하느님의 자녀가 되세요.〉

〈들으러 오세요, 재미나는 가톨릭 예비자 교리.〉

"재미나는 예비자 교리?"

되게 재미없나 보다.

"예비자 교리 모집은 끝났으니 다음에 올래? 성당 문을 닫아야 하거든."

돌아보니 추리닝 차림의 신부님이 서 있었다. 술을 마셨는데 티가 하나도 안 나네.

신부님이 손짓으로 비키라는 시늉을 하더니 성당으로 들어가 문을 닫으려고 했다. 다짜고짜 폰부터 빌려달라고 하면 수상해 보이겠지. 나는 문을 덥석 잡았다.

"예비자 교리? 그걸 지금 하려면 어떻게 해야 하죠?"

"내년에 물어보러 와. 내후년에 와도 되고……. 되도록이면 나 없을 때……."

뭐야, 종교인이면 신자 돈으로 먹고사는 주제에 왜 저렇게 열의가 없어. 어이가 없었다. 그래, 아까 보니까 맞은편 교회는 전단지를 돌리던데. 성당에도 비슷한 게 있지 않을까.

"성당 전단지라도 주실 수 있나요?"

"성당 팸플릿 말이니? 그거 찾기 귀찮은데⋯⋯. 내일이나 모레 와. 나 없을 때."

정말 신부님 맞아?

"전 지금 꼭 받았으면 좋겠어요. 한 명이라도 더 성당에 다니면 가톨릭에도 이득 아닐까요?"

"뭐⋯⋯. 그래, 그럼. 사제관에 한 장 정도는 있겠지 뭐."

나는 떨떠름하게 성당 2층으로 올라가는 신부님을 따라갔다. 신부님은 좀 놀란 얼굴이었으나 별 말은 없었다.

사제관은 초라하고 쓸쓸했다. 자그마한 방 두 개와 거실, 주방은 누렇게 바랜 벽지로 마감되어 있었다. 방에 있는 침대와 이불은 빛바래 있었고, 거실은 손톱만 한 TV와 군데군데 해진 천 소파가 있었다. 낡은 스테인리스 싱크대가 놓인 주방에는 내 어깨에도 닿지 않을 듯한 소형 냉장고와 전자레인지가 있었다. 뭐야, 보육원보다 딱히 나을 것도 없잖아. 이런 곳에서 하루도 못 살겠는데.

신부님의 서재는 '핍진성의 산실'의 십 분의 일 크기였다. 바랜 벽지에 칠이 벗겨진 책상, 두꺼운 노트북 옆엔 책과 각종 서류가 촘촘히 쌓여 있었다. 신부들은 놀고먹는다던데, 왜 이렇게 서류가 많아?

신부님이 서류로 가득한 박스를 뒤적였다.

"이 상자 안에 팸플릿을 넣어둔 것 같은데, 조금만 기다려."

"저기, 기다리는 동안…… 제가 아버지……에게 전화를 해야 하는데…… 폰 좀 빌려주실 수 있나요?"

신부님은 대답이 없었다. 설마, 날 의심하는 걸까? 신부님이 박스를 들여다보는 자세 그대로 주머니를 뒤적이더니 나를 보지도 않고 폰을 내밀었다.

됐다, 성공이다. 이제 어플만 설치하면 나는 45킬로그램이 될 수 있어. 나는 신부님에게 폰을 받았다. 그런데……, 폰이 ……, 칠이 다 벗겨진, 십 년 넘게 쓴 것 같은 2G 폴더폰이었다. 나는 멍하니 서 있었다.

2G폰이라니. 대체 이게 무슨 일이야. 이 순간은 신의 존재를 믿을 수 있었다. 날 놀리려고 어디선가 맹렬히 찰흙을 빚고 있을 게 분명했다. 나는 폴더폰 겉면에서 반짝이는, 신자들이 붙여줬을 법한 형광색 스티커들을 바라보았다. '신부님은 사랑받기 위해 태어난 사람' '모든 것은 주님의 뜻♡'이라는 문구가 반짝이며 날 놀렸다. 나는 등에 흘러내리는 진땀을 느

끼며 신부님의 뒷모습을 바라보았다.

"신부님, 폰에 어플을 설치할 때는 어떻게 하세요?"

"어플? 그런 거 좋아 보이긴 하던데, 난 할 줄 몰라서."

"신기하고 유익한 어플이 얼마나 많은데요. 요즘 이런 폰을 누가 들고 다녀요?"

정말 미치겠네.

"전화는 잘 되는데. 아버지랑 통화가 안 돼?"

"……네. 이만 아버지께 돌아가야 할 것 같아요."

종이 한 장 들 힘도 안 난다. 나는 신부님에게 폰을 돌려주었다. 신부님이 폰을 책 더미 위에 올려두며 말했다.

"잠깐만, 조금만 더 기다려 봐. 팸플릿 다시 찾아볼게. 여기까지 왔는데 빈손으로 돌아갈 수야 있나."

그래, 사제관 안에 들어와 폰을 빌리기까지 했는데 그냥 돌아가? 신부님을 기다리며 생수와 초코쿠키도 사 먹었는데. 빈손으로 돌아가면 난 하루 종일 놀면서 재성 씨의 카드로 과자만 사 먹은 꼴이 된다. 최소한 노력은 했다는 증거라도 있어야 해.

나는 책 더미 위에 놓인 신부님의 폰을 바라보다가, 손을 뻗어 집어 들었다. 그리고 크로스백을 열어 폰을 넣었다. 폰을 가방에 넣자마자 신부님이 돌아보았다.

"구겨진 팸플릿만 있는 데다 작년 거네. 다른 거 찾아보려면 시간이 오래 걸릴 것 같고……."

나는 뒤로 물러서면서 말했다.

"나중에 받으러 올게요. 이만 가보겠습니다."

나는 꾸벅 인사하자마자 바로 서재를 뛰어나와 허겁지겁 계단을 내려갔다. 일 층으로 나와 잽싸게 성당 문을 나섰다. 말 그대로 날듯이 나왔는데 신부님이 소리치거나 따라오는 기색은 없었다. 그래도 나는 숨이 찰 때까지 뛰었다. 결국 신부님의 폰을 훔치고 말았다. 이걸 재성 씨께 드리고 어쩔 수 없었다고 말하자. 누구라도 실패할 수밖에 없잖아. 어떻게든 다이어트 주사를 맞으려면 무슨 말이든 해야 돼.

나는 가방 위로 볼록 튀어나온 신부님의 낡은 폰을 만져보았다.

"그러니까. 이게 신부 폰이란 말이지."

재성 씨가 말했다. 나는 침을 꿀꺽 삼켰다.

"네."

"넌 폰을 훔쳐온 거고."

"……네."

"내가 도둑질하라고 가르치지는 않았을 텐데."

"하지만 그냥 돌아오면, 제가 하루 종일 놀았다고 생각하실까 봐……. 신부님한테 폰을 빌리긴 했어요. 2G폰일 줄은 생각도 못했지만……. 스마트폰이기만 했어도 어플을 바로 설치했을 거예요."

재성 씨가 폰에 덕지덕지 붙은 스티커를 만지작거렸다.

"물론 넌 노력했지. 하지만 이 폰은 내 기대와는 거리가 있군. 하긴, 소설 속 악역들은 작가의 기대대로 움직이지 않을 때도 있어. 그럼 죽여버리면 되지만."

재성 씨가 책상 서랍을 열더니 검은 콩알 같은 것을 꺼냈다.

"이건 국내에서도 몇 명 구하기 힘든 고성능 카메라야. 영상의 모든 소리가 녹음되는 건 물론이고, 눈빛도 다 보일 정도로 정밀하단다."

재성 씨는 폴더폰의 스티커 사이에 카메라 한 개를 솜씨 좋게 붙였다. 카메라는 너덜너덜한 스티커 사이에 자리 잡았다. 숨은 티가 전혀 나지 않았다. 재성 씨가 뭔가를 조작하고 폰을 들자, 재성 씨와 나의 모습이 멀티비전에 보였다. 세상에, 내 얼굴의 모공이 축구공만 하게 보이는 화질이다. 끔찍해라.

"화질이 정말……, 좋네요."

"음질도 좋단다."

내 목소리와 재성 씨의 목소리가 멀티비전에서 위렁위렁 울렸다. 와, 정말 녹음까지 잘 되잖아.

재성 씨가 신부님의 폰을 내밀며 말했다.

"비포, 네가 신부에게 폰을 돌려주기만 하면 돼. 그럼 신부가 여자들을 망쳐온 증거를 자동으로 잡을 수 있어. 그 영상을 본 모두가 신부의 실체를 알게 될 거야."

재성 씨가 내 어깨를 토닥였다.

"그럼 너는 다이어트 주사를 맞을 수 있고. 그러니 신부에게 폰을 돌려줄 수 있겠지?"

그래, 45킬로그램이 될 수 있다면 난 뭐든 할 수 있어.

나는 홀린 듯 폰을 받았다.

사악한 신부와 자동차 안의 미인

'신부님에게 폰을 돌려줘야 하는데…… 어떡하지?'

나는 성당 건너편 골목에 서서 한참을 망설였다. 미사 시간을 확인해보고 갔기 때문에 미사가 곧 끝나리라는 것도 알았다. 신부님에게 뭐라고 말을 꺼내나. 내가 폰을 훔쳐간 걸 알고 있을 텐데 무슨 변명을 하지?

땀이 삘삘 났다. 하지만 해내야 해. 이 폰을 돌려줘야 45킬로그램이 될 수 있어.

드디어 미사가 끝났다. 신부님이 우르르 몰려나온 신자들과 인사를 주고받았다. 지루하지만 계속 기다리자. 신자들이 다 빠져나간 후 신부님이 성당 안으로 들어가려고 했다. 나는 골목길에서 빠져나와 성당으로 뛰어갔다. 그런데 나처럼 사람들이 사라지길 기다렸는지, 길쭉한 차가 순간 미끄러지듯 성당 앞에 섰다.

차창이 내려가자 운전석에 앉아 있는 젊은 여자의 얼굴이 드러났다. 삼십 대 초반, 아니면 이십 대 후반인가? 하얗고 섬세한 얼굴이었다. 긴 생머리에 가냘픈 팔이 비치는 옅은 색 블라우스가 정말 잘 어울렸다. 조폭 아저씨가 신부님에게 말한, 잊어버리라는 여자가 저 사람인가?

조심히 엿보는데 신부님이 차 앞에서 여자와 몇 마디를 나누었다. 뭐라는 거야. 폰을 돌려줘야 하는데 빨리 좀 끝내지. 갑자기 신부님이 화난 얼굴을 하더니 냉큼 차 문을 열고 여자의 옆자리에 탔다. 신부님이 여자랑 같이 차에? 내가 눈을 의심하는 사이 차가 부웅, 소리를 내며 출발했다.

나는 크로스백 속에 있는 폰을 내려다보았다. 이게 뭐야, 절호의 기회를 놓쳐버리다니. 몇 분이라도 일찍 폰을 돌려주기만 했어도……. 나는 머리를 쥐어뜯고 싶었다. 그런데 금세 차가 돌아왔다.

차에서 내리는 신부님은 여전히 화가 난 얼굴이었다. 여자와 싸운 걸까? 여자가 차창을 내렸다. 헉, 여자의 긴 속눈썹이 눈물에 엉망으로 엉켜 있었다. 고개를 숙인 여자의 흰 뺨에서 눈물이 툭툭 떨어져 블라우스를 짙은 색으로 물들였다. 이 와중에 못생긴 여자는 울지도 못하겠구나, 생각하고 있다니. 여자가 얼굴을 훔치며 말했다.

"저는 남편을 사랑해요."

세상에나, 유부녀. 신부님은 유부녀의 말을 듣더니 더 화난 얼굴이 아닌가.

여자는 곧 차를 몰고 성당 앞을 떠나버렸다. 나는 어리둥절한 채로 신부님을 관찰했다. 신부님은 화를 삭이려는지 한참 동안 성당 앞을 왔다 갔다 할 뿐이었다. 저렇게 생긴 여자를 울리고 화까지 내는 건 또 뭐야. 적반하장이 따로 없었다. 재성 씨가 말한 대로, 저 그럴듯한 사제복으로 여자를 유혹하고 망가뜨리는 게 분명해.

얼른 신부님의 실체를 밝히고 다이어트 주사를 맞아야지. 나는 신부님에게 폰을 어떻게 돌려줄지 궁리해보았다. 사제관이 일 층이라면 창문으로 폰을 던져넣을 수 있을 텐데. 티 나지 않게 폰을 돌려주려면 사제관이 비었을 때를 노려야 한다.

들어가서 살짝 폰만 놓고 나오면 되는데, 언제 빌지 내가 무슨 수로 알지. 성당 건너편에 쪼그리고 앉아 머리를 감싸 쥐는데 신부님의 목소리가 들렸다.

"어제 그 예비 신자네? 여기서 뭐해?"

와, 방금 여자를 울려놓고 아무렇지 않게 인사하다니. 진짜 뻔뻔하네.

"아, 안녕하세요."

신부님은 대답이 없었다. 딴생각을 하는 얼굴이었다. 왠지 잡념을 쫓아버리려고 내게 말을 건 것 같기도 했다. 하긴 생판 남인 나도 차 안의 여자가 우는 걸 보니 마음이 좋지 않은데……. 사귀었던 신부님의 마음도 잔잔하지는 않겠지. 신부님은 내가 폰을 훔친 걸 모르는 것 같기도 하고, 알면서 시치미를 떼는 것 같기도 했다. 어떻게든 사제관에 들어가 폰을 놓고 도망치자. 그리고 불법 촬영 영상이 잘 나오는지 재성 씨의 집필실에서 확인하면 돼. 신부님이 유부녀를 울리는 영상을 재성 씨가 보고 나면 나는 다이어트 주사를 맞고 45킬로그램이 되는 거야.

"저 신부님, 팸플릿, 작년 거라도 주실 수 있나요?"

"그래? 서재에서 찾아봐야 되는데, 좀 기다릴래?"

신부님은 일 층에서 기다리라는 뜻으로 말한 듯했지만 나는 어제처럼 무작정 신부님을 따라 올라갔다.

사제관은 여전히 초라했다. 신부님이 사방에 널린 책 사이로 들어가서 이것저것 꺼내기 시작했다.

"분명 여기 한 상자 놔뒀는데……."

나는 크로스백에서 폰을 살짝 꺼내 책상 위에 두었다. 아냐, 이건 너무 보란 듯 놓여 있으니 더 수상하네. 나는 폰을 책 아래로 밀어 넣다가, 노트북 마우스를 건드리고 말았다. 신부님의 노트북에 띄워져 있던 유튜브가 재생되면서 조용한 사제관에 여자의 목소리가 울려 퍼졌다. 으악, 어떡해. 신부님이 돌아보는데, 얼마나 놀랐는지 얼굴이 하얗게 질려 있었다. 유튜브 영상 속의 성우가 말했다.

"줄리어드 음악원으로 유학할 예정인 한채희 양입니다. 박수로 맞아주십시오."

옛날 폰트스러운 자막이 흘렀다. '청춘음악회-1980년 예원학교 한채희(17).'

유튜브 영상에서 교복 차림의 아름다운 한채희가 노래를 불렀다.

1980년이면 대체 몇 년도야? 거의 사십 년 전의 영상이네.

한채희, 한채안? 가만, 이름도 비슷하네. 거기다 눈매며 얼굴선까지 꼭 빼닮은 게, 신부님 가족? 누나인가?

신부님이 책을 헤치며 허겁지겁 다가와 유튜브를 정지했다. 은은한 종소리처럼 사제관을 물들이던 한채희 양의 노래가 그쳤다.

"멋대로 틀어서 죄송합니다."

대답 없는 신부님의 옆얼굴에 날이 서 있었다. 숨 막히는 공기다. 이러다가는 기껏 폰을 돌려놓았는데 추궁 당할지도 모른다. 신부님의 기분을 어떻게 풀어주지? 나는 유튜브 영상 속의 미소녀를 보았다.

"저 누나분, 정말 예쁘시네요."

신부님이 날 보았다.

"저는 음악을 잘 모르지만 노래도, 저분도 아름다워요."

신부님이 말로 형용할 수 없는 표정으로 여학생을 보았다. 아니, 내가 모르는 말로 표현해야 할 표정이었다. 설마. 누나랑 원수지간이었나? 하긴 사이가 좋았다면 누나가 신부님의 식복사를 해줬겠지. 내가 잠자던 원한을 건드린 건가? 괜한 얘길 했네. 나는 주워 담을 말을 급히 궁리했다. 미동도 하지 않던 신부님이 입을 열었다.

"……팸플릿 대신에 예비 신자용 교재를 찾아줄게. 좀 더 기다릴 수 있니?"

"저기, 신부님 폰, 여기. 있는.데.요."

아카데미에 어색연기상 부문이 있다면 내가 트로피를 자루째 쓸어 담을 것이다. 내가 책 사이에서 폰을 꺼내자, 신부님이 놀랐다.

"폰이 거기 있었네. 어제도 본 책인데 왜 몰랐지?"

나는 질질 흐르는 땀을 닦으며 말했다.

"그, 그러게요. 하.하.하."

미쳤나 봐, 이러다 들키겠어. 나는 눈치를 보면서 슬슬 빠져나갈 타이밍을 노렸다. 폰은 현대인의 심장과도 같지. 신부님이라고 다를까. 이제 신부님이 폰을 들고 다니기만 하면…….

신부님이 책 한 권에서 책갈피를 빼내더니, 그 자리에 폰을 끼워놓곤 책을 던져두었다.

"예비자 교재가 없으니까 대신 성경을 줄게."

신부님이 성경에 책갈피를 끼워 내게 건넸다.

"폰, 저 폰 말예요. 잘 들고 다니셔야 되지 않나요?"

"괜찮아. 잃어버린 줄 알았더니 금방 찾았잖아."

이래서야 답이 안 나와. 맞아, 식복사. 식복사를 구한다고 했지. 치매 할머니가 했다는 걸 봐서 나이나 신분이 중요한 일은 아닐 거야. 어떻게든 핑계를 대서 신부님 옆에 있다가, 차 안의 여자의 정체를 캐내어 재성 씨에게 갖다 주면 돼. 그러면 45킬로그램이 된 나는 재성 씨의 무릎 위에 가벼이 앉을 수 있겠지. 그리고 재성 씨의 뮤즈로 책의 표지를 장식하며 모두의 사랑을 받을 수 있을 거야.

"신부님, 제가 식복사 할게요."

"식복사? 구하고 있기는 하다만……. 식복사가 뭔지 아니? 신부의 식사 장만을 도와주는 일이야. 너 같은 아이가 할 일이 아니야."

"저, 요리 잘해요."

"요리는 나도 잘해."

아니, 지금 요리 대결을 하자는 게 아니야.

"신부님, 제가 갈 곳이 없어서 그래요. 부모님은 안 계시고 저의 아버지가 되실 보호자분은 지금 병원에 계세요. 보육원에 돌아가고 싶지는 않아요."

요즘 재성 씨는 검버섯을 빼러 병원에 다니고 있으니 거짓말은 아니다. 신부님의 눈에 망설이는 기색이 보였다.

"제가 밥도 하고 반찬도 해드릴게요. 잘할 수 있어요."

차 안의 여자와 신부님이 사귀는 증거가 카메라에 찍히면 식복사야 당장 바이바이지.

"그래. 그럼 건너편에 욕실이 딸린 방이 있으니까 거기서 숙식하면 될 거야. 불편하기는 하겠지만 갈 곳이 없다면……. 이름이 뭐니?"

"저는 김유정이고 열두 살이에요. 잘 부탁드려요."

신부님은 나쁜 사람이니 속여도 돼. 난 45킬로그램이 되어 재성 씨에게 사랑받아야 하니까. 나는 꺼림칙한 마음을 누르며 웃어 보였다.

신부님은 신부님의 방보다 조금 작은 보좌신부용 방을 내주었다. 이불이 너무 낡았지만 신부님 이불보단 새 것이라 할 말이 없었다. 거실에 있는 TV는 버튼이 떨어진 데다 리모컨이 없었다. 나는 신부님에게 리모컨은 어디 있냐고 물어봤다.

"아, 그 리모컨 냉동실에 있는데, 꺼내기가 귀찮아."

신부님 말대로 리모컨은 냉동실의 얼음 속에 딱 붙어 있었다. 어이가 없었다. 재성 씨의 저택에서는 거실에 있는 거대한 평면 TV로 24시간 아이돌 뮤비나 패션쇼를 볼 수 있는데. 신부님은 원시인인가? TV도 안 보면 대체 뭘 하고 사는 거지.

저녁 시간인데도 신부님은 내게 밥을 지으란 말을 하지 않았다.

"사실, 오늘은 나 혼자 먹을 줄 알고 식재료도 준비하지 않았어. 장은 내일 보러 갈 건데, 일단 오늘 저녁은 내가 할게. 넌 사제관 구경하다가 필요한 거 있으면 말해줘."

사제관은 구경할 것도 없이 좁은 데다 방이고 거실이고 시계조차 없다. 신부님은 시계 대용으로 폰을 아무 데나 얹어두는 모양이었다. 명색이 사제관인데 뭐가 이렇게 궁상맞담.

나는 더는 둘러볼 것도 없어서 계란으로 가득한 냉장고를 열고 닫는 신부님 옆을 얼쩡거렸다. 평소에 계란만 먹고 사나.

신부님은 계란을 꺼내 계란국을 끓이고 계란 물을 만들어 부쳤다. 재성 씨는 샐러드에 엑스트라 버진 올리브유를 살짝 뿌려 먹는데, 신부님은 1+1 증정이라고 적힌 카놀라유를 프라이팬에 듬뿍 붓고 있잖아. 카놀라유를 가득 흡수한 계란말이라니. 분명 콜레스테롤을 잔뜩 섭취하게 될 거야.

"신부님!"

남자애 목소리가 들려 돌아보았다. 한 손에 음료수 선물세트를 든 남자애가 활짝 웃으며 사제관으로 들어오다가 나를 보고 흠칫 놀랐다.

"어, 요한아. 방학이었지?"

"네, 말씀드릴 것도 있어서 주임신부님 허락 받자마자 뵈러 왔습니다."

고등학생인가? 남자애는 키가 신부님보다 큰데 어려 뵈는 갈색 눈이 십 대 중후반 같기도 하다. 남자애가 나를 훑어보았다.

"신부님, 얘는 누굽니까?"

"유정아. 이쪽은 최민호, 요한. 신학생이고 스무 살이야. 학사라고 부르지. 요한아, 이쪽은 김유정. 열두 살이고 내 식복사야."

"안녕하세요."

학사는 대꾸 대신 다시 나를 이리저리 훑어보았다.

"신부님, 이번 식복사는 어린애입니까?"

학사는 걱정스런 얼굴로 말을 할 듯 말 듯하다 입을 다물었다. 하긴 나라도 치매 할머니의 바통을 이은 어린애가 썩 마음에 들 것 같지는 않다. 하지만 나는 45킬로그램을 위한 사정이 있다고.

계란국에 소금을 넣던 신부님이 말했다.

"요한아, 할 말 있다며?"

학사가 날 힐끗 보더니 나중에 말하겠다고 했다. 신부님은 고개를 끄덕이고는 과도로 계란말이를 납작납작 썰었다. 식칼이 없나? 특이하다.

"식칼은 안 쓰시나 봐요?"

"아, 내가 워낙 섬세한 성격이라 식칼에 트라우마가 있거든."

뭔 말이야. 신부님이 식탁 위에 반찬을 놓으며 말했다.

"주형이가 못 온다고 해서 대충 때우려고 했는데, 마침 일요미식회 멤버도 왔으니까 찬을 좀 만들어봤어."

"일요미식회요?"

내가 물었다.

"일요미식회는 대한민국의 미래를 고민하는 사조직이야. 다시 말해, 나의 노후 대책을 고민하는 조직이지."

아니, 신부님의 노후 대책이랑 대한민국의 미래가 대체 무슨 상관인데?

"요한이는 일요미식회 멤버 중 한 명이란다."

일요미식회라니, 수요미식회란 프로그램을 표절한 거 아닌가? 여하튼 나랑 상관은 없으니까.

신부님의 손에는 손끝을 긁혔다가 아문 흉터가 나 있는 데다, 큐티클이며 거스러미가 가득해 거칠었다. 일주일에 두 번

네일 케어를 받는 재성 씨의 손과는 천지 차이다. 역시 자기 관리라고는 하나도 안 하는구나. 내가 신부님의 손을 보고 있자 학사도 나의 시선을 따라가다 놀라 소리쳤다.

"신부님, 손목에…… 다치신 거예요?"

신부님의 소매 아래 드러난 손목에 벌건 자국이 있었다.

"아, 이거? 고깃집에서 숯불에 데었어. 별거 아냐."

붉은 기가 깊게 퍼진 자국 가장자리로 물집까지 부풀었다 터져 있었다. 고깃집에서 데였다는 말은 맞겠지만 그게 다가 아니잖아.

"어휴, 조심하시지. 신부님, 병원에 가셔야겠습니다. 이러다 흉터까지……"

"에이, 손도 아니고. 미사에는 지장 없어."

신부님은 학사의 말을 자르며 소매를 내려버렸다.

"밥 먹자. 유정이도 앉아."

신부님이 말했다. 백미 밥에 싸구려 카놀라유가 듬뿍 들어간 동물성 음식이라니. 나는 저녁을 거절할 그럴듯한 말을 궁리했다.

"의자가 무거울 거야, 그렇지?"

신부님이 의자를 빼주었다. 나는 의자를 내려다보았다. 식탁과 세트인 똑같이 싼 티 나는 갈색이다. 재성 씨 저택의 가냘 픈 엔틱 의자처럼 예쁘지도 않고, 디자이너가 만든 스툴처럼 고급스러워 보이지도 않는다. 하지만, 이건 내 의자다. 다른 사 람이 빼준 내 몫의 의자. 나는 홀린 듯 의자에 앉았다.

신부님이 차린 식탁에는 계란국과 계란말이, 계란찜이 있었 다. 학사는 감격한 얼굴로 반찬들을 내려다보았다.

"한 신부님께서 손수 차려주시는 식탁이라니요."

그냥 계란 반찬만 있는데 그렇게까지 감동할 일인가?

"자, 먹자."

신부님의 말이 끝나자마자 어디선가 들어본 굵직한 목소리 가 들렸다.

"채안아. 신학교 영어에선 '바리에이션'이란 단어를 빼고 가 르치냐?"

놀라서 돌아보니 흑인 아저씨가 문 앞에 있었다. 그때 그 조 폭, 아니 병원 아저씨잖아.

아저씨는 자기 집처럼 신부님의 물컵을 들어 물을 마시고는 학사에게 말했다.

"중2야, 방학이면 여자랑 놀아야지. 예쁜 간호사 유부녀들 소개해줄까."

뭐야, 유부녀? 저 아저씨도 차 안의 여자와 연관이 있는 건가? 정말 하나 같이 지저분하다.

학사는 기분 나쁘다는 표정이었다.

"선생님은 여전히 쓸데없는 농담을 좋아하시는군요. 절 중2라고 부르지 마십시오. 저 이제 신학대생입니다. 스무 살이고, 어엿한 성인이란 말입니다."

"그래, 그래. 신학생은 2학년 때 군대 가지? 군대 아주 무서운 데다. 각오해라."

아저씨는 말이 없어진 학사의 맞은편에 앉았다. 아저씨는 신부님이 퍼준 밥을 먹으면서 말했다.

"채안아, 국이랑 반찬 다 네가 한 거지? 낡은 과도로 자르니 그 모양이지. 제대로 된 식칼 사다 줘?"

"아니 잠깐만. 이 계란찜, 내 턱선과 콧날로 베어줄 작정인데?"

"개소리하지 말고."

"선생님, 아무리 친구라고 해도 말씀이 너무 심하십니다. 선생님은 신부님이 어떤 분인지 모르시는 겁니다."

"모르긴……. 얘가 이 성당에 부임하자마자 세 달인가 피정가더니 내 연락이란 연락은 몽땅 씹어버리더라고. 귀국한 김에 몰래 한국 여자들을 만나고 다녔을지 네가 어떻게 알아."

"어떻게 알았지? 나한테 몰래카메라라도 달았어?"

나는 숟가락을 떨어뜨렸다.

"역시. 피정이 아니었지?"

"아름답고 친절한 분들에게 신세를 많이 졌지."

신부님이 내게 새 숟가락을 건네주며 말했다.

"봐, 얜 분명 어딘가에서 허튼 짓을 하고 다녔을 거라고. 주임신부 되기 전에 유럽에 몇 년이나 있었잖아. 분명 머리색이 다양한 자식들이 오천 명쯤 아빠, 아빠하고 있을걸."

"그럴 리 없습니다. 신부님은 키도 작고 체격도 작으셔서 서양 여성들에게 전혀 인기가 없었을 겁니다."

"요한아, 너 내 편 맞는 거지?"

"당연합니다. 신부님의 남루한 복장은 분명 여성들의 환영을 받지 못할 테니까요."

"요한아, 너 내 편 맞는 거지?"

정말 바보들 같다.

"내 옷이 그렇게 낡아 보이나?"

추리닝 소매 구멍에 손가락을 넣어보는 신부님에게 아저씨가 말했다.

"내가 헌옷 수거함에서 훔쳐 입지 말라고 했지. 가톨릭 교리에도 있지 않나? 간음하지 말라고."

아니, 그게 여기에 해당하는 교리야?

"훔친 거 아니야. 성당 바자회에서 샀어. 삼천 오백 원이었는데 신자들이 천오백 원 깎아준 옷이란 말야."

"그럴 줄 알았지. 신부라고 특혜를 받으니까 네가 신자들에게 존경을 못 받는 거야."

"날 뭘로 보는 거야? 난 돈을 위해서라면 존경 따위 길바닥에 내버릴 거야."

신부님이 주먹을 불끈 쥐며 말하자 학사가 말했다.

"걱정 마십시오. 제가 다 주워 모아서 따라가겠습니다."

그 순간 학사의 가방이 뒤집히면서 내용물이 와르르 쏟아졌다. 드라이 샴푸, 칫솔세트, 핸드워시, 가글액 등등 전부 세정 용품이다. 뭐야, 결벽증? 더러움을 모르고 자란 부잣집 도련님인가? 아저씨가 마지막 데오드란트까지 가방에 다 주워 담은 학사에게 말했다.

"중2야, 너 요즘 여자 만나냐? 향수에 데오드란트 스틱에……. 하긴 신학생 때 여자를 실컷 만나야지, 신부 되면 애처럼 몰래 만나야 돼."

"또 무슨 헛소리십니까."

"그래. 헛소리하지 마. 난 여자를 몰래 만나지 않아. 대놓고 만나지."

무, 무슨 소리야. 차 안의 여자를 말하는 거겠지? 그런데 저렇게 직접적으로 말해도 되나? 여기 끼어 있다 보면 뭔가 단서를 얻어낼 수 있을지도 몰라.

"선생님, 정결하신 신부님을 호도하지 마십시오. 선생님이야말로 왜 검은색 양복만 입고 다니시는 겁니까. 선생님 체구에 검은색 양복이면 다른 사람들이 조폭으로 오해할 텐데, 설마 오해를 조장하시려는 겁니까."

"그럴 리가. 나는 세금도 내고 공영 주차장을 이용하는 건전한 시민이야."

"그런데 왜 늘 검은 정장 차림에 굵은 금목걸이를 하고 다니시는 겁니까."

"살아가면서 생기는 사소한 잡음들을 모두 겪을 필요가 없잖아?"

"그냥 조폭으로 보이고 싶다는 말 아닙니까. 괜히 신부님을 귀찮게 하지 말아주십시오."

"흠……. 근데 이 꼬맹이는 누구야?"

아저씨가 날 보았다. 빨리도 궁금해한다. 한밤처럼 검은 피부에 하얀 눈자위, 꿰뚫어보는 것 같은 검은 눈이 빙글 움직여 나를 내려다보았다.

"얘……, 뭐하는 애지?"

침을 꿀꺽 삼키는데 신부님이 내게 말했다.

"유정아. 우리 일요미식회의 총무를 소개할게. 얜 내 고등학교 동창이고, 이름은 이주형. 산부인과 의사고, 병원도 갖고 있고, 나보다 키도 훨씬 커. 얘가 빠른 년생이라 나보다 한 살 어리지만, 내가 워낙 동안이라 얘 아들로 보이지?"

"채안아, 남을 소개할 땐 잠깐이라도 헛소리를 쉴 수는 없냐?"

아저씬 흑인 같은데 고등학교 동창이라니. 이민 온 사람인가? 아저씨가 날 빤히 보더니 말했다.

"이민 온 건 내 아버지야."

아저씨는 학사랑 반대로 남이 무슨 생각을 하는지 꿰뚫어보는 것 같다. 식은땀을 닦는데 신부님이 계란국을 먹으며 말했다.

"유정아, 너도 일요미식회에 가입하고 싶지?"

뜬금없이 일요미식회라니. 난 일요미식회에 들 마음이 없어.

이름부터 자기관리와 상극이잖아.

"그게……. 여자는 자기관리가 중요한데, 일요미식회는 이름
부터 자기관리와 관계도 없어 보이고……."

"최고의 자기관리는 매일 맛있는 음식을 왕창 먹는 거야. 그
러니 일요미식회에 들면 매일 나랑 자기관리를 하는 거지."

저게 말이 되는 소리야?

"그래서 말인데, 이번 돌아오는 주일에 일요미식회에서 돈까
스우동을 먹는 게 어때?"

돈까스우동이라고? 이름만 들어도 탄수화물이 몸에서 흘러
내린다. 아저씨가 날 보더니 말했다.

"꼬맹아. 근심 걱정이 가득한 표정이구나. 너무 염려하지 않
아도 돼. 나도 자고 일어나니 내가 알지도 못했던 조직의 총무
가 되어 있었지만, 내 지갑이 비는 것 외에 다른 문제점은 없
었어."

지금 걱정하지 말라고 하는 말인가?

"그래. 오늘부터 우리 일요미식회 회원들은 네 식구야. 나,
주형이, 요한이, 유정이. 어때, 유정아?"

"이 꼬맹이는 딱히 찬성하는 기색이 아닌데. 무엇보다 네가
만든 계란말이를 거의 먹고 있지 않잖아."

"계란이 얼마나 맛있는데. 왜 안 먹지?"

"왜 안 먹냐니, 당연히 모양이 이상해서지. 이렇게 들쭉날쭉 자른 계란말이를 무슨 입맛으로 먹겠냐."

"아, 그렇구나."

"선생님, 말씀이 지나치십니다."

맞아, 아저씨는 무슨 말을 저런 식으로 하지. 나는 살이 찔까 봐 기름진 반찬을 피했던 것뿐이었는데.

저녁을 먹고 난 뒤, 신부님이 날 가만히 서재로 불렀다.

"유정아. 내가 많이 먹으라고 한 건 몰라서 그랬어. 음식 모양이 마음에 들지 않으면 억지로 먹지 않아도 돼. 내가 혼자 오래 살다 보니까 다른 사람의 마음을 눈치채는 게 늦어질 때가 많아. 미안하다."

진지한 얼굴이었다. 계란말이의 모양 때문이 아니라, 기름기가 많아서 안 먹은 건데. 하지만 내 몸매에 그런 말을 하면 남들이 비웃지 않을까? 내가 할 말을 고르는 사이 신부님이 말을 이었다.

"요리가 서툴러도 이해해줘. 담엔 잘 만들어볼게. 사실 내가 타고난 요리사거든. 한국의 백종원이지."

"……백종원이 한국 사람이잖아요."

"음, 그렇긴 하네."

아저씨가 학사와 서재로 들어오면서 말했다.

"채안아, 밥 좀 안 먹었다고 애한테 갖은 협박을 하는 몰염치한 짓을 한 거야?"

"다 들렸나 보군. 아무도 살려두지 않겠어."

신부님이 주먹을 불끈 쥐어 보였다. 아저씨가 학사에게 말했다.

"봐, 중2야. 네 선배는 조폭이라고. 분명 등에 화려한 문신을 수놓았을걸."

"신부님은 순백의 피부이십니다. 절대로 티 한 점 없으시단 말입니다."

"요한아, 너무 확신하는 것 같은데……"

"옷을 벗겨볼 기회가 생기면 확실하지. 분명 등에 뱀과 잉어, 용이 가득할 거야."

"아니야……. 용은……, 비싸더라고……"

"농담이시죠, 신부님?"

학사의 눈이 커지자 신부님이 웃음을 참으면서 주방으로 가 상을 치웠다. 역시 학사는 바보야.

신부님을 도와 저녁상을 치운 아저씨는 담배를 피우러 나 갔다 온다고 했다. 학사는 설거지를 하고 신부님은 음식물 쓰 레기를 정리했다. 양치질을 하고 나오니 학사랑 신부님이 보이 지 않았다. 싱크대에 설거지 그릇 몇 개가 그대로 쌓인 채였 다. 어디 갔지?

서재에서 말소리가 들려 가 보니, 학사가 가방에서 스케치 북을 꺼내 신부님에게 보여주고 있었다.

"네가 그린 거야? 대단한데."

학사가 수줍은 얼굴로 웃었다.

"그림을 블로그에 올려봤는데, 그걸 본 출판사에서 연락 받 았습니다. 그림 가지고 한번 와보라고 하더라고요."

"난 그림을 잘 모르지만 느낌이 좋다."

학사가 대답 대신 웃자, 공기가 부드럽게 데워지는 것 같았 다. 학사는 신부님이 무어라고 말할 때마다 신나서 설명을 하 거나 얼굴이 빨개지거나 했다. 할 말이 있다더니……. 나나 아 저씨 앞에서 저 모습을 보여주고 싶지 않았던 거겠지.

나는 돌아 나와 학사가 하다 만 설거지를 하려고 했다. 내 가 달그락대는 소리를 들었는지 학사가 급히 뛰어나왔다. 학 사는 내게서 고무장갑을 빼앗고는 설거지를 했다. 신부님이 음식물 쓰레기봉투를 들고 나가자, 학사가 내게 빈 박스가 몇 개 있다며 버려달라고 했다. 나는 명색이 식복사면서 아무것도 안 한 게 좀 민망했던지라 빈 박스를 냉큼 받아 나와, 성당 바깥에 박스가 모아진 곳에다 버렸다. 사제관으로 막 들어가려는데, 성당 주차장 기둥 앞에서 신부님은 음식물 쓰레기봉투를 들고, 아저씨는 불붙이지 않은 담배를 빙글빙글 돌리고 있는 게 보였다.

"채안아, 네 취미가 괴상한 건 알고 있었지만⋯⋯. 이젠 식복사한테 밥을 해주냐?"

"식복사라고 하긴 뭣하지. 이제 열두 살짜리 어린아이인데."

난 기둥 뒤에 숨었다.

"그래, 그럼 네가 차려주는 밥을 먹는 어린아이의 정체가 뭐야."

"갈 곳이 없대. 부모님이 안 계시고, 유정이를 입양하려는 보호자분은 아프셔서 병원에 계시고⋯⋯."

"눈물이 앞을 가리는군. 내가 손수건을 꺼낼 동안 보호자 이름과 연락처, 병원 주소, 호실을 불러봐."

헉.

"글쎄. 유정이 신상에 대해 물어본 건 없는데."

"뭐? 보호자 이름은 알지?"

"몰라."

"모른다고? 돌았냐?"

"아이한테 개인 정보를 물어보면 의심하는 것 같잖아."

"의심해야지! 갑자기 굴러들어온 여자처럼 의심스러운 게 어딨어. 도대체 어떤 애인 줄 알고 사제관에 들인 건데?"

맞는 말이지만 지금 맞장구칠 때가 아니었다. 땀이 삘삘 났다.

"어린애를 의심해서 뭐해. 어차피 나는 잃을 것도 없는데. 내겐 훔쳐갈 것도 없어……."

"채안아."

아저씨가 담뱃갑을 구겼다.

"넌 네 인생이 아무것도 아니야? 그 여자애 좀 잊어버리라고 했잖아."

여자애? 차 안의 여자는 아무리 어려도 이십 대 후반으로 보였는데. 삼십 대 후반이 되면 이십 대도 애라고 부르나?

신부님은 말이 없어지더니 이내 웃음을 보였다.

"난 백 살까지 잘 먹고 잘 살 거라니까. 신부 정년 다 채우고 여생은 남들 등쳐서 호의호식하며 열심히 먹고살아야지."

저게 신부가 할 말인가? 아저씨도 그렇게 생각했는지 한숨을 쉬었다.

"그 어린애, 내보낼 순 없을까? 내가 알기로 식복사는 이력서와 신부 추천서가 있어야 하는데, 걔는 아무것도 없다는 뜻이잖아. 애야 내보내면 알아서 살 길을 찾겠지. 어쨌든 여자니까 신자들에게 괜한 오해를 살 수도 있고."

신부님이 대답을 하지 않자, 아저씨가 말했다.

"그래. 내겐 널 간섭할 권리가 없지."

아저씨가 고개를 숙였다.

"주형아."

"됐어. 난 담배나 태우고 들어갈게."

아저씨가 주변을 두리번거렸다. 흡연실에 쇠사슬이 둘러져 있자 아저씨는 무표정한 얼굴을 구겼다.

"사람 없는 데서 피우고 들어갈 테니 먼저 들어가라. 너 얼굴 보니까 짜증나."

"이번 주 주일까지 일요미식회에서 내 노후 대책을 결정할 테니까 고민해 와야 돼."

"헛소리 다 했지?"

아저씨가 신부님이 들고 있던 음식물 쓰레기봉투를 뺏으며 등을 떠밀었다. 신부님이 성당 안으로 들어오려 했다. 나는 허겁지겁 몸을 돌려 기둥 뒤로 다시 숨었다가 사제관으로 돌아 왔다.

신부님은 사제관 주방 식탁 앞에 앉아 있었다. 뭔가 생각에 잠긴 표정이었다. 신부님은 나를 보더니 말했다.

"유정아. 일요미식회 회원이 되는 게 싫다면 거절해도 돼. 내가 생각해봤는데, 내일부터 식복사 일은……."

나는 다급하게 말했다.

"저도 일요미식회 회원이 되려고요."

"그래?"

신부님이 고개를 갸웃했다.

"네. 신부님 말씀대로, 최고의 자기관리는 일요미식회 회원이 되는 것 같아요."

"그래. 내일부터 식복사 일은 네가 부담 가질 필요 없다고 말하려 했어. 난 외출이 잦으니까 미리 식사를 준비할 필요가 없거든."

뭐야, 그런 거였어?

"유정아, 일요미식회 회원이 된 걸 환영해."

"……네, 저도 영광이에요."

차 안에서 눈물을 흘리던 여자의 정체를 알아내면 일요미식회는 끝이야. 딱 그때까지만이라고.

성당 앞 교회의 공짜 커피 맛

도닥도닥. 도닥.

이게 뭔 소리야. 잠에서 깨니 누렇게 낡은 벽지가 덜렁대는 천장이 보였다. 나도 모르게 비명이 나올 뻔했다. 대체 여기가 어디야. 허겁지겁 얇은 이불을 차내고 방을 뛰쳐나가니 과도로 도마질을 하는 신부님의 뒷모습이 보였다. 아참, 여긴 성당이잖아. 벽시계도 없으니 나는 신부님이 식탁 위에 올려둔 폰을 슬쩍 열어 시간을 확인했다. 오전 여섯 시. 와, 정말 부지런하잖아.

살이 찔까 겁이 나서 신부님이 해주는 밥은 맛이 없다고 하고 거의 먹지 않자, 신부님은 별말 없이 상을 치웠다. 화를 낼

줄 알았는데 내 건강에는 관심이 없는 모양이다. 역시 날 생각해주는 재성 씨와는 달랐다. 그런데 이상하다. 영화나 드라마 속의 신부는 두 손을 모으고 성경을 읽던데, 이 신부님은 밥을 먹자마자 폭탄세일 타임세일이니 하는 문구가 요란한 마트 전단지만 구멍 뚫을 기세로 보고 있잖아.

신부님이 테니스 라켓 같이 생긴 전자 모기채를 찾아오더니 심각한 표정으로 전원을 켰다. 보통 영화에 나오는 신부들은 소녀를 괴롭히는 악마에게 저런 표정으로 성수를 뿌리지 않았나?

"신부님은 살생 안 하는 거 아니에요?"

"뭐? 내가 죽게 생겼는데?"

신부님이 전자 모기채를 휘두르며 말했다.

"왜 이렇게 모기가 많아. 끈끈이라도 사야지, 원."

나는 신부님에 대한 환상이 없는 줄 알았다. 그런데 무릎이 튀어나온 추리닝을 입은 신부님이 전자 모기채를 사방으로 흔드는 걸 보고 있자니 없던 환상도 와장창 깨지는 기분이었다.

"유정아, 표정이 왜 그래?"

"신부님들은 모두 경건하고 진지하고, 악마가 나타나면 목숨을 걸고 소녀들을 구하는 줄 알았어요."

"말만 들어도 위험한데? 난 안 해."

뭐 저런 신부님이 다 있지?

전자 모기채를 내려놓고 땀을 닦던 신부님이 폰을 열어 보더니 깜짝 놀랐다.

"늦겠는데? 나 급한 일 있으니까 나갔다 올게."

급한 일? 설마 차 안에 있던 여자를 만나러 가는 건가? 신부님이 사제관에서 뛰어나갔다. 신부님의 책상 위에 불법 촬영 카메라가 달린 폰이 덩그러니 놓여 있었다.

"신부님, 폰 가져가셔야죠."

나는 허겁지겁 폰을 들고 신부님을 따라갔다. 허름한 추리닝 그대로잖아. 설마 저게 데이트 의상인가?

신부님이 날 듯한 동작으로 들어간 곳은 할인마트였다. 신부님은 순식간에 아주머니들을 앞질러 고급 티슈와 1+1 햇반을 집었다. 한발 늦은 아주머니들이 빈 판매대를 보면서 한숨 짓자, 신부님이 햇반을 들어 보이며 내게 말했다.

"자칫하면 타임세일을 놓칠 뻔했네. 이게 마지막으로 남은 건데 내가 잡았다! 나 대단하지?"

신부님이 바구니에 티슈와 햇반을 소중히 넣었다. 뭐야, 드라마에서 보던 검고 단정한 수단 차림의 사제는 어디 있는 거야? 아니, 그리고 이 마트는 성당 구역 내 아니야? 신자들이 보면 어쩌려고 그래?

 속으로 툴툴대며 신부님을 따라 돌아오는데, 신부님이 갑자기 멈춰 섰다. 신부님은 교회 전도자들이 파라솔을 펼치고 그 아래서 보온병을 늘어놓은 채, 행인들에게 커피와 전단지를 나눠주는 걸 보고 있는 게 아닌가. 역시 종교인들은 다른 종교가 거슬리나 봐.

 전도자들이 전단지를 들어 보이며 다가왔다.

 "예수님 믿으세요."

 "예수님 믿고 천국 가세요."

 전도자들이 신부님에게 전단지를 쥐어주었다. 기독교의 화려한 선전 문구들이 내게도 잘 보였다. 신부님이 손에 쥐여진 전단지를 말없이 들여다보았다. 아니, 여기서 종교 갈등을 일으키면 곤란한데. 전도자들이 종이컵에 믹스커피를 따라 건네주자, 고개를 든 신부님이 말했다.

 "와, 제가 맥심 모카골드만 먹는 걸 어떻게 아시고."

 나는 신부님이 믹스커피를 한입에 후룩 마시고 한잔 더 얻어먹는 모습을 바라보았다. 정말 말이 나오지 않았다. 왜 신부님이 교회에서 커피를 얻어먹어. 그것도 성당 맞은편 교회잖아. 누가 신부님을 알아보면 어쩌려고. 거리에 나와 전도하는 기독교인들의 신앙심이 미지근할까? 땀이 줄줄 났다.

"유정아. 왜 그렇게 땀을 흘려? 어디 아프니?"

이게 다 누구 때문인데. 재성 씨, 이 신부님은 재성 씨의 말대로 정말 교활하고 사악합니다. 지금 교회에서 믹스커피를 두 잔째 얻어 마시고 있다고요.

"……다 드셨죠? 빨리 가요."

전도자 하나가 신부님을 이리저리 유심히 살폈다. 들통 났나? 제길. 뛰어서 사제관으로 도망치면 아주 멋진 광경이 펼쳐지겠는데? 땀을 주르륵 흘리며 신부님을 잡아끄는데 신부님을 아래위로 훑어보던 전도자가 말했다.

"형제님, 비록 물질의 축복이 미뤄지고 있어도 예수님 믿으세요."

"언제까지 미뤄지죠? 전 백 살까지 어떻게 잘 먹고 잘 살지 늘 고민 중이라고요."

뭐, 뭔 소리야. 저 너덜너덜한 추리닝이 신부님의 대사와 어울려 미친 듯한 시너지 효과를 냈다. 전도자가 난처한 표정으로 말을 잇지 못하다가, 파라솔 뒤에 있는 박스에서 물티슈를 꺼내 신부님에게 쥐어주었다. 물티슈에는 '신환제일교회는 하나님 안의 여러분을 환영합니다.'라고 쓰여 있었다. 물티슈를 내려다보던 신부님이 어두운 표정으로 말했다.

"20매네. 100매짜리는 없나요?"

뭐야. 남의 종교 전도 물품을 주문해놓은 것도 아니고 당연한 듯 갈취하려고 한다. 하지만 전도자는 안쓰럽다는 얼굴로 물티슈를 두어 개 더 집어주었다. 물티슈를 두 손 가득 쥔 신부님이 그제야 활짝 웃었다.

"감사합니다."

"성경 안에 좋은 말씀이 참 많답니다. 시간 내서 성경 공부도 하시고 은혜 받으세요. 열심히 사셔야죠."

"예!"

말이 나오지 않았다. 저 거지 같은 추리닝은 위장용인가? 신부님이 새 종이컵에 믹스커피를 얻어 와 내게 내밀었다.

"저분들 믹스 타는 스킬이 있네. 내가 타던 것보다 맛있다. 먹어 봐."

"괜찮아요."

커피믹스가 얼마나 살이 찌는데.

"그래? 피로 회복에는 믹스커피가 최곤데."

신부님이 한입에 커피를 마셔버렸다. 재성 씨 말대로 신부는 사람들에게 기생하는 존재인데 피로할 일이 뭐가 있다고 그래. 전자 모기채만 열심히 휘두르지, 하는 일도 없어 보이던데. 그냥 공짜라서 다 먹는 거 아니야? 아니, 아무리 공짜가 좋다지만 저래도 돼?

나는 시무룩해서 신부님과 성당으로 돌아왔다. 신부님이 햇반을 정리하는 사이, 나는 신부님의 책상에 꽂힌 책이며 노트들을 뽑아 보았다. 성경 구절이 적힌 카드나 책갈피만 줄줄이 나온다. 신부님의 여자 친구 사진 같은 게 나오면 바로 재성 씨에게 돌아가 다이어트 주사를 맞을 수 있을 텐데.

나는 한숨을 쉬다가 수십 년은 묵어 보이는 낡은 공책을 발견했다. 날짜가 적혀 있는 걸 보니 일기장인 것 같았다. 도로 꽂아 넣으려는데 공책 안쪽에서 무언가가 떨어졌다. 여자 사진이잖아. 신부님의 여자 친구? 이렇게 운이 좋을 수가. 나는 허겁지겁 사진을 집어 들었다.

사진 속 여자는 삼십 대 후반 정도로, 헐렁한 환자복이 낄 정도로 비대한 몸집에 아무렇게나 자른 커트 머리의 아줌마였다. 재성 씨에게 이런 여자가 아줌마지 나는 아니라고 말해 주고 싶을 정도로 뚱뚱했다. 그렇지만 여자는 살이 쪘어도 이목구비가 오목조목하고, 맑은 눈이 아름다웠다. 살을 빼면 정말 예쁠 것 같았다. 어디선가 본 듯한 느낌이 드는 게 미인들은 다 비슷해서 그런가. 신부님이 만난 차 안의 여자와는 다른 타입이지만 매력이 있었다. 이 아줌마도 자기관리를 좀 했다면 달라 보일 텐데. 어쨌거나 신부님은 정말 취향도 가지가지네.

나는 일기장을 홀홀 넘겨보았다. 글자가 너무 잘고 군데군데 번져 있어서 읽기 어려웠다. 조명이 어두워서 그런가. 나는 일기장을 들고 스탠드의 조도를 높이러 갔다.

"유정아."

신부님이 들어오는 소리가 들렸다. 지금 일기장을 책장에 갖다 꽂을 수도 없는데. 나는 일기장을 크로스백에 넣으려다 인어공주 동화책 때문에 잘 들어가지 않아 동화책을 얼른 빼냈다. 가방에 일기장을 쑤셔 넣자마자 신부님이 서재로 들어왔다. 안도의 한숨을 내쉬는데 신부님이 내가 들고 있는 동화책을 보았다.

"어, 인어공주네?"

재성 씨가 동화는 애들이나 읽는 거라고 한 말이 떠올랐다.

"별로 좋아하지는 않아요. 애들 책이잖아요."

가방에 넣어가지고 다니면서? 말하면서도 설득력이 없다고 느꼈는데, 신부님은 대수롭지 않다는 표정이었다.

"그래? 난 인어공주 좋아하는데."

의외다.

"인어공주를 좋아하신다고요?"

"응. 너도 좋아하는 거 아니니?"

"뭐, 그저 그래요. 인어공주가 거품으로 사라지는 결말도 마음에 들지 않고."

"그럼, 네가 읽고 싶은 결말로 다시 써 보면 어떠니?"

"결말을 제가 다시 써 보라고요?"

"왜, 안 돼?"

"아니, 안 될 건 없지만……."

"누가 아니, 네 마음에 드는 결말을 다른 사람도 마음에 들어 할지."

"다른 사람이 싫어하면요?"

"뭐 어때. 싫어하라 그래."

되게 무책임하다. 신부님이 말했다.

"써 보다가 작가가 될 수도 있잖아?"

갑자기 작가라니. 학교에서 장래희망을 발표했을 때, 책은 그만 읽고 살부터 빼라던 웃음소리가 어제 일처럼 떠올랐다. 신부님도 날 비웃으려는 걸 거야.

"전 작가가 될 수 없어요. 신부님은 예술을 모르겠지만, 예술은 픕진성과 노력, 뮤즈가 필요한 일이라고요. 작가란 선택받은 사람이나 하는 거예요."

"유정아, 원한다면 너도 작가가 될 수 있어. 내가 도와줄 일이 있으면 뭐든 도와줄게."

지금 작가가 문제가 아니다. 벌써 열두 시가 다 되어간다. 곧 있으면 재성 씨와의 점심시간인데. 나는 재성 씨와 저택의 소녀 모두가 나오는 유튜브 영상에서 나만 빠지는 건 견딜 수 없었다.

"저……. 보호자분 뵙고 와도 될까요?"

"그래. 병원에 계시다고 했지?"

"네."

자세히 캐물으면 어쩌지, 했는데 신부님은 별 표정 변화 없이 다시 마트 전단지를 폈다.

"잘 다녀와."

나한테 정말 무관심하네. 뭐 다행이긴 하지만. 역시 재성 씨랑 다른 사람이야.

"네."

거짓말이 좀 찔렸지만 신부님은 나쁜 사람이니까. 나는 소외되는 게 가장 싫었다.

나는 버스를 타고 재성 씨의 저택으로 향했다.

저택은 아름다운 가사 도우미들과 메이크업 아티스트들이 향수 냄새를 풍기는 천국이었다. 나도 빨리 여기에 어울리는 45킬로그램이 되어야 하는데.

핫팬츠 차림으로 모델 워킹을 연습하던 언니들이 말했다.

"비포, 어디 갔다 오니?"

"운동하고 온 거야?"

언니들에게서는 꽃향기 같은 향수 냄새, 숲의 바람 같은 미스트 냄새가 뒤섞여 났다. 저마다의 퍼스널 컬러에 맞춘 갈색 머리칼과 금발과 분홍 머리칼, 윤기 나는 흰 살결, 틴트로 물들여 각기 다른 꽃잎 같은 분홍빛과 다홍빛 입술들. 초라한 추리닝 차림의 신부님만 있는 사제관과는 비교할 수 없었다. 나도 빨리 살을 빼야 해.

내 방으로 돌아가 거울을 보았다. 아니, 맨 얼굴이잖아. 신부님 방이나 내 방엔 전신 거울은 고사하고 달랑 침대 하나에 손바닥만 한 접이식 거울 하나만 놓여 있었다. 그러니 화장하는 것도 까먹고 맨 얼굴로 버스를 탔던 것이다. 그걸 재성 씨의 저택에 돌아와서야 알았다.

나는 급히 화장을 시작했다. 먼저 세수하고 크림과 파운데이션, 틴트를 발랐다. 언니들처럼 꼼꼼하게 화장하고 싶지만 살도 안 뺀 주제에 메이크업 레슨을 요청할 용기는 없었다. 파운데이션을 바르고 틴트로 마무리하니 그럭저럭 봐줄 만했다. 역시 신부님 곁에 있다간 제대로 되는 일이 없겠어. 빨리 그 여자의 정체를 알아내서 재성 씨 곁으로 돌아와 다이어트 주사를 맞아야지.

나는 비서의 호출에 점심 식사를 하러 응접실로 나왔다. 아직 오지 않은 언니들이 있어서 엔틱 의자 몇 개가 비어 있었다. 언니들은 나보다 여러 단계의 화장을 했고 헤어도 만졌기 때문에, 의자 몇 개는 늘 비어 있었다. 저기 앉아도 될까. 나는 재성 씨를 힐끔 쳐다보았다. 앉으라고 해주면 좋을 텐데. 하지만 재성 씨는 아무 말이 없었다. 나는 침을 꿀꺽 삼키고 스툴을 가져다 앉았다. 45킬로그램이 되면, 나도 당당하게 저 엔틱 의자에 앉을 수 있을 거야.

오늘 점심은 모두 재성 씨가 진행하는 〈청춘솔루션〉을 보며 먹었다. 거대한 TV 화면 속에서 내레이터가 외쳤다.

"청춘이지만, 고민이 있다면? 재성 씨가 청춘의 고민을 부수고 꽃길을 내드립니다. 힘내라 청춘!"

내레이터의 말이 끝나자 방청객들이 박수를 치며 똑같이 따라 했다.

"힘내라 청춘!"

화려한 세트 안, 박수 소리 속에서 재성 씨가 걸어 나왔다. 패널로 자리한 메이크업 아티스트들과 성형외과 의사들이 박수를 쳤다. 메이크업 아티스트들은 언니들에게 퍼스널 레슨을 해주는 사람들이기도 해서 낯이 익었다.

오늘 〈청춘솔루션〉의 출연자는 쌍꺼풀 없는 얼굴의 여대생이었다. 재성 씨가 서류를 촤르륵 펼치며 손가락을 딱 튕겼다. 〈청춘솔루션〉을 시작할 때 하는 특유의 동작이다.

"이수미. 1996년 2월 1일생. 중소기업 회사원 아버지와 전업주부 사이에서 태어난 2녀 중 막내. 그래. 수미 양은 22세 때 1년간 휴학하면서 별다른 걸 하지 않았군."

재성 씨가 서류를 훑어보면서 말했다.

"패스트푸드점 알바라니. 소득 대비 시간 낭비였어. 과외를 하기에는 대학의 네임 밸류가 부족했고. 학점도 3.2가 뭔가. 일문과라니, 복수 전공을 할 수도 있었을 텐데 복수 전공은 물론이고 교직 이수도 하지 않고."

"과가…… 마음에 들지 않아서요."

여대생이 기어드는 목소리로 말했다.

"그럼 전과를 하든가 편입을 하든가 아니면 수능을 다시 쳤어야지. 과가 마음에 들지 않는다면서 냉큼 졸업해버리면 학점을 올릴 방법도 없잖은가. 졸업하고 지금까지 1년 동안 취업에 실패했군. 대기업은 서류에서 미끄러졌고. 왜 이렇게 관련 없는 직종들에 두서없이 서류를 낸 거지?"

재성 씨가 서류를 들어 넘겨보면서 다시 말했다.

"최근 1년 동안 카톡 내역이 없었군."

"공무원에 합격했는데, 최종 면접에서 떨어지고 나니 아무것도 할 힘이 나지 않았어요."

"거짓말이군. 페북을 보니 제주도도 다녀왔던데?"

여대생이 깜짝 놀랐다.

"페북도 보셨어요?"

"솔루션을 위해선 뭐든 할 수 있어."

재성 씨가 다시 서류를 넘겨보다가 말했다.

"두 달 전의 중소기업 최종 면접에서도 떨어진 이유가 뭐라고 생각하나?"

여대생이 고통스러운 표정을 지었다.

"모르겠어요. 정말 많이 생각해봤는데, 모르겠어요. 몰라서 떨어진 건지."

"외모 때문이야."

"외모요? 전, 외모에 불만 없는데."

"그렇게 자신이 있나? 아이돌이라도 돼?"

방청객들이 와아 하고 웃었다.

"기본인 쌍꺼풀도 없고 코도 낮아. 눈매 교정을 하면 인상이 또렷해 보이겠지."

"그럴까요?"

내가 보기엔 순해 보이고 예쁜 눈이었는데 재성 씨가 그리 말하니 방청객들이 다들 고개를 끄덕였다.

"아직 학자금 대출이 남아 있지?"

"네."

"그럴수록 가리지 말고 빨리 취업해야지. 자네는 눈매 교정을 포함한 쌍꺼풀 수술과 코 수술을 하면 외모가 몰라보게 개선될 거야. 내 동문들이라서가 아니라, 최고의 명의들이 이 자리에 있으니 안심하고 얼굴을 맡겨도 좋아."

여대생은 감격한 표정이었지만, 비용 문제를 고민하는 게 내 눈에도 보였다. 재성 씨가 말했다.

"성형수술비는 내가 사비로 부담하겠네. 자네는 새로운 인 생을 사는 것으로 내게 보답하면 돼."

여대생의 눈에 눈물이 차올랐다. 그녀가 재성 씨에게 다가 가 포옹을 하자, 방청객들이 박수를 쳤다. TV를 보던 언니들 도 눈물을 닦았다. TV에 나온 재성 씨는 다음 출연자의 사생 활도 하나하나 송곳처럼 집었다.

"공무원 시험을 준비하는 중에 남자 친구를 사귀었군. 페북 과 인스타에 공개 연애를 한 흔적이 있어. 과연 공부에만 몰 두했을까? 여행사 후기를 보면 일본으로 여행을 갔다 왔는데, 그게 공부에 도움이 되는 행동인 건가? 노심초사하는 부모를 보고서도 그런 쓰레기 같은 행동을 하다니."

재성 씨의 말에 눈물 흘리는 취준생들도 있었다.

"자살하고 싶어요."

이런 말까지 하는 취준생도 있었다. 그렇지만 마지막에 메 이크업 레슨비와 성형수술비를 선물 받은 취준생들이 재성 씨에게 안겨 흐느끼며 감사하다고 인사하자, 방청객들도 다들 눈물을 닦았다. 끝에는 다음 주 예고가 내레이션으로 흘렀다.

"다음 주 토요일, 〈청춘솔루션〉이 공개된 생방송으로 진행됩니다. 아이돌의 고민 특집, 시아입니다!"

다들 환호성을 질렀다. 시아 언니라니, 그것도 내 생일 전날 시아 언니의 생방송이라니, 너무 기뻤다. 꼭 봐야지.

나는 '핍진성의 산실'로 나를 부른 재성 씨에게, 신부님의 식복사로 취직했다고 알렸다. 그런 이상한 신부님의 곁에서 살면 재성 씨가 걱정해줄 거라고 생각했다. 오히려 재성 씨는 잘됐다며 불법 촬영 카메라를 주고는 신부님이 가장 오래 머무는 곳에 붙여놓으라고 했다. 나는 섭섭했지만 두말없이 카메라를 받아들었다.

그리고 나는 재성 씨와 함께 신부님을 불법으로 촬영하는 영상이 나오는 태블릿을 보았다. 그러나 신부님은 폰을 아무데나 놓고 다녀 제대로 찍힌 화면이 없었다. 나는 혼이 날까 겁이 나서 신부님의 일기장을 재성 씨에게 꺼내주었다. 재성 씨만 읽으면 되는 게 아닌가 싶어 나는 내용을 읽어보지도 않았지만, 분명 칭찬을 받을 거라 생각했다.

"음, 이건 일기로군. 이걸 왜 가져왔지?"

"여자 사진이 있기에 가져왔어요."

재성 씨는 못마땅한 얼굴이었다.

"아날로그 사진이라 촬영 년도도 찍혀 있군. 이십여 년 전에 삼십 대 여자면 지금은 예순에 가깝겠구나. 기껏해야 오래된 사진이며 일기장이 무슨 쓸모가 있단 말이냐."

재성 씨가 혀를 차고는 나가보라는 손짓을 했다.

나는 '핍진성의 산실'에서 나와 성당으로 향하며 편의점에서 두툼한 초코쿠키를 사 먹었다. 아냐, 이러면 또 살이 찌잖아. 재성 씨의 사랑을 받으려면 살을 빼야 하는데. 나는 공원의 화장실에 들러 억지로 과자를 토하고 나서 세수를 하고 성당으로 돌아왔다.

"유정아, 안색이 나쁘네?"

신부님의 말에 나는 괜찮다고 말했다. 재성 씨가 준 카메라를 설치하는 게 급했다. 신부님은 주로 주방 앞 식탁에서 모기를 잡고 있으니 그쯤에 카메라를 설치하면 되겠지? 몇 분이라도 빨리 재성 씨에게 돌아가고 싶었다.

나는 신부님에게 식탁 위에 있던 노트북으로 동영상을 봐도 되냐고 물어보았다. 나는 신부님이 선선히 허락하고 서재로 간 사이에 잽싸게 카메라를 꺼내어 식탁 앞에 붙였다. 됐다. 기분이 좀 나아졌다. 나는 도로 노트북 앞에 앉아 시아 언니의 음악 프로그램을 재생했다. 드레스를 입은 시아 언니를 넋이 나가 보고 있는데 신부님의 목소리가 들렸다.

"신시아 양 좋아하니?"

"네."

나는 유튜브에서 다른 영상을 클릭했다. 나랑 같이 화면을 보던 신부님이 말했다.

"왜 딴 걸 클릭해?"

"시아 언니 부분이 끝났잖아요."

"신시아 양이 마지막에 다시 나온다잖아."

"MC가 그런 말 안 하던데요?"

"자막에 '파이널 스테이지 시아'라고 쓰여 있는데."

영어 자막이 있긴 했지만 내겐 그림이나 기호와 다름이 없었다. 신부님이 의아한 듯 나를 보았다.

"혹시, 알파벳 모르니?"

얼굴이 달아올랐다.

나는 알파벳을 몰랐다. 알파벳을 읽지 못하는 열두 살이라니, 누가 믿을까. 나도 믿기지가 않는데.

삼 학년 때 처음 받은 영어 교과서를 앞에 둔 선생님은 알파벳을 모르는 사람은 손을 들라고 말했고, 나는 황당한 듯 웃는 애들 속에서 가만히 있었다. 학교는 알파벳을 가르쳐주는 곳이 아니었지만 아무도 그 사실을 이상하게 생각하지 않았다. 내가 이상한 애였다. 교과서에 적힌 발음 기호를 모르고, 학원에서 배우는 영어수업을 모르고, 시아 언니의 이름인 알파벳 세 글자도 모르는.

신부님이 날 저능아로 취급하고 싫어하면 어쩌지?

다행히 신부님은 더 이상 아무것도 물어보지 않았다. 나는 시아 언니의 뮤비도 제대로 못 보고 내 방으로 들어와버렸다. 단것이 먹고 싶어. 급히 크로스백을 뒤졌지만 과자나 초콜릿은 빈 봉지만 남아 있었다. 하지만 지금 편의점에 초콜릿을 사러 나갔다가 신부님이 내게 영어에 대해 물어보면 어쩌지? 나는 이불을 뒤집어썼다. 아무 말도 듣고 싶지 않은데, 방 밖에서 아저씨의 목소리가 들렸다.

"채안아, 저녁 미사 끝났냐?"

"아니. 지금 하러 갈 거야."

"중2는?"

"오고 있대. 유정이는 방에 있고."

신부님이 내 방문을 똑똑 두들겼다.

"유정아. 잠깐 나와 봐. 내가 영어 가르쳐줄게."

쪽팔린다. 지금 내 나이에 영어를 모르는 애는 나밖에 없을 거야. 신부님은 대체 무슨 꿍꿍이지. 신부님이 방문 앞에 계속 서 있는 기색이라, 나는 문을 조금 열고 고개를 내밀었다.

"영어는 제가 알아서 할게요."

"왜? 나한테 배워. 나, 잉글리쉬 달인이야."

"진짜요?"

신부님이 고개를 끄덕거리자, 아저씨가 호기심 어린 눈으로 신부님과 나를 보았다. 정말 신부님에게 영어를 배울 수 있을까? 내가 망설이자 신부님이 식탁 의자를 빼어 나를 앉히더니 말했다.

"나 영어로 뭐든 할 수 있어. 요한이도 날 칭찬해줬거든."

그게 근거라고? 신뢰도가 파사삭 식었다.

"날 못 믿나보네? 자, 내가 시험 삼아 영어 해볼게. 굿모닝~."

신부님이 가만히 나를 보았다.

뭐야. 저게 끝이야?

신부님이 대답하라는 듯 내게 손을 까딱거렸다. 무슨 말을 하라는 거야? 내가 아무 말도 하지 않자 신부님이 말했다.

"너도 굿모닝이라고 인사를 받아줘야지. 그럼 이제 의사소통의 물꼬를 튼 거야. 속 깊은 얘기를 하며 서로를 알아갈 계기를 마련한 거지. 서로를 오해가 아니라 이해하게 되는 거야. 네가 가장 좋아하는 색이 뭐지? 가장 좋아하는 숫자는? 가장 좋아하는 책은?"

굿모닝 다음은 몽땅 한국말이잖아. 정말 영어 잘하는 게 맞아? 나와 신부님을 지켜보던 아저씨가 말했다.

"채안아, 네가 거의 모든 발화를 한국어로 한다는 사실을 꼬맹이가 일정 부분 눈치챈 것 같은데."

"혼또?"

아휴 정말. 내가 일어나려 하니 신부님이 내 옷을 잡아 앉혔다.

"유정아, 설마 내 영어 실력을 의심하니?"

내가 대답하지 못하자 신부님이 미국 사람처럼 두 손바닥을 펼쳐 보이는 제스처를 하며 말했다.

"오 마이. 난 신부야. 날 무조건적으로 믿어야지."

"채안아, 네겐 안 된 일이지만 지금은 중세 유럽이 아니거든. 지구도 그럭저럭 태양 주위를 돌고 있고."

"뭐? 어쩐지 야광별을 살 때마다 다시 배치해서 붙이는 게 힘들더라니……."

이 신부님은 여자만 죽어라 꾀느라 책도 성경도 안 읽는 게 아닐까? 그러고 보니 집중해서 보는 건 마트 전단지뿐이잖아.

"저는 신부님들은 모두 경건하고 진지하고, 좋은 일 많이 하는 줄 알았어요."

"나 좋은 일 많이 해. 예를 들면……. 음, 뭐랄까 그게……."

신부님이 한참 생각하다 말했다.

"난 베트남, 캄보디아 여자분들에게 한글을 가르쳤어. 여자들한테 잘난 척하면 기분이 좋거든. 알고 보면 나 되게 똑똑하다?"

신부님이 서재에 들어갔다 나오더니 내게 〈알파벳(초1)〉이라고 적힌 연습장을 내밀었다.

"유정이도 잉글리쉬 달인에, 학교 짱이었던 나랑 공부하는 게 행운인 걸 알게 될 거야."

전혀. 초1은 뭐야. 자존심 상한다.

"……저녁 미사 하셔야 한다면서요."

"지금 공부하자, 응?"

"다음에 배울게요."

"다음에 언제?"

"내일요."

"그래. 그럼 내일 꼭 나한테 배우기다."

"네, 뭐……."

나는 영어 연습장을 방에 던져두었다.

신부님이 저녁 미사를 하러 가자 사제관에는 아저씨와 나단 둘이 남았다. 아저씨와 둘이 있으면 나에 대해 물어볼까봐 걱정되어 미사에 들어갔다. 아저씨도 당연히 미사에 들어올 줄 알고 최대한 먼 자리에 앉으려 했더니 아저씨는 아예미사에 들어오지 않을 모양이었다. 나는 도로 성당 밖으로 나가려 했지만, 신자 아주머니들이 줄줄이 옆자리에 앉아 나갈길을 막는 바람에 꼼짝 못하고 미사에 참석하게 되었다.

성당 미사에 참석한 사람들은 온통 노인뿐이었다. 재성 씨의 저택에는 마흔 살 이상은 상주할 수 없었는데, 이 성당에는 마흔 살 미만은 보이지도 않았고 대부분 칠팔십 대로 보였다. 얼마 안 되는 이삼십 대는 한눈에 보기에도 한국인이 아닌 동남아 여자들이었다. 그중 한 젊은 여자는 매우 음울한표정이었다. 그녀의 옆에 선 사람은 남편인 듯했는데, 다른 사람에게 신나서 말을 하고 있었다.

"여편네가 어찌나 무식하고 멍청한지. 베트남이 후진국이잖아요. 못살고 못 배운 여자들만 득시글거리는데, 제가 그 후진국에서 여편네를 구해준 거죠."

베트남 여자는 선이 고운 외모였지만 표정이 어두웠다. 커다란 눈동자가 불안하게 이리저리 굴렀다. 남자가 말을 이었다.

"얼마나 모자란지, 대한민국에 온 지 석 달이 넘었는데도 한국말을 못해서 의사소통도 안 되고, 열심히 살아보려는 의지 자체가 없어요. 시부모 식사 봉양도 제가 시켜야 하는 시늉을 하고, 아직도 김치를 못 담근다니까요. 근성도 없고 머리도 열등하고. 후진국 인간들이 다 그 모양이죠. 더위 때문에 그런가?"

여자는 자신을 비난한다는 걸 눈치챈 모양인지 얼굴이 더 어두워졌다. 남자는 신이 난 듯 말했다.

"다른 남편들은 마누라 문밖에도 내돌리지 않는데, 저 같은 놈이 세상 천지에 없어요. 한 시간 뒤에 와서 집에 데리고 가야죠. 얼마나 모자란지 밖에 혼자 놔둘 수가 없다니까요."

남자가 돌아가자, 여자는 남자를 피하려는 듯 문에서 가장 먼 자리에 앉았다. 그냥 봐도 남편과 서른 살 이상은 차이나 보이는 여자는, 눈빛을 봐선 그리 멍청해 보이지 않았다. 그런데 정말 말을 한 마디도 하지 않는 걸 보니, 한국어는 어려운 모양이었다. 여자가 신경이 쓰여 쳐다보는데 옆에 앉은 아주머니가 말을 건넸다.

"네가 식복사라며."

"신부님 식사는 잘 챙겨드리고 있니?"

뭐라고 대답하지. 나는 어색하게 웃음으로 얼버무렸다. 아니, 신부님도 일단은 남자 아닌가? 여자애가 사제관을 들락거리는데 다들 아무 의심도 없나? 그런 이상한 사람을 뭘 믿고 식사 이야기나 묻는 거지? 쓴 입맛을 다시는데 아주머니들이 묻지도 않은 말을 계속했다.

"어휴, 식복사가 어리니 이제 안심이다. 첫 번째 할머님은 치매가 있으셨거든. 요양원 가기 싫다고 식복사로 넣어 달래서 신부님이 고용하셨는데, 쓰레기랑 보통 때 쓰는 물건을 다 뒤섞어버리는 바람에 결국 자식들이 도로 모셔갔지 뭐야. 두 번째 할머님은 치매가 있으셨지."

뭐가 달라? 내가 어이없다는 표정을 감추지 못했는지 다른 사람이 말을 이었다.

"두 번째 식복사는 신부님이 주무실 때 가스불을 켜고 장을 보러 가는 바람에 난리가 났지. 조폭 친구분이 신부님을 보러 오지 않았으면 큰일 났을걸. 세 번째 식복사는 평범한 애라 다행이네.”

선임들의 이력이 상당히 화려하구나. 불법 촬영 카메라를 가진 열두 살짜리라니. 나도 선배들의 기대에 부응하는 프로필이 아닌가.

“신부님 잘 챙겨드려 줘.”

“그럼, 정말 귀한 분이시거든.”

다들 저 사제복에 속고 있다고요. 나는 억지웃음을 짓는 것으로 대답을 대신했다. 귀한 분이기는. 울고 있던 차 안의 여자를 봤다면 저런 말은 못할걸.

신부님이 강론을 시작했다.

“……신부는 서품을 받을 때 평생 품고 갈 서품 문구를 정하거든요. 서품 문구대로 살아야 한다고 하기에 몇날 며칠을 밤을 새워가며 고심했지요. 그래서 겨우 서품 문구를 정해가지고 주교님께 내밀었습니다. 이게 어디 성경 구절이더라. 아, 구약 예레미야서 31장 14절이네요.

‘나는 사제들에게 기름진 것을 실컷 먹이고 내 백성을 내 선물로 배부르게 하리라.’

주교님이 아주 혼을 내시던 걸요. ‘너는 신학교 졸업할 때까지 장난질이냐!"

신자들의 웃음소리가 물결처럼 퍼져나갔다. 신부님이 말을 이었다.

"'저는 주님의 종입니다.' 이건 어디서 가져온 구절이었지? 루가복음 1장 38절이네. 이걸로 서품 문구를 정했죠. 긴 건 외우기 싫잖아요. 그렇죠?"

신부님이 다시 말했다.

"제가 주일학교 아이들이랑, 성경 몇 장 몇 절! 하면 성경 구절을 대는 내기를 했어요. 근데 죄다 못 대서 애들한테 과자값을 몽땅 뜯겼지 뭡니까. 사실 제가 신학교에서도 공부라곤 안 했어요. 처음으로 후회했죠. 아, 공부를 안 했더니 허니버터칩을 박스로 사야 되는구나."

신자들이 웃었다. 뭐야 강론이 저래도 돼? 저런 얘기만 하면 신자들이 신부님을 우습게 볼 것 같은데.

강론이 끝나고 봉사자가 성경을 낭독하기 시작했다. 높낮이 없는 낭독에 하품을 참는데, 나만 그런 게 아닌지 신자들도 전부 안부 교환 타임이었다. 낭독이 끝나고 신부님이 성가를 부른다며 마이크 앞에 서니 떠들던 신자들이 삽시간에 조용해졌다. 봉사자 순서에는 시끄럽더니 신부님이라고 대접이 다르잖아. 저러니 신부님이 자기관리라곤 모르는 거 아냐.

그리고 마이크 높이 조정을 끝낸 신부님이 노래하기 시작했다.

순간, 악보에 갇혔던 음표와 글자들이 신부님의 심신을 통과하며 음들로 펼쳐졌다. 음들은 드레스 자락을 끌며 유리 층계를 오르는 여왕처럼 끝없이 위로 옮겨갔다. 투명한 층계 아래로 굴러 떨어지는 셀 수 없는 진주들이 멍울진 어둠을 녹여 빛으로 부서졌다.

빛이 따뜻한 걸까, 따뜻한 것이 빛인가. 말없이 지상을 내려다보던 천사들이 그제야 젖은 눈가를 닦고 귀를 가져다댈 듯한 노래였다. 신부님의 노래는 사람들의 얼굴을 감싸고 종탑의 십자가부터 녹슨 스테인드글라스와 낡은 창틀을 쓰다듬고는 끝을 맺었다.

성가가 끝났다. 아무도 말이 없었다. 신부님이 봉사자의 키에 맞게 다시 높이를 조정하는 동안 성당 안에 맴도는 침묵을, 신부님이 다시 깨뜨렸다. 신부님이 신부님의 옆에 불려나와 늘어선 사람들을 가리키며 말했다.

"자, 다음 주부터 성가를 담당해주실 새 성가대에게 환영의 박수를 부탁드립니다."

이어진 박수에 성가대가 고개 숙여 답하자, 신자들이 소곤거렸다. 이제 신부님 성가를 못 듣는 거야? 전에 예비 신자들이 신부님 성가가 끝나자마자 박수를 쳤잖아. 그리고 신부님이 미사 내내 골똘히 생각에 잠긴 표정이셨다가, 미사 끝나자마자 성가대 급조하시던데. 그거야, 미사가 소란하니 마음 상하신 게지. 아냐, 박수 소리를 들을 때는 행복해하는 얼굴이셨는데…….

신부님의 노래를 듣고 나니 신자들의 목소리가 소음처럼 들려, 나는 미사가 끝나기 전 성당을 빠져나왔다.

아저씨가 성당 구석의 흡연 구역에서 담배를 비벼 끄다가 나를 보더니 말했다.

"꼬맹아. 미사 중에 하품을 하다가 턱이 빠졌나 본데, 이미 이 주변에 있는 치과 응급실은 꽉 찼다고."

"아저씨는 신부님 미사에 안 가시나요?"

"응. 지금 내 턱은 이백 번째 갈아 끼운 거거든."

친구 맞나?

"신부님이 하시는 미사를 싫어하시나 봐요?"

"그럴 리가. 나는 쟤가 하는 미사를 좋아해."

"정말요?"

"응. 재의 미사는 내겐 별 의미 없지만."

역시 친구는 아닌 것 같아.

"난 재가 성가를 부를 2~3분 동안에는 신이 있어도 나쁠 게 없다는 생각이 들지. 근데 뭐, 그 2~3분을 위해서 한 시간을 날릴 필요는 없잖아."

저게 칭찬인가 욕인가.

"이제 재가 성가 부를 일도 없으니 미사엔 더더욱 갈 필요가 없어졌지. 신도 없고 시간도 없는데."

"성당 앞에서 신이 없다고 말해도 되는 거예요?"

"사실인데 뭐. 인간은 너무나 약해. 천만 년 뒤 우주에 있는 모든 별들의 개수를 셀 수 있다고 해도, 인간은 어느 블랙홀 너머의 신을 만들어내 모든 이유와 위안을 그에게서 구할 거야."

"모든 사람들이 아저씨처럼 머리 좋고 힘이 세지는 못하잖아요."

"내가 현명하거나 강인해서 신이 없다는 사실을 아는 게 아냐. 내겐 하늘 위의 완전한 신과는 달리, 부서지고 망가져가는 아이돌이 있거든. 농담을 걸면 웃어준다는 게 내게 좋은 건지 나쁜 건지, 난 지금까지도 모르겠지만……."

아저씨가 다시 담배를 꺼내면서 말했다.

미사가 끝난 후 신부님이 성당 앞으로 나왔다. 성가를 부를 때는 좀 달라 보였는데 가까이서 보니까 추리닝 차림이 아닐 뿐이지 신부님 그대로다. 언제나처럼 신부님에게 신자들이 몰려들어, 감기가 낫지 않으니 안수를 해달라거나 묵주에 축복해달라고 하고 있었다. 신부님은 신자들에게 안수와 축복을 해주고, 줄 서 있는 이들의 상담을 해주려고 했다. 그걸 본 아저씨가 담배를 주머니에 넣더니 달려가서 말했다.

"신부님, 저 좀 구해주십시오. 며칠 전부터 제 직장에 마귀가 나옵니다."

마귀? 사람들이 웅성이며 아저씨를 바라보았다. 무슨 소리야, 마귀라니. 아저씨는 무신론자잖아. 신자들이 술렁이는 틈에 아저씨가 신부님을 잡아 거의 끌듯이 걸어 나왔다. 신부님이 끌려오며 말했다.

"네가 신자들을 놀리면 내가 곤란해져."

"난 신자들이 아니라 널 놀리는 거야."

"아이 참, 오해할 뻔했네."

어이가 없는데 신부님이 내 소매를 잡았다.

"유정이도 내 노후 대책을 고민하느라 기다리고 있었네? 난 오늘 돈까스냉면을 먹을래. 유정이도 먹고 싶지?"

왜 또 돈까스지? 왜 그런 고칼로리 고탄수화물 음식만 좋아하는 거지.

"저는 돈까스냉면은 그다지……."

"그럼 김치돈까스냉면은 어때?"

뭐가 다르지?

"중2는?"

"방금 도착했다고 전화 왔는데……."

"신부님!"

택시에서 내린 학사가 신부님을 보고 반색하다가 아저씨를 보더니 금세 표정을 굳혔다. 아저씨가 빙글거리며 신부님에게 말했다.

"네 치어리더가 기분이 나쁜 모양인데?"

"누가 치어리더입니까. 신부님 몸에 그런 식으로 손대지 마십시오. 그런 취급을 당할 분이 아니시라고요. 정말 무례하십니다."

학사가 아저씨에게서 신부님을 떼어내자 아저씨는 피식거리며 성당 앞에 세워져 있던 차에 시동을 걸었다. 아저씨가 꿍얼거리는 학사를 차에 태우고 나를 태운 다음, 아저씨의 옆 좌석에 신부님을 앉혔다.

"내 병원 근처로 가자. 돈까스냉면 집은 병원에 차 대고 나와서 잠깐 걸으면 돼."

"뭐? 성당 근처가 음식이 싸. 난 내 나와바리에서 밥 먹는 게 좋은데."

나와바리라니, 성직자가 저런 말 써도 돼? 내가 놀라자 학사가 말했다.

"신부님은 영어는 물론 다른 외국어도 잘하시고, 제가 본받아야 할 점이 많습니다."

학사는 어째서 모든 결론이 저따위지. 신부님이 기다렸다는 듯 나를 보며 말했다.

"굿모닝. 오하요. 봉주르~."

정말 바보 같네. 저러고 외국어에 능숙하다며 어디 가서 사기 칠 생각은 아니겠지? 학사가 감동한 얼굴로 날 보았다.

"신부님은 5개 국어에 능통하셔. 대단하지? 자신을 늘 감추시는 겸손함에, 얼마나 사려 깊고 배려심도 강하신지."

"주형아, 네가 밥값 내는 거다?"

"또?"

어디가 겸손하고 배려심이 강하지?

"신부님은 늘 당신 자신보다 다른 사람들을 먼저 생각하시거든."

"주임신부래 봤자 월급도 안 오르지, 요즘 노후를 생각하면 잠이 안 와. 4대 보험 떼어가고 백오십만 원 받는데 내가 나이 먹으면 국민연금 받을 수 있을까 고민되고."

학사는 귓구멍이 있는 거야?

"칠십 세에 은퇴하면 삼십 년 동안 뭐해 먹고사나 싶어서, 이번 주일 전까지 일요미식회에서 백세시대 노후 대책을 생각해보려고. 유정이도 고민해볼 거지?"

"예, 뭐……."

일요일에는 내가 여기 없을걸? 재성 씨는 대한민국의 미래를 고민하고 대책을 생각하는데 이 신부님은 종교인이면서 대체 왜 이러는 거야. 아저씨가 신부님에게 말했다.

"노후 대책? 생각해둔 거 있어?"

"여러 가지를 고려하고 있긴 한데……. 은퇴 후엔 우선 널 삥 뜯어서 먹고사는 건 어떨까?"

노후 대책이 친구를 삥 뜯는 거라고?

"채안아, 성직자라면 사람을 안정시키는 역할 아니야? 지금 운전대를 잡고 있는 게 나란 사실은 잊지 않았겠지?"

학사도 화난 얼굴이었다. 하긴 신학대생이라면 저 신부님

같은 태도가 어이없긴 하겠지.

"신부님, 왜 제가 아닌 선생님을 삥 뜯으신단 겁니까."

아니, 학사는 대체 어느 지점에서 분노하는 거야.

"뭐, 나도 중2의 불만 피력에 적극 동의하고 지지해. 한 가지 맹점을 지적하자면, 신부는 대개 가난뱅이잖아. 신학생은 대개 신부라는 가난뱅이가 되기 전 단계의 어린 가난뱅이지 않나?"

신학생을 탈피하는 애벌레처럼 말하고 있잖아. 학사가 입술을 물며 말했다.

"주님께서 다 돌봐주실 겁니다. 선생님께서는 믿지 않으시겠지만요."

"믿음에는 나도 일가견이 있지. 나도 얼마 전, 기도에 대한 응답을 받았다고."

"정말이십니까?"

"그래. 내 돈을 빌려간 놈이 돈을 갚게 해달라고 매일 기도했더니 통장에 돈이 들어왔거든. 기도 틈틈이 내용 증명을 보내고 직업적, 물리적으로 매장하겠다는 음성 녹음을 남기긴 했지만."

아니, 그게 기도라고?

"선생님이 조폭이 아니면 누가 조폭입니까."

"설마. 난 아주 교양 있게 말했다고. '난 무신론자지만 넌 밤낮으로 하느님을 찾게 만들어주겠다.'"

"그런 게 교양입니까?"

"기독교적 교양이지."

신부님이 감동한 듯 아저씨를 보았다.

"역시 내 노후 대책으로는 기독교적 교양을 겸비한 널 삥 뜯는 게 좋겠어. 원래 종교인들은 신자들 삥 뜯어서 먹고살거든."

"거듭 말하지만, 난 너네 종교의 신자가 아니야."

"그래서 널 삥 뜯는 거야. 신부가 가톨릭 신자를 뜯어먹으면 소문나잖아."

"널 피하려면 세례를 받아야 하는 거야? 요즘 가톨릭 전도는 다 이런 식인가?"

"그래. 내 부하가 되어서 돈이랑 훈제 계란을 다 바쳐야 해."

"중2야, 네 선배가 말하는 걸 보라고. 종교개혁이 왜 일어났는지 알겠지?"

"말도 안 되는 말씀하지 마십시오. 신부님, 제가 돈을 많이 벌겠습니다. 그러니 노후에는 저를 삥 뜯으십시오."

"한번 생각해볼게."

선심 쓰듯 말하는 건 또 뭐야. 학사의 얼굴이 밝아지는 걸 보니 더 어이가 없었다. 미래를 위해 행동하는 일요미식회라며. 재성 씨처럼 대한민국의 미래를 대비하고 행동하는 것까지는 아니더라도 신부님은 국민연금이나 노후 대책만 걱정하고 있잖아.

'이주형 산부인과' 간판이 보이자 아저씨가 편의점 앞에 차를 세우더니 신부님에게 오만 원을 건네주었다.

"채안아, 병원 주차장에 차 갖다놓고 올 테니까, 나 말보로 한 갑만 사다 줘. 잔돈은 네가 가지고."

"응!"

어이가 없는데 학사가 화난 표정으로 신부님에게서 돈을 빼앗았다.

"선생님, 제가 사다드릴 테니 신부님께 담배 심부름 따위는 시키지 마십시오."

학사가 차에서 내리자 내 잔돈 어쩌고 하며 신부님도 뒤따라 내렸다.

"꼬맹아, 너도 내릴래?"

아저씨가 물었으나, 나는 편의점에서 과자를 보면 먹고 싶을까 봐 고개를 흔들었다.

아저씨는 날 태운 채 병원으로 차를 몰고 들어갔다. 피켓을 들고 머리에 끈을 질끈 동여맨 사람들이 아저씨의 차를 보자마자 피켓을 흔들며 우-우 소리를 내었다. 피켓에 쓰인 빨간 글씨가 눈에 띄었다.

'태아는 거룩한 생명입니다. 죄 없는 태아를 지킵시다.'

그들이 피켓을 휘두르며 말했다.

"저자다!"

"무고한 생명을 죽이는 살인마!"

"아저씨, 저 사람들 뭐예요."

아저씨가 사람들을 흘끗 보더니 핸들을 꺾었다. 사람들이 으악 소리를 지르며 피했다.

"내가 직장에서 마귀가 나온다고 했잖아."

"아저씨, 진짜 무서워요. 저 사람들 진지하잖아요."

"진지하지. 날 중세에서 온 악마라고 생각하더라고. 하긴 나도 놀랐지. 옆 영주의 농장에서 보던 사람들이 현대에 와 있을 줄이야."

아저씨가 주차장에 차를 대면서 말했다.

"저 사람들이 하필이면 왜 아저씨 병원 앞에 있는 거죠."

"얼마 전에 방송기자가 낙태에 대해 찬반 의사를 물어보기에 대답했지. 다른 병원에서 시위하던 몇몇이 그 방송에 깊은 인상을 받았다는 사실을 굳이 내게 알려주고 싶어 하더라고."

"그럼 어떻게 해야 돼요. 뭔가 대책이 있어야 하지 않아요?"

"정문에 커피 자판기를 설치했지."

"그게 대책이라고요?"

정신이 멍해지는데 아저씨는 주차한 후 차에서 내렸다. 시위대들은 여전히 피켓을 흔들고 있었지만, 아저씨가 접은 몸을 일으켜 거대한 외제차 문을 열고 힘겹게 나오자 다들 말이 없어졌다. 아저씨가 시위대를 힐끗 보았다. 시위대 중에는 키가 아저씨의 어깨만큼도 오는 사람이 없었다. 아저씨는 말없이 시동을 끄곤 나를 데리고 주차장을 나와 편의점 앞으로 갔다.

"채안아."

편의점 앞에서 죠스바를 먹고 있던 신부님과 신부님이 질질 흘리는 아이스크림을 휴지로 닦아주던 학사가 아저씨를 반갑게 보았다. 아저씨는 내게 눈을 찡긋했는데, 아까 보았던 사람들을 말하지 말라는 뜻인 것 같았다. 굳이 말할 이유는 없지. 어차피 그 시위대들이야 신부님과 상관도 없을 테고. 나는 고개를 끄덕였다.

식당 한가운데에는 축구 경기가 나오는 큰 TV가 있고 분위기가 시끄러운 시장 바닥 같았지만, 돈까스냉면은 맛있었다.

손님 하나가 축구 경기가 끝나 TV 채널을 돌리니 또 〈태양의 사제들〉이 나왔다. 아무리 인기 드라마라지만 재방송이 너무 잦은 거 아니야? 하지만 사람들은 드라마 속 신부를 보고 멋있다며 감탄했다. 신부님은 돈까스냉면을 먹는 것도 잊은 채 드라마를 보았다.

"와, 저 신부 무술 진짜 잘한다. 난 군대에서 배운 태권도도 잊어버렸는데."

"저 신부는 신부님과 달리 드라마 속의 가짭니다."

"그래. 저 가짜가 채안이보다 잘생기고 키 크고 좋은 차도 있지만 채안이보다 십자가가 많지는 않을 거야."

"신부님을 놀리지 마십시오."

"널 놀리는 건데?"

신부님은 아무것도 못 들은 사람처럼 정신없이 드라마를 보고 있었다. 정말 바보 같았다. 신부님이 말했다.

"저 신부는 모든 문제의 해결책을 갖고 있네. 망설임도 의문도 없이 모든 걸 해내잖아. 저 신부 정말 멋있다."

가만히 신부님을 보던 아저씨가 말했다.

"넌 빨리 〈태양의 사제들〉 방송을 금지해달라고 주님께 기도하기나 해. 아니면 너도 신자들 앞에서 옹박을 선보여야 할 거야."

"옹박이 뭔데?"

"기도는 오 주여, 로 시작하면 되나?"

"신부님, 출생의 비밀이나 나오는 바보 같은 드라마에 신경 쓰지 마십시오."

출생의 비밀……. 되뇌는 신부님의 표정이 어두워졌다. 신부님도 막장 드라마는 싫어하나 보지? 신부님의 표정을 본 학사가 리모컨을 가져오려는데, 드라마가 잘리며 화면이 핑크빛으로 바뀌었다.

"어? 뭐야? 벌써 끝날 타이밍이 아니었는데?"

"중간 광고입니다, 신부님."

"광고?"

정말 TV라곤 안 보나 보다.

중간 광고는 아이돌 뮤직비디오의 일부분을 편집해 만든 화장품 광고였다. 엉덩이를 반쯤 가린 미니 원피스 차림에 하이힐을 신은 소녀들이 봉을 타고 내려오며 발차기를 했다. 사람들이 그런 소녀들을 보며 우와 하고 환호성을 질렀지만, 신부님은 얼굴을 찌푸리며 돈까스냉면으로 시선을 돌렸다.

"신부님은 아이돌을 좋아하지 않으시나 봐요."

"글쎄 유정아. 너와 달리 난 마흔이 다 되어가는 사람이라 그런지…… 저 어린애들이 하이힐을 신고 저렇게 격렬한 춤을 추면 발목 인대에 손상이 올 것 같은데. 저렇게 깡마른 몸에 신체를 강조한 불편한 옷을 입어야 하는지도 모르겠고. 학교는 정상적으로 다니고 있나? 성장기의 청소년인데 수면 시간은 적절할까? 청소년용 근로계약서를 썼을까, 직장에는 성인 남성들이 대부분인 듯한데 제대로 보호는 받고 있는 걸까 하는 생각 때문에 편하게 볼 수 없어."

"너 같은 애를 구름 위에서 속세로 내려온 꼰대라고 하는 거야. 줄여서 대한민국 가톨릭 신부."

"무, 무슨 말씀이십니까."

"어린 꼰대도 마찬가지지 뭘. 너 저 아이돌 이름 알아?"

"왜 알아야 합니까."

"봐, 모르잖아."

"선생님은 저 아이돌의 이름을 아십니까?"

"꼰대들아, 음, 쥬시 걸이잖아."

"자막 보고 말씀하지 마십시오."

어떻게 저렇게 꼰대들이지? 나는 황당해하다가 컵을 잘못 건드려 콜라를 흘렸다. 신부님은 추리닝 주머니에서 물티슈를 꺼내 닦아주었다. 아니, 그건 고맙지만 물티슈에 '하나님의 신 환제일교회'라고 쓰여 있잖아. 미치겠네. 이건 왜 이렇게 많이 얻은 건데.

"신부님, 교회 전도자들이 전도 물품을 줄 땐 그냥 지나가 시면 안 돼요?"

"왜? 나는 교회에서 나눠주는 물티슈는 꼭 받아 와. 사제관 청소할 때 진짜 유용하거든."

"내가 들어본 물티슈의 용도 중 가장 사악한데."

"감히 한 신부님께 사악하다는 단어라니요. 선생님, 신부님 이 얼마나 선하시고 완벽하시며 정결하신 분인데."

"채안아, 네 치어리더 좀 진정시켜. 쟤가 흔드는 폼폼 때문 에 정신이 혼미하잖아."

"요한아. 난 그다지 사악하지 않아. 아마도…… 유정아. 그렇 지? 왜 대답이 없니?"

나는 머리를 감싸 쥐었다. 난 왜 이 바보들의 모임에 끼어서 돈까스냉면을 먹고 있는 거야.

"선생님, 신부님은 주님께 일생을 헌신하려고 사시는 희생 그 자체인 분입니다."

"요한아, 그게 무슨 말이야. 날 당황하게 하지 마. 난 사제직 정년은 칠십 세라고 해서 신학교에 들어온 사람이야. 가늘고 희미하게 버텨서 신부 정년까지 다 해먹어야지. 요즘처럼 험난한 시대에 직업의 안정성이 얼마나 중요한데. 그렇지, 유정아?"

직업의 안정성이 중요하단 사람이 개신교 교회를 볼 때마다 커피와 물티슈를 얻어? 드라마에서 가톨릭 신부는 경건하고 엄숙하던데 이 신부님은 전자 모기채를 휘두르거나 교회에서 커피를 얻어먹기만 하잖아. 차 안의 여자는 대체 정체가 뭘까.

나는 답답해서 옆에 놓인 콜라를 벌컥벌컥 마셨다. 안 돼, 콜라는 살찌는데. 신부님이 콜라를 더 따라주며 말했다.

"유정이도 나처럼 콜라를 좋아하나 봐. 더 시켜주자."

아니야, 아니라고요!

재성 씨는 날 생각해서 늘 자극해주고 비싼 다이어트 선식을 먹게 해주는데, 왜 이 사람은 쉴 새 없이 내 자기관리를 방해하는 거지. 내 식단을 제한하지도 않고 다 똑같은 메뉴를 시키는 데다, 콜라를 시켜서 내게 따라주곤 자신도 벌컥벌컥 마신다. 음식도 문제지만 내게 무관심한 신부님 곁에 있다 보면 화장하는 것도 까먹는다. 이러다 완전 야만인이 되겠어. 우아한 비건 푸드를 먹는 것도 아니고 계란말이에 돈까스냉면에, 하나같이 고칼로리 고탄수화물 음식들뿐이야.

신부님이 학사와 내 접시에 고기까지 덜어주는 바람에 결국 무심결에 접시에 담긴 걸 다 먹고 말았다. 정말 이 신부님은 하나하나 전부 다 나에게 해롭기만 하다. 어떻게든 일요미식회에서 빠져나와야겠어.

다짐을 하는데 학사가 가방을 뒤적이더니 데오도란트를 꺼내 가지고 일어났다.

"전 화장실 갔다 오겠습니다."

"나도 담배 좀 피우고 올게."

학사가 화장실에 간 후 아저씨가 몸을 일으키자, 새삼 아저씨의 존재감이 느껴졌다. 안 그래도 키가 큰데 북실북실한 곱슬머리다 보니 식당 천장에 아저씨의 머리가 닿을 듯 말 듯했다. 손님들이 다들 눈을 휘둥그레 뜨고 아저씨를 쳐다보았다. 사람들이 나도 보는 거 아니야? 나는 남이 날 쳐다보는 걸 죽도록 싫어하는데, 아저씨는 익숙한지 아무렇지도 않게 담배를 꺼내며 식당 밖으로 향했다.

나는 아저씨가 나가고 나서 신부님에게 말했다.

"신부님, 아저씨의 저 헤어스타일 좀 바꾸시라고 할 생각 없으세요?"

"왜?"

왜라니. 다들 쳐다보잖아.

"아저씨, 키도 크고 체격도 좋으시잖아요. 흑인 같긴 하지만 잘생긴 얼굴이니까, 머리를 단정하게 자르고 매직스트레이트로 펴면 저렇게까지 튀지도 않고 스타일도 좋아 보일 거예요."

내가 말하면서도 뿌듯했다. 역시 난 안목이 있어. 재성 씨한테 배운 대로라고.

"주형이 머리 모양이야 주형이 마음인데 뭘."

신부님은 친구라면서 어쩜 이렇게 무신경하지?

"헤어를 관리하지 않으니까 더 흑인 같잖아요. 다들 쳐다보고 뒤에서 수군거릴지도 모른다고요."

"난 상관없는데?"

와, 정말. 자기 일 아니라고 저러기야? 친구를 눈곱만큼도 생각하지 않네. 친구 맞아? 아저씨가 불쌍하다. 입맛이 뚝 떨어졌다. 나는 또 콜라만 벌컥벌컥 마시다가 내가 잔을 거의 다 비운 걸 알고 화가 나서 말했다.

"저라면 자기한테 밥도 사주는 이십 년 된 친구한텐 잘해줄 거예요."

"뭐? 주형이는 고등학교 삼 년 동안 내 체육복 셔틀이었다고. 그러니까 밥값 좀 뜯어내도 돼."

이건 또 무슨 논리야.

"난 고등학교 때 짱이었어. 모두가 내게 매점 빵과 훈제 계란을 바쳤지. 주형이도 나한테 말없이 삼 년 동안 체육복을 빌려줬단 말이야."

진짤까? 짱이라니, 지금 봐도 체구가 가냘픈데 고등학교 졸업하면서 몸이 줄기라도 한 걸까? 또 말도 안 되는 허풍을 치는 게 분명해.

콜라를 먹어서 그런지 화장실에 가고 싶어서 둘러보는데 신부님이 말했다.

"유정아. 너 나 못 믿는 눈빛인데? 진짜라니까?"

"네, 네. 저 화장실 좀 갔다 올게요."

화장실에 가려고 나오는데 아저씨가 카운터에서 계산하고 있는 모습이 보였다. 어딜 봐도 뭐든 뜯길 덩치가 아닌데. 날 본 아저씨가 말했다.

"꼬맹아, 지금 양수 터진 산모가 와서 나 가봐야 돼. 뭐 더 먹고 싶으면 여기서 말해. 마저 계산하고 가게."

"아니에요."

"그래? 그럼 채안이한테 가서 뭐 더 먹을지 물어보고 와줄래?"

"그런 사람한테 잘해줄 필요 없어요."

"응?"

"신부님은 아저씨를 전혀 생각해주지 않는다고요. 신부님한테 사채라도 빌리셨어요?"

사채? 아저씨가 희미하게 웃음을 보였다.

"설마. 걔한텐 원한이 있지."

원한?

"어떤 원한이요?"

"고등학교 때부터 이십 년 묵은 원한이지."

아저씨가 씨익 웃었다. 까만 얼굴에 가지런한 이가 새하얗게 드러나는데 눈은 웃고 있지 않았다. 등 뒤가 서늘해졌다.

"설마, 체육복 때문에 그러세요?"

"체육복?"

"신부님이 고등학교 짱이었다고, 아저씨한테서 삼 년 동안 체육복을 뺏어 입었대요."

난 분명 아저씨가 비웃을 거라고 생각했는데 아저씨의 표정이 기묘해졌다. 억, 정말인가.

"……걔가 그래?"

"네. 다들 짱한테 매점 빵도 바쳤다며 막 자랑하시던데, 거짓말이죠?"

"뭐, 걔가 고등학교 삼 년 동안 내 체육복을 빌려가긴 했지. 매일 옷을 빨아놓으면 말도 없이 가져가 입더라고. 그렇다고 때릴 순 없잖아. 때리면 죽을 수도 있고."

어휴, 역시 저런 기승전결이잖아.

그래도 체육복 빌려간 게 원한이면 좀 심하긴 하다. 아저씨가 꿰뚫어보는 듯한 눈으로 날 보며 말했다.

"체육복은 새 발의 피야. 내가 괜히 걔 옆을 빙빙 도는 줄 아냐? 언젠가는 걔한테 오랜 원한을 싸악 되갚아주려고."

싸악, 이라는 말의 어감이 칼 같다. 등에 식은땀이 흘렀다.

"시간 없네. 그냥 채안이한테 계산했다고 전해줘라."

나는 알겠다며 아저씨를 보내고 화장실에 갔는데, 사람이 꽉 차 있었다. 한참 기다렸다가 간신히 화장실에 다녀오는데, 학사가 신부님 옆에 앉는 게 보였다. 학사는 얼마나 멋을 부리는지, 몇 미터 떨어져 있는데도 데오도란트의 민트 냄새와 향수 냄새, 드라이샴푸 냄새가 뒤섞여 나서 머리가 아팠다. 학사가 고개를 저으며 신부님에게 말하고 있었다.

"아닙니다, 신부님. 몸에서 냄새가 나면 다들 싫어합니다."

"나도 냄새가 나면 싫어하겠네?"

"아닙니다. 신부님은 저랑 다르세요."

"뭐가 다른데."

"……저는 신부님이 절 싫어하실까 봐 무섭습니다."

"내가 널 좀 싫어하면 어때서."

학사가 세상이 무너진 듯한 얼굴을 하자 신부님이 당황한 표정으로 말했다.

"요한아. 이제 난 네 보좌신부가 아니고 너도 내 복사가 아니잖아. 네가 신부가 되면 우린 동등한 위치야. 난 너보다 나이가 많고 네 인생에서 지나갈 사람이고, 그러니 네게 아무것도 아니어야지. 나 좀 봐. 나한테서 고기 냄새, 파 냄새 막 나는데? 그 데오도란트 이젠 나 발라야 돼. 나한테 줘."

이젠 후배 위생용품도 강탈하나.

"신부님은 늘 그런 식이시죠. 전 신부님이 아니셨으면……."

나와 눈이 마주친 신부님이 말을 하려는 학사에게 감자튀김을 먹여주었다.

"유정이 왔네. 콜라 더 시키자."

"아저씨가 계산하고 가셨어요."

"으윽, 그전에 왕창 시킬걸."

"정말 너무 염치가 없으신 것 같아요."

"뭐? 나 그렇게 염치없지 않아. 주형이에게 삼 년 동안 체육
복도 빌려 입었단 말이야."

아니, 대체 근거가 뭐 저딴 식이야.

신부님은 크림치즈볼이 맛있다며 자기 몫을 학사와 나에게
나누어주었다. 그러자 학사의 얼굴이 밝아졌다. 학사는 신부
님이 뭐가 좋아서 저러지. 신부님은 마트 전단지에만 집착하
는 바보일 뿐 아닌가. 이 크림치즈볼 진짜 맛있긴 하네. 나는
무심결에 싹 비운 접시를 보고 소리 없는 비명을 질렀다. 어떻
게 하지. 천 칼로리가 넘겠다. 운동, 운동해야 해.

나는 성당으로 돌아가면 주변이라도 돌아야겠다고 마음먹
었다.

자기관리를 방해하는 사람

나는 신부님이 아침을 만들 때 옆에서 수저를 놓았다. 신부님을 도와주려고 했지만 신부님은 내게 쌀을 씻는 일만 맡겼을 뿐이다.

희디흰 쌀밥. 분명 탄수화물로만 가득하겠지. 저 국의 소고기 좀 봐. 콜레스테롤이 장난 아닐 거야.

소고기뭇국의 무도 들쭉날쭉 잘린 게, 신부님은 작은 과도도 편하게 쓰지 못하는 것이 몸이 좀 둔한 것 같았다. 신부님은 노인도 아니고 뚱뚱한 것도 아닌데 왜 저렇담. 난 날씬하지 않아도 둔하진 않은데. 나는 신부님에게 말했다.

"계란말이는 제가 썰 테니까 과도, 저한테 주세요."

"칼이란 나처럼 스킬 있는 사람이 써야지. 과도로 경동맥을 베면 응급실에 실려와도 답이 없던데? 사람은 자기 혈액의 15퍼센트를 잃으면 위험, 30퍼센트를 잃으면 사망이거든."

뭐야, 난데없이 잘난 척은. 신부님이 의사라도 돼? 앞으로 도와주나 봐라. 나는 속으로 툴툴대며 신부님이 썬 계란말이를 식탁에 갖다 놓았다. 신부님의 폰에 문자 수신음이 울리자, 밥을 푸려던 신부님이 폰을 확인하고는 급하게 수단으로 갈아입었다.

"아 참, 잊을 뻔했네."

신부님이 어제 아저씨의 담배를 산 잔돈인 듯한 만 원짜리를 꺼내더니 뽀로로 저금통에 넣었다. 저건 여자를 만나러 갈 때 쓰는 비상용 자금인가? 신부님이 수단의 매무새를 고치며 말했다.

"유정아, 미안한데 먼저 아침 먹어. 난 나갔다 올게."

"어디 가시는데요?"

"여자 만나러."

싱긋 웃는 게 날 놀리는 건지 진담인지. 신부님이 허겁지겁 가방을 집어 들면서 폰은 또 식탁 위에 놔두고 가는 게 아닌가.

"신부님. 폰이요."

"귀찮은데."

"여자 만날 거면 폰을 가저가셔야죠."

"뭐? 그 모습을 남들에게 들키면 곤란해."

진짠가?

내가 심하게 놀랐는지 신부님이 키득거리면서 말했다.

"너만 알고 있어야 돼."

신부님이 구두를 고쳐 신고는, 내가 건넨 폰을 신발장 위에 올려둔 채 그냥 나가려고 했다. 난 급히 말했다.

"그럼 저만 알고 있을 테니 따라갈래요. 작가가 되도록 도와주신다고 하셨잖아요. 작가가 되려면 핍진성이 중요하거든요."

"핍진성이 뭔데?"

"사실적인 개연성이요. 저는 가톨릭 포교를 위해 종교 소설을 쓸 거거든요."

거짓말이 술술 나온다. 신부님이 거짓말을 눈치챘는지 고개를 갸웃했다.

"소설이 돈이 돼?"

신부님 맞아?

어쨌든 폰을 챙겨 따라나서는 나를 신부님은 막지 않았다.

신부님이 여자를 만나러 가는 건 맞았다. 다만 만나는 여자들의 연령대는 최소 칠십 이상이었다.

임종을 앞둔 신자가 신부와 만나는 '병자성사'라는 가톨릭 의식이 있다는 것이다. 신부님은 호스피스 병동에 입원 중인 노인의 병자성사를 해주러 간 거였다. 맥이 풀렸다. 여자긴 하지만 팔십이 넘은 노인이잖아. 병든 노인에게 기도를 해준 신부님은 병실에서 나오며, 곧 봉성체도 하러 가야 한다고 말했다.

"봉성체가 뭔데요?"

"건강이 나빠서 성체를 모시지 못하는 사람들을 찾아가서 성체를 영해주는 거지."

종교엔 참으로 별별 의식이 많았다. 신부님은 사람들의 이름이 적힌 지도를 가방에서 꺼내더니 볼펜으로 체크해둔 곳을 확인했다. 이건 무슨 구십 년대식 방문인가. 세상엔 구글 지도라든가 네이버 맵이란 게 존재하는데 종이 지도라니. 나는 한숨을 삼키면서 신부님을 따랐다.

신부님이 찾아가는 노인들은 페인트가 벗겨져 가는 주택의 문간방이나 지하방에서 혼자 살았다.

신부님이 녹슨 주택 철문을 두드리며 마리아 자매님, 하고 부르면 사람이 나오는 대신 들어오소, 라는 낡고 찢어진 외침이 들려왔다.

철문 안에는 엉성하게 묶은 종이박스와 폐지들이 쌓여 있었고 어디서 나는지 모를 기이한 악취가 났다. 사람 하나 간신히 지나갈 좁은 길을 지나 방에 들어가면, 세탁을 한 건지도 의심스러운 이불을 덮은 할머니들이 반쯤 누워 있다가 신부님을 보고 일어나는 시늉을 했다.

신부님은 끝년이, 말년이, 원남이 같은 이름의 그녀들에게 할머니라는 호칭 대신 마리아 자매님, 로사 자매님, 스텔라 자매님이라고 불렀다. 그녀들이 신부님에게서 동그랗고 하얀 빵 같은 성체를 받아먹는 건 몇 분도 걸리지 않았다. 그녀들의 주된 관심사는 성체가 아닌 듯해 보였다.

"신부님. 요즘은 머리도 아프고 몇 십 년 전 다친 다리도 아답니다. 좀 나으라고, 통증 좀 떨어지라고 안수해주세요."

신부님이 할머니의 머리에 손을 얹고 기도해주었다. 글쎄. 저게 무슨 효력이 있을까? 나아질 거라는 말은 누구라도 다 할 수 있잖아. 그렇지만, 할머니의 찌푸려져 있던 미간이 좀 펴져 있었다. 신부님의 손을 잡은 할머니는 늙은 몸 안에 든 여자애 같이 보였고, 신부님은 어른 남자 같아 보였다. 평소와 달리 어른스런 얼굴의 남자는, 주름지고 흰머리 가득한 어린애가 죽은 남편의 잘못을 일러바치는 것을 들으면서 정말 나빴네요, 하고 말하고 있었다.

나는 노인들이란 나와 전혀 상관없는 생물이라고 생각했다. 처음부터 노인이어서, 할머니에 어울리는 이상하고 알록달록한 옷을 입고 노약자석을 메우는 사람들이라고 생각했던 것이다. 그러나 신부님이 곁에 있으면, 할머니들은 딱딱한 무표정에서 웃음을 머금은 얼굴로 바뀌었고, 그 얼굴에서 예전의 고운 윤곽이 보이고는 했다. 저 사람들도 젊거나 어렸었구나. 어쩌면 당연한 사실을 깨닫게 되어버리는 것이다.

신부님이 봉성체를 끝내고 나서 신자들과 하는 일은 마트 전단지를 보며 세일 상품을 같이 고르거나, 같이 라디오를 들으며 청취자의 바람난 남편을 욕하는 거였다. 할머니들은 그런 신부님에게 자식들이 사준 거라고 자랑하면서, 홍삼 사탕이나 땅콩캐러멜 같은 걸 내주었다. 재성 씨는 요리사가 직접 만든 드라이드 토마토와 산지에서 온 유기농 꿀을 간식으로 먹었고, 가끔 먹는 디저트도 프랑스산 비건 초콜릿 같은 거였지 국산은 없었다. 재성 씨는 아마 껍질에 내용물이 녹아 나온 땅콩캐러멜 같은 건 본 적도 없을 것이다.

마지막으로 간 곳은 팔십이 넘어 보이는 할머니가 혼자 사는 단칸방이었다. 할머니는 신부님을 보자마자 반색하면서 유리컵에 보리차를 담아 내왔다. 유리컵엔 불투명하게 물때가 껴 있었다. 나는 받은 컵을 도로 소반에 올려뒀지만, 신부님은 보리차를 다 마셨다.

할머니가 이불 옆에 끼고 있던 작은 찬합을 열더니 무언가를 꺼냈다.

"이게…… 스트로 캔디거든."

딸기가 그려진 캔디였다. 스트로베리 캔디 아니야? 나는 끼어들고 싶었지만 가만히 있었다. 스트로베리 캔디는 캔디라기보다는 캐러멜 종류였다. 그 캐러멜을 할머니가 하나 꺼내고, 망설이다가 하나 더 꺼냈다. 할머니가 캐러멜을 신부님에게 주며 말했다.

"맛있어. 잡솨보면 입맛도 나고."

신부님이 캐러멜을 받자 할머니가 내게도 캐러멜을 내밀었다. 캐러멜은 파스텔 톤 꽃들이 그려진 금박종이로 겹겹이 싸여 있었지만, 내용물이 포장지 밖으로 녹아나와 벌겋게 굳어 있었다. 으윽, 입맛이 나긴. 나던 입맛도 사라질 것 같은데. 나만 이런 거 준 거야? 신부님 캐러멜을 훔쳐보니, 내용물이 다 튀어나와 포장지와 뒤엉켜 굳어 있다. 설마 저걸 먹는 건 아니겠지. 신부님이 포장지에서 캐러멜을 떼어내더니 속종이가 붙은 채 입에 쏙 넣고 말했다.

"맛있네요."

"그치요?"

"딸기 맛이 무척 진한데요."

"그럼. 그 맛을 국산이 못 따라오지."

할머니가 말했다. 나는 눈치를 보면서 캐러멜을 소반 밑에 슬쩍 놓았다.

"학생아, 넌 안 먹냐?"

윽 들켰네. 나는 캐러멜을 다시 소반 위에 놓았다. 할머니가 날 힐끗 보더니 캐러멜을 다시 집어가서 상자 속에 깊숙이 넣고 뚜껑을 닫았다. 뭐 귀한 거라고. 어이가 없는데 할머니가 말을 이었다.

"나는 나 혼자 사는데도 인생이 계속될 거란 생각을 하지 못했어. 지금도 이해가 잘 안 돼서. 어떻게 우리 아이가 없는데 세상이 돌아가나. 이건 이상하다. 근데 사람이 살고 있더라고. 이게 사는 건지는 모르겠지만. 누가 그러더라고. 남들도 자식 미국 유학 보내고, 이민도 보내고 하면 오 년에 한 번 보고 십 년에 한 번 본다고. 그러다가 늙고 정신이 흐려지면 어제 본 것 같고 좀 전에 본 것 같고 그런다고, 너무 울지 말라 하대. 남들이랑 다를 거 하등 없다고. 참말이다. 그렇다 싶어서 우리애가 유학을 가서 자리를 잡았다. 거기서 각시도 만나서 잘 살고 있다. 비행기 값이 비싸니까 자주 오지 못한다. 대신에 편지와 과자를 보낸다. 요렇게 되니까 사람이 밥도 넘어가고 잠도 오더라고. 요렇게 세월을 보내다 보면 자식을 만나러 가겠지. 만나 가지고 말을 참 많이 해야지, 했지. 내가 일하러 댕기느라고 자장가도 많이 못 불러줬는데, 목이 쉬도록 실컷 불러주마고."

"노래를 잘 하실 것 같아요."

"그렇지. 육이오만 나지 않았어두 한가락 했을 거라고들 했지. 다들 내 노래 한 자락이면 눈물을 글썽이구 말야."

"저한테도 불러주세요."

"듣고 싶은가? 어린 신부님이 바쁘지 않나? 노래를 불러줘도 될랑가?"

"그럼요."

할머니는 큼큼 기침을 하더니, 떨리는 목소리로 노래를 불렀다. 아리랑 아라리요. 아리랑 고개를 넘어간다. 내 님은 어디로 가시나. 복숭아 빛 뺨이 주름이 지도록 돌아오지 않네. 이제는 돌아와도 그 옛적 나를 알아보시려나. 고목이 된 몸 안에 벚꽃 같은 나를 알아보시려나…….

먼지가 떠다니는 탁한 공기 속에서, 신부님이 치는 박수 소리만 퍼져나갔다.

일곱 집을 돌고 나서 봉성체가 끝났다. 늘 쓸데없는 말을 하던 신부님은 돌아오는 길에는 별 말이 없었다. 편의점을 본 신부님이 그 앞 파라솔 의자에 앉았다.

"유정아. 미안한데 택시 좀 잡아줄래. 오늘은 사치 좀 하려고."

나는 도로변에서 손을 들어 택시를 세웠다. 돌아보니, 신부님은 탁자에 엎드려 잠들어 있었다. 신부님. 흔들어 깨우자, 신부님이 눈을 떴다. 지금 몇 시지? 새벽이니? 아뇨. 아, 미안하다.

신부님은 택시에 타자마자 또 잠이 들어, 성당에 도착했을 때 다시 깨워야 했다. 성당 사제관에 들어선 신부님이 휘청거리면서 주방 식탁의 의자를 빼주고 날 앉히면서 국을 펐다.

미안, 배고프지? 내가 반찬 할 여유가 없네. 신부님이 식탁에 김과 계란말이를 차리고 내 앞에 밥 한 그릇을 퍼주고는 밥솥을 닫았다.

"신부님은요?"

"난 됐어."

"전 아침 안 먹어도 돼요. 좀 있다 점심 먹을 건데요, 뭐."

"어른이 성장기 애들을 굶기는 거 아니야."

"전 굶어도 돼요."

"응? 굶어도 된다니?"

영문을 모르겠다는 표정을 보니 화가 났다. 지금 내 몸을 보고서도 모른 척 놀리는 건가? 아님 내 반응을 보려고 떠보는 건가?

"전 한 끼쯤 건너뛰어도 된다구요. 저는 팔뚝이 너무 굵고 허벅지도 굵어요. 허리도 두껍고 뺨도 퉁퉁하고 얼굴두 커요. 무슨 말인지 아시겠죠?"

"유정아."

신부님의 피로한 얼굴에 이해하지 못하겠다는 표정이 떠올랐다.

"넌 퍼즐이 아니고 사람이야. 왜 네 몸을 조각조각 나누어서 평가하니?"

나는 신부님이 차려주고 간 밥을 먹었다. 그릇 한두 개가 전부인 설거지를 금방 마치고 나서 신부님 방을 기웃거렸는데, 신부님이 없었다. 서재로 가 보니, 신부님은 결재서류가 펼쳐진 책상에 엎드려 자고 있었다. 손에 묵주를 쥔 채였다. 신부님도 십자가가 필요한가.

나는 잠든 신부님을 들여다보았다. 깨어 있을 때 늘 헛소리만 하는 신부님의 자고 있는 얼굴은 연약해 보이기만 했다. 재성 씨의 말대로라면, 이 사람은 아름다운 여자를 유혹해 망가뜨리는 사람. 그런데 지금까지 내가 본 이 사람은······.

나는 잠든 신부님을 가만히 보다가, 조용히 서재 문을 닫고 나왔다.

재성 씨의 저택은 언제나처럼 언니들의 향수 냄새, 헤어 미스트의 꽃냄새로 가득 차 있었다. 몸의 곡선에 맞춘 제복을 입은 비서와 가사 도우미들이 바삐 오가며 재성 씨의 일정을 체크해주고 언니들의 인바디 결과를 건네주었다.

"유정아. 몰래 운동해?"

"요즘 얼굴이 좋아 보인다?"

언니들의 웃음소리가 음악처럼 흩어졌다. 나는 대충 웃음으로 대답했다. 근데 에스 언니가 보이지 않았다.

"에스 언니는?"

"에스?"

디 언니가 말끝을 흐렸다. 다들 순식간에 표정이 어두워졌다.

"코 수술 부작용이 났어. 코가 괴사해서 재성 씨가 원래대로 고쳐주겠다고 병원에 보내긴 했는데, 그 뒤로는……."

아무도 재성 씨에게 에스 언니에 대해 물어보지 못한 모양이었다. 언니 하나가 침을 삼키더니 말했다.

"우리 오기 전에 여기 있었던 외국 애들도, 성형에 부작용이 생기거나 연습 중 부상을 심하게 입으면 부모에게 돌려보내졌대."

"그래도 성형 부작용은 무척 드문 일이래."

"우린 돌아갈 부모가 없잖아."

"맞아. 그 많은 성형 연예인들도 멀쩡하잖아."

여자는 예뻐야 돼. 자기관리를 해야 인생이 바뀌는 거야. 재성 씨의 말을 언니들이 다짐하듯이 반복했다. 맞는 말이고말고. 나는 힘차게 고개를 끄덕였다.

재성 씨와의 식사 시간이 되었다. 재성 씨가 식사를 촬영 중인 폰을 고쳐 설치하며 말했다.

"이 폰은 국내 최대 대기업의 신제품이란다. 너희가 얼마나 아름답게 나오느냐에 따라 기업의 흥망이 결정되는 거지."

다들 침을 꼴깍 삼키며, 머리를 매만지거나 자세를 고쳤다.

"헤어 관리와 화장은 잘 배우고 있겠지? 너희들이 선물 받은 화장품들은 전부 국산이야. 대한민국 여성이 쓰는 화장품들이 얼마인데 프랑스니 일본이니 하는 나라들에 돈을 빼앗기는 건 분하고 불공정한 일이야. 케이 뷰티가 프랑스 명품 화장품들에 뒤지지 않는다는 것을, 오히려 앞선다는 것을 너희가 보여줘야 해. 그렇지?"

재성 씨가 말을 이었다.

"이번에 성형 흉을 가리기 좋은 컨실러도 개발됐으니 그것도 활용해야 한단다. 미국의 다이어트 시리얼보다 한국 여성의 체질에 맞게 개발된 국산 다이어트 보충제를 먹어야 내수가 살아나는 거야. 자, 모두 다이어트 선식과 음료도 잘 보이게 돌려놓아야지."

"네."

언니들이 대답했고, 나는 샐러드를 뒤적거렸다. 이상하게 맛이 없었다.

식사가 끝나자, 재성 씨가 날 '핍진성의 산실'로 호출했다.

"비포. 나는 네게 기대를 많이 하고 있는데. 녹화된 영상을 다섯 시간 가량 넘겨봤지만 별반 쓸모가 없더구나. 증거를 찾아오라고 내가 말했지 않니?"

"제가 영상을 다시 보고 증거를 찾아볼게요."

나는 재성 씨가 나가며 내민 태블릿을 클릭했다. 역시나, 신부님의 폰에 붙여진 불법 카메라로 찍힌 영상은 어두컴컴한 화면이 대부분이었다. 시간을 조금씩 넘겨봐도 거의 시커먼 화면뿐이었고, 나랑 신부님이 밥을 해먹는 게 나오거나 했다. 정말 쓸데없네. 갑자기 환히 트인 영상이 나왔다. 어? 사제관 식탁 앞 아니야.

나는 의자를 당겨 앉았다.

영상 속의 신부님은 식탁 앞에서 누군가와 마주앉아 있었다. 미사에 왔던 그 어두운 얼굴의 베트남 여자잖아. 여름에 어울리지 않게 두툼한 카디건 차림의 여자는 지금 말문이 트인 사람처럼, 거의 쏟아내듯 말을 했다. 영어도 아니고 저게 어느 나라 말이야? 신부님이 노트북에 띄운 건 네이버 프랑스어 사전이었다. 황당한 것은 여자가 물어볼 때마다, 신부님이 거의 사전을 보지 않고 능숙하게 대답한다는 거였다. 신부님,

정말 외국어를 하잖아?

여자가 무언가를 휘두르는 시늉을 하고 울기 시작했다. 긴 카디건을 벗은 여자의 팔이 멍으로 시퍼렜다. 신부님이 여자에게 티슈를 뽑아 내밀고는 프랑스어 사전을 검색하기 시작했다. 의처증, 방어흔, 부부강간 등의 단어였는데 정확한 뜻은 몰라도 좋은 단어는 없어 보였다. 신부님은 여자에게 무어라 말하더니 뽀로로 저금통에서 만 원짜리를 몇 장 꺼내 사양하는 여자에게 쥐어주었다. 대체 왜 돈을 주는 거지? 여자는 신부님께 허리를 굽혀 가며 인사했고, 신부님이 고개를 저으며 여자를 말렸다. 여자가 나가고 나서 신부님은 피곤한 듯 식탁 앞에 엎드렸다가, 곧 몸을 일으키고 눈을 비볐다.

신부님은 한숨을 쉬고 8월 15일에 동그라미가 쳐진 달력을 보더니, 노트북을 만졌다.

곧 신부님의 누이가 부르는 노래가 재생되며 텅 빈 성당이 노래로 가득 찼다. 의자에 깊숙이 기댄 신부님이 눈을 감았다가, 나지막하게 노래하기 시작했다. 아니, 노래라기보다는 누이가 부르는 노래를 받쳐주는 낮고 희미한 코러스였다.

신부님의 코러스를 받은 누이의 노래가 더욱 아름답게 울려 퍼졌다.

나는 한 발 먼저 코러스를 끝내고, 유튜브 속의 누이를 향해 박수를 치는 핏기 없는 신부님을 멍하니 들여다보았다.

'핍진성의 산실'에 돌아온 재성 씨는 기분이 좋아 보였다. 재성 씨가 가죽 소파에 앉으며 말했다.

"쓸 만한 증거가 있었니?"

나는 고개를 저었다.

"네가 가져다 준 신부의 일기장은 딱히 쓸모는 없더구나. 하지만 재미는 있었어. 신부가 이십 대 초반에 심리 상담을 받았더구나. 네가 가져다준 일기장 덕분에 상담사에게 연락해 내용을 들었는데 그것도 꽤 재미있었지. 일기장을 찾으면 더 갖다 주겠니?"

나는 그러겠다고 대답하고 성당으로 향했다. 신부님은 나쁜 사람이야. 재성 씨가 틀릴 리가 없잖아. 하지만······.

나는 가라앉는 기분을 달래려고 초코쿠키를 사 먹고 뒤늦게 살이 찔까 겁이 나 또 토했다. 그러자 더 우울해졌다.

이게 다 신부님 때문이야. 빨리 다이어트 주사를 맞아야 되는데. 차 안의 여자가 갑자기 짠 나타나 주면 얼마나 좋을까.

힘없이 성당으로 돌아오는데, 사제관에서 여자의 목소리가 들리는 게 아닌가. 차 안의 여자가 온 건가? 나는 긴장해 목소리가 들리는 주방 안을 엿보았다.

주방 식탁 앞에 앉은 여자는 신부님보다 스무 살은 많아 보이는 중년의 아주머니였다. 아주머니는 주름진 얼굴에 굵고 매듭진 손가락이 여기저기 갈라져 있었다. 아주머니는 맺힌 것을 토해내듯 한 말을 하고 또 했다. 평소에 헛소리만 하던 신부님은 어디로 간 건지, 신부님은 아주머니가 말하는 동안 듣기만 했다. 나는 아주머니의 쉴 새 없는 말에 질려서 귀를 막고 돌아 나왔다. 성당 앞을 돌고 나서 도로 들어오니, 아주머니는 여전히 신부님에게 말을 하고 있었다.

"……그저께도 술상을 허술하게 봐줬다고, 몇 푼 벌지도 못하는 청소 다니면서 남편을 무시하니 식칼로 죽이겠다고, 절 발로 밟고 주방에서 식칼을 꺼내오고……. 너무 무서워서, 잘못했다고 빌고……. 죄송해요 신부님. 제가 너무 제 말만 하지요?"

"아닙니다."

"말을 들어주는 사람이 없어서. 너무 힘들어서요. 저는 어떻게 하면 좋지요?"

눈물을 흘리는 아주머니에게 신부님이 티슈를 뽑아 내밀었다. 아주머니가 코를 팽 풀고 나자 신부님이 말했다.

"이혼하세요."

"이혼……요?"

"맞은 곳을 폰으로 사진 찍으셔서 증거 남기시고, 병원에 가셔서 진단서 끊으시고, 합의 이혼이 안 되면 소송하셔야 합니다. 자매님은 이제 예순이 넘으셨어요. 남은 사십 년을 계속 맞으면서 사시려고요?"

"아뇨. 그게 너무 무서워서, 식칼도 다 없애버렸어요. 이젠 말려줄 애들도 다 커서 나가 살고……."

"그러니까 이혼하셔야 합니다."

"하지만 성경에선 남편은 아내의 머리라고…… 몸은 머리에 순종해야 한다고 배웠는데."

신부님이 아주머니의 목 위를 가리켰다.

"자매님 머리는 여기 있으신데요?"

신부님이 말을 이었다.

"성경은 비유를 들어 진리를 말하지요. 해석은 늘 갱신되고 있고, 갱신되어야 합니다."

아주머니가 고개를 갸웃하자, 신부님이 말했다.

"죄송합니다. 제가 주워들은 걸로 잘난 체를 하는 버릇이 있습니다. 저도 고쳐야 할 점이 많지요."

신부님이 웃고는 진지한 표정을 했다.

"몸을 다치게 하는 머리가 있을까요? 그것은 이미 몸과 관계없는 무언가일 겁니다. 왜 그것에 순종해야 하죠?"

"하, 하지만 전의 주임신부님은 성가정을 지키라고 하셨어요. 성가정을 지키지 못하면, 주님께서 저를 미워하실 텐데. 저는 남편이 미워요. 대가리를 깨서 죽이고 싶을 정도로 미워요."

아주머니가 바닥을 내려다보면서 말했다.

"주님께서도 이런 저를 미워하시겠지요?"

"주님께서, 미워하시는 분을 제게 보내셨을까요?"

아주머니가 멍하니 있었다. 아주머니가 신부님을 보았다.

"아, 아니요……."

아주머니는 더 이상 말을 잇지 못하고 두 손으로 얼굴을 가렸다. 고개를 푹 숙인 아주머니는 어깨를 떨며 한동안 고개를 들지 못했다. 신부님은 아주머니에게 티슈를 밀어주고 찻잔을 채워 내밀었다. 찻잔에서 김이 피어올라 낡은 사제관을 향기로 채워 나갔다.

눈이 퉁퉁 부은 아주머니가 신부님에게 거듭 허리를 숙인 후 돌아가자, 신부님은 바로 찬장을 열었다. 그리고 가득 재어 놓은 햇반을 꺼내 전자레인지에 넣었다. 신부님은 이 분이 지나기도 전에 전자레인지에서 햇반을 꺼냈다. 숟가락을 쥔 신부님이 선 채로 정신없이 밥을 퍼먹기 시작했다.

재성 씨는 저 사람이 자신의 지위를 이용해 여자를 망가뜨리는 사람이라고 했어. 재성 씨가 틀릴 리가 없는데. 하지만 저 사람이 뭘 얻은 거지. 저건 끼니조차 아니잖아.

나는 신부님의 뒷모습을 멍하니 바라보았다.

저녁은 아저씨의 병원 근처에 있는 밥집으로 가기로 해 아저씨의 차로 출발했다. 아저씨는 신부님에게 담배 심부름을 시켰고, 화를 내는 학사를 딸려 신부님을 편의점에 내려주었다.

아저씨는 편의점에 가지 않겠다는 나를 태운 채 병원에 주차하러 갔다. 전에 보았던 피켓 든 사람들이 보이자, 아저씨는 나를 차에서 내려주더니 그들 앞으로 차를 몰아가서 내렸다. 숫자가 불어나 좀 더 의기양양해진 그들이 차에서 내린 아저씨를 둘러쌌다.

"저 살인마를 보라!"

"저자야말로 세상에 온 악마가 아닌가."

174

아저씨는 놀란 얼굴이었다.

"내 뿔이 보이나 보네……. 괜히 이 머리를 하고 다니는 게 아니거든."

아저씨가 자신의 곱슬곱슬한 머리칼을 헤쳐보는 시늉을 했다. 피켓을 든 사람들이 헉 소리를 내며 물러섰다. 그중 하나가 아저씨를 가리키며 소리쳤다.

"악마는 언뜻 매혹적인 외양으로 사람을 홀린다고 하지. 어딜 보나 딱 들어맞아!"

"이런. 언젠가는 사람들이 내 양말을 높이 평가할 날이 올 거라 알고 있었지."

"지옥에 갈 것이다. 그것도 가장 밑바닥에!"

"흠……. 나중에 층간 소음으로 고소하지나 마시지."

아저씨가 빙글빙글 웃으며 차 키를 가지고 돌아 나와선, 내 표정을 보았는지 머리를 한 번 쓰다듬어주고 신부님과 학사에게 데려갔다. 편의점 앞에서 기다리던 신부님이 고개를 갸우뚱하며 말했다.

"주형아, 왜 이렇게 늦었어?"

"응. 옛 이웃들과 정담을 나눴지."

"옛 이웃?"

아저씨는 의아해하는 신부님에게 더 설명을 하지 않고 밥집으로 갔다.

아저씨와 들어간 백반집은 시끄럽긴 했지만 반찬이 다양하고 맛있었다. 아저씨가 밥을 먹으면서 말했다.

"내 개인적인 의견이지만, 네 노후 대책은 내 지갑에 불리한 것 같은데."

"뭐? 벌써 눈치챘단 말야?"

신부님이 고기를 추가하며 말했다. 정말 어이가 없다.

"채안아, 돌아오는 일요일까지 노후 대책을 확정한다고 했지? 계란은 한 바구니에 담지 말라는 말도 있으니 나 말고 다른 노후 대책을 고려하면 어떨까?"

"어떤 거?"

"성당 앞 교회를 삥 뜯으면 어떨까?"

삥 뜯는다고? 교회를?

"하긴, 그 교회 돈은 많아 보이더라."

신부님, 동조하는 거야?

"성당 맞은편의 큰 교회 말씀이십니까? 그 교회는 방비가 잘 되어 있어서 삥 뜯는 게 쉽지 않습니다."

학사는 말리는 거야 부추기는 거야?

"신환제일교회……. 돈도 많아 보이고 교회니까 채안이 성당의 라이벌이고. 삥 뜯으면 일석이조인데."

"하지만 선생님, 각자 목적이 있는 종교 시설일 뿐 어떻게 성당과 개신교 교회가 라이벌일 수 있습니까."

"그런가? 나는 얘 성당의 라이벌은 신환제일교회라 생각해 늘 관찰을 게을리하지 않았지. 신환제일교회는 주차장이 넓고 목사가 근육질에 힘이 세 보이더라고. 그래서 주차장 말뚝 뒤에 조용히 숨어 있었는데……."

"라이벌일수록 정정당당히 대결해야지 숨어 계시다뇨!"

학사는 바보일까?

"거기 십일조 통이 아주 크고 꽉 차 있던걸. 이 성당의 허름한 헌금 바구니와는 비교가 안 되더라고. 그러니 채안아, 일요일 새벽 미사가 끝나자마자 그 교회에 잠입해 헌금 바구니와 십일조 통을 바꿔치기 해오는 건 어떨까? 어두운 새벽에 네 까만 수단이 눈에 잘 띄지도 않을 테니 모든 것이 안성맞춤이야."

"내 생각엔 완벽한 계획이 아닌 것 같은데……."

"걱정 마. 돈 통이 좀 무거울 테니 나랑 꼬맹이가 손수레를 준비하면 돼."

"제가요?"

대체 이 일요미식회는 신부님 노후 대책을 세우는 게 목적이라며, 매일 누군가에게서 삥 뜯을 궁리만 하고 있잖아. 재성 씨처럼 대한민국의 미래를 걱정하고 대책을 세우는 시늉만이라도 할 순 없는 건가? 그 여자의 정체는 어떻게 알아내지?

"정말 수단만 입어도 위험하지 않을까? 가면을 써야겠지?"

말이 돼? 가면 밑의 로만 칼라는 어쩔 건데?

"신부님, 가톨릭 신부님이 어떻게 교회에서 돈을 훔쳐요? 말도 안 되고 위험하기까지 하다구요."

"꼬맹아, 모든 투자와 노후 대책에는 리스크가 있으니 감수해야지. 어차피 신부란 건 생산도 안 하고 놀고먹는 직업이잖아."

"주형아 좀 작게 말해야지. 남들이 다 들으면 어떡해."

"신부님은 훌륭하신 분이시잖습니까. 신약 10장 33절에 나오시는 분 같단 말입니다."

"요한아, 난 성경 공부 안 해서 네가 몇 장 몇 절로 말해도 하나도 모른다? 그리고 밥 먹는데 일 얘기 하지 마."

늘 그런 식이시죠 신부님은. 학사가 시무룩해지자, 신부님이 웃으면서 학사의 그릇에 고기를 넣어주곤 내 그릇에도 고기를 넣어주었다. 표정이 환해져서 고기를 먹으려던 학사가 전화를 받더니, 목소리를 죽이면서 밖으로 나갔다. 아저씨가 말했다.

"중2의 상대방은 애가 셋 있는 고혹적인 연상의 유부녀일 거야."

뭔 말이야. 아저씨가 무표정하게 말을 이었다.

"베일 속에 숨은 금단의 사랑이라 망설이는 중2는 익숙한 전화벨, 관능적인 그녀의 목소리에 전화를 받지 않을 수가 없어서……."

띠리릭, 아저씨의 전화가 울렸다. 아저씨가 수신자를 확인하더니 당황한 표정으로 전화를 받으러 나갔다. 곧 돌아온 아저씨가 의자에 걸쳐놓았던 재킷을 챙겼다.

"내 인생에도 유부녀 등장이군. 양수가 터져서 택시 타고 오고 있다는데? 채안아, 애들 잘 챙겨가라. 계산했으니까 고기 더 먹을 거면 옆 테이블에서 훔쳐 오도록 해."

"응! 먹어서 증거를 없애버려야지."

걸리면 나 아는 체하지 말고. 말을 끝낸 아저씨가 재킷을 입으면서 식당에서 나갔다. 아저씨가 나가고 돌아온 학사는 얼굴이 상기되어 있었다. 정말 유부녀랑 사귀나?

"선생님은요?"

"병원에 산모가 와서 먼저 갔어."

찡 하는 표정이던 학사가 자랑스러운 듯 신부님을 보았다.

"출판사 사람들에게서 방금 연락이 왔습니다. 출판사 대표님이 성경 동화책을 내자고 합니다. 책을 내면 북 콘서트를 하려구요."

"오, 좋지."

"저기, 북 콘서트 때 신부님이 오셔서 성가를 불러주시면 좋겠습니다."

"글쎄. 나는 드러나는 거 별론데……."

학사가 침을 꿀꺽 삼키고 말했다.

"저 책 많이 팔아야 됩니다. 신부님이 와주시면 분명 도움이 될 겁니다."

"그래 뭐. 책 내면 팔아야지. 근데 자칫해서 잘되면 너랑 계속 붙어 다녀야 되는 거 아니야?"

"……싫으십니까?"

"네가 싫어하는 거 아니야? '처음부터 말을 잘못했네, 이러다 스무 살 차이나는 어르신 언제까지 모시고 다녀야 돼? 평생?' 하고."

신부님이 웃는데 학사는 대답 대신 가만히 있다가 말했다.

"저기, 북 콘서트에 와주신다고 약속하셨습니다. 그렇지요?"

"그래."

"사흘 뒤 주일 대축일미사에서 성가를 부르실 때 출판사 분들하고도 같이 오겠습니다. 신부님이 노래 부르시는 걸 보면 다들 북 콘서트에 신부님이 오시는 걸 영광이라고 생각할 겁니다."

내가 잘 보여야 할 일 순위가 추기경님이랑 주교님에서 바뀌었는데? 신부님의 말에 학사가 얼굴이 빨개져서 손을 내저으니 신부님이 웃었다.

방학 기간 동안은 출신 성당에서 생활한다는 학사를 택시에 태워 보내고 돌아오는데, 신부님이 내게 말했다.

"유정아. 우리 걸으면서 영어공부 하자."

"영어공부요?"

"나랑 하기로 했잖아. 따라 해. 에이. 비. 시."

신부님이 알파벳이 쓰인 메모지를 꺼내어 가리키며 노래하듯 말했다. 유정아, 해볼래? 신부님에게서 흘러나오는 알파벳들은 학교에서 틀어주는 영어 녹음과 비슷하지도 않았다. 귓가에 휘감기면서 잔향이 퍼지는 목소리가 의미보다 먼저 다가와 녹아 흩어졌다.

"자. 따라 해. 디."

"디."

"잘하는데?"

"이런 것도 못하는 애가 어딨어요."

이렇게 말할 생각이 아니었는데 내 목소리는 왜 이렇게 퉁명스러울까. 그런데 신부님이 대답 대신 웃었다. 처음부터 알고 있었지만, 저 사람이 웃으면 누구나 따라 웃었다. 그 눈가가 휘어져 담기는 미소에 미소로 답해주지 않으면 내가 아주 나쁜 사람이 된 것 같았다. 난 널 무척 좋아해. 넌 정말 사랑스러워. 세상이 그 사람의 미소를 통해 말을 거는 것 같았다. 이 사람은 정말 이상한 사람이다. 내가 지금 이대로도 괜찮은 것처럼 사람을 착각하게 만들잖아. 이 사람은 위험해.

신부님이 발음 기호를 짚으며 노래하듯 말해주는 알파벳을 들으면서, 나는 빨리 신부님의 곁에서 달아나야겠다고 다짐했다.

나는 사제관으로 들어와 뒤척이다 겨우 잠이 들었다. 낡은 현관문이 삐걱대며 열리는 소리에 눈이 떠져 거실로 나오니, 신부님이 사제관을 나가고 있었다. 어딜 가는 거지. 나는 창

문을 내다보며 신부님이 가는 곳을 눈으로 좇았다. GS편의점 옆 골목에서, 허겁지겁 팩소주를 마시는 신부님이 보였다. 돌아온 신부님은 아무렇지 않은 표정으로 날 보았다.

"깼어?"

목소리가 변함없이 다정하다.

"나쁜 꿈이라도 꿨어?"

"……아뇨."

거짓말 같은데? 웃는 신부님은 술을 마시기 전과 조금도 다르지 않았다. 그렇지만 나는 늦도록 잠을 이루지 못했다.

핍진성의 산실

　아침에 깨어 거실로 나와 보니 신부님은 소파에 기대어 잠 들어 있었다. 수단 차림인 걸 보니 새벽 미사를 하고 온 모양 이었다. 묵주를 쥐고 잠든 신부님이 지쳐 보였다. 아침을 차린 후 신부님을 깨울까. 그런데 밥솥에는 밥도 안 되어 있었다. 밥을 할까 하다가, 쌀 씻는 소리로 깨우는 것도 아니지 싶었 다. 신부님이 잘 동안 잠깐 운동이나 하고 올까. 조심히 사제 관 문을 여는데 낡은 문에서 삐걱 하는 큰 소리가 났다. 헉 하 고 놀라는데 신부님이 몸을 뒤척였다. 곧 졸린 목소리가 났다.

　"유정아, 어디 가?"

　"운동 좀 하고 올게요."

너 혼자 운동한다고? 신부님이 눈을 비비며 일어났다.

"존재만으로도 세상에 유익이 되는 내 미모를 유지하려면 지속적인 운동이 필요해. 같이 가자."

무슨 말도 안 되는 소리야. 곧 추리닝으로 갈아입은 신부님이 따라 나와 찻길 쪽으로 걸으며 하하 웃었다.

신부님은 노숙자 같은 사람이 보일 때마다 경계하는 기색으로 내 곁에 좀 더 붙어 걸었다. 왜 이런담. 그 낡은 추리닝을 입은 신부님이 더 노숙자 같다구요. 신부님은 체구가 큰 편도 아니어서 아무런 의지가 안 된단 말이에요. 혼자라면 운동하는 게 신경이 덜 쓰일 텐데. 역시 이 사람은 내 자기관리에 방해만 돼. 그리고 차 안의 여자를 울렸잖아. 나쁜 사람이야. 재성 씨가 거짓말을 할 리는 없으니까. 이상하게 입맛이 썼다.

신부님이 길 건너편을 가리키며 말했다.

"유정아. 저기 봐. 배고픈데 잘됐다. 우리도 밥 먹자."

신부님이 가리킨 곳은 신환제일교회의 무료 급식소였다.

미친 건가?

"저긴 기독교인들이 전도하려고 운영하는 무료 급식소라구요."

"응. 개신교인들이 돈도 많고 좋은 일 많이 하더라고."

"성당에서 아침 해드시면 되잖아요."

"나 새벽 미사도 해서 지금 배고프단 말야."

기독교인들 앞에서 미사 얘기 좀 하지 마세요, 라고 말하는데 신부님이 길을 휙 건넜다. 나는 놀라서 신부님을 따라갔다. 신부님이 식판을 받아선 내게 하나 건네주며 말했다.

"와, 계란말이도 있어."

추리닝 차림의 신부님은 노숙자들 사이에서 구분도 되지 않는다. 이게 좋은 건가 나쁜 건가. 신부님이 식판에 반찬을 퍼 담았다. 나는 뒷사람들에 밀려 신부님을 따라가 자리에 앉았다. 땀이 뻘뻘 흘렀다.

"유정아, 너 땀을 많이 흘리네."

이게 다 누구 때문인데. 신부님이 십자가가 그려진 조끼와 모자를 걸친 봉사자들을 보며 말했다.

"선풍기 이쪽으로 돌려 달랠까?"

"아뇨, 저 사람들의 주목을 끌지 마세요."

"아까보다 땀을 더 흘리는 것 같은데……."

신부님이 손으로 부채질을 해주면서 말했다.

"유정아 계란말이 더 먹을래?"

"아녜요."

식욕이 하나도 없었다. 신부님이 식사를 마치자마자 바로 일어나야지. 신부님이 먹는 걸 보면서 식판을 휘적거리는데 신부님이 계란말이를 세 개째 먹으면서 말했다.

"유정아 개신교인들이 나라에 도움이 많이 되고 좋은 일도 참 많이 하는 것 같아."

저 볼 빵빵한 거 봐.

"좋은 일이고 뭐고 어서 일어나자구요. 누가 (신부님을) 알아보면 어쩌려고 그래요."

"예수님으로 먹고 사는 사람끼리 대충 봐달라고 하지 뭐."

"절대 아무 말도 하지 마세요."

"유정아 우리 많이 친해졌다 그치? 나랑 친해진 사람들은 내가 하는 행동을 다 못마땅해 하거든."

이 사람은 친교의 기준이 뭐야?

"전 (신부님이랑) 안 친해요. 그리고 (신부님과) 가까워져서 이로운 점은 하나도 없는 것 같아요."

"어, 좀 상처받는데 나."

뭔가 정말 굳은 표정이었다. 신부님도 상처를 받는다고? 놀라서 얼굴을 살피니 신부님이 말했다.

"아……. 이 깍두기 죽음이다. 나 젓갈 많이 들어간 거 좋아하거든. 어떻게 내 취향을 딱 알았지?"

"그냥 아무 말 하지 말고 빨리 드세요."

지금 신부님의 깍두기 시식 평을 듣고 싶은 게 아니야. 건너편에서 밥을 먹는 중년 남자가 우리 쪽을 유심히 보고 있다구요. 길 건너 성당 주임신부가 교회 무료 급식소에서 아침을 먹고 있다는 걸 들키면 뭐라고 말하지? 미사를 마치고 나니 배가 고프다고 하셔서요. 사제관 찬장엔 햇반밖에 없거든요. 성체도 맛이 없어 보이고.

땀이 줄줄 났다. 나는 열무 냉채를 집어먹었다. 우리를 보던 남자가 다가와 말했다.

"너, 여자가 그렇게 뚱뚱해도 돼? 먹지 마. 그만 먹어."

머리에 총을 맞으면 이런 기분일까? 나는 멍하니 남자를 보았다. 못되게 생기지도 않은, 평범한 남자였다. 그가 말했다.

"내가 딸 같아서 일부러 말해주는 거야. 그렇게 덩치가 크고 뚱뚱하면 평생 아무한테도 사랑을 못 받아. 살 빼라. 왜 자기관리를 그렇게 못해?"

나는 못들은 척하면서 고개를 숙이고 반찬을 뒤적거렸다. 괜찮아. 처음 들은 말도 아니잖아. 표정이 변해봐야 뚱뚱한 게 성질도 더럽다는 말이나 들을 거야. 무시하고 밥이나 먹자. 신부님이 못 들었을까? 못 들었으면 얼마나 좋을까. 식판이 부풀면서 흐릿해졌다. 신부님의 목소리가 들렸다.

"이 아이에게 사과하세요."

눈이 크게 떠졌다. 중년 남자가 험악한 표정으로 신부님을 보았다.

"야 인마, 너 방금 뭐라고 했어?"

"이 아이한테 사과하시라구요."

신부님이 말했다. 수백의 신자 앞에서 강론할 때의 장난기도 여유도 없이, 저렇게 차가운 얼굴은 처음이었다. 중년 남자가 움찔했다. 신부님이 말했다.

"선생님이 뭔데 아이를 품평합니까."

신부님 목소리의 온도에 따라 공기의 온도가 내려갔다. 신부님이 목소리를 크게 낸 건 아니었지만 사람들이 식사를 멈추고 우리를 보고 있는 게 느껴졌다. 중년 남자가 우물쭈물하다 꿀꺽 침을 삼키고 고개를 숙였다.

"그게, 저는 좋은 뜻으로 한 말이고."

"선생님의 의도는 중요하지 않고 상대가 어떻게 생각하는지가 중요한 겁니다. 제게 사과할 일은 없으시니, 이 아이 보면서 직접 사과하십시오."

중년 남자가 날 보고 말했다.

"어, 저기, 미안하다."

그가 도망치듯 자리를 떠나자, 신부님의 얼굴에서 냉기가 걷혔다. 동시에 몸을 죄이던 공기가 풀렸고, 사람들이 다시 음식을 먹기 시작했다. 신부님도 다시 반찬을 뒤적거렸다. 내가 신부님을 뚫어져라 보고 있는 걸 모르는 모양이었다. 신부님이 반찬 하나를 집어 입에 쏙 넣었다.

"이거 메추리알이 아니라 통마늘이네."

신부님이 마늘을 씹지 않고 꿀꺽 삼키다가 켁켁거렸다.

"······정말 바보 같아."

나는 물컵을 건네주며, 신부님의 낡은 추리닝을 바라보았다. 이젠 저 옷이 보기 싫게 느껴지지 않았다.

맞은편에 앉아 있던 중년 여자 봉사자가 고개를 갸웃대더니 신부님에게 다가왔다.

"저기······, 유튜브에서 봤는데. 재성 씨 청춘콘서트에 나와서 노랠 부르시지 않으셨습니까? 참 좋았는데 그게 왜 방송에 안 나왔는지. 한채안 프란······? 신부님 맞으시죠?"

신부님이 말했다.

"한채안 프란치스코가 누군데요?"

맞은편 여자와 신부님은 신부님이 바보란 사실을 동시에 눈치챈 것 같았다. 나는 당황하는 신부님을 잡아끌었다.

"다 드셨으니까 일어나요."

신부님이 내 손에 끌려 일어섰다. 나는 신부님과 함께 급히 무료 급식소에서 나왔다.

이 사람은 정말 바보 같아. 거기서 신부님인 걸 들킨 거나 마찬가지잖아. 아니, 들켰어. 내가 아니었으면 무슨 소릴 들었을지도 모르지. 하지만. 당신을 보는 그 중년 여자의 눈빛과 허리를 깊이 숙이는 신자들이 이해가 되기 시작했다.

군데군데 흰 새치가 섞인 저 머리칼을 흑갈색이나 자연스런 검정으로 염색하면 좀 더 젊어 보일 텐데. 그러면 순간순간 드러나는, 당신을 짓누르는 그 짙은 피로도 조금은 자취를 감추지 않을까.

"신부님, 전부터 생각했던 건데, 염색을 하지 그러세요. 그럼 좀 젊어 보일 텐데."

"응? 내 미모가 완벽해지면 세상을 위협할 거야."

"쓸데없는 소리 하지 마시구요. 흰머리가 섞여 있으니 늙어 보이잖아요."

"나는 내 외모에 만족하는데?"

"신부님이 만족하건 말건, 남들 눈에는 염색해서 젊어 보이는 게 좋다구요. 옷도 성당 바자회 말고 백화점에서 새 옷으로 사 입고 얼굴에 영양크림도 좀 바르시는 게 어때요. 피부가 희니까 윤기가 나면 더 젊어 보일 텐데. 사람은 자기관리를 해야 돼요. 전 좋은 뜻으로……."

나는 말을 멈추었다.

당신에게 좋은 뜻으로 말하는 거라고? 난 왜 저 사람에게 이런 말을 할까. 좀 더 멋진 옷을 입으라고, 염색을 하고 얼굴에 크림을 바르라고. 당신에겐 당신을 볼 때마다 걸음을 멈추고 깊이 허리를 숙이는 신자들이 있지 않나. 그들에게 당신이 좀 더 잘 보이는 것도 좋지 않을까. 나는 좋은 뜻에서. 좋은 뜻에서?

당신의 머리칼이 흰색이건 갈색이건 검은색이건, 내게 당신이 달리 보일까? 생각해보면 당신의 신자들은 당신의 머리색에 따라 당신을 달리 볼까?

당신은 내 외모에 대해 어떤 말도 한 적이 없는데. 내가 뭐라고 당신의 외모를, 당신의 자기관리를 참견했을까? 그리고 당신은, 어째서 한 번도 나의 말을 무시하지 않고 대답해주었을까.

처음 봤을 때부터 당신의 외양은 변함없이 초라했다. 당신에게는 장인이 제작한 고급 정장은 하나도 없는데. 스위스제 시계도 프랑스산 향수도, 양의 가죽으로 만든 구두와 이니셜이 새겨진 이탈리아산 지갑도 없는데. 새치가 드문드문 섞여 짧게 잘리기만 한 머리칼에 네일 케어는 고사하고 거스러미가 일어난 손인데도. 그런데도. 눈물 흘리는 아주머니들에게 티슈를 접어 건네는 손길. 자세를 고쳐 앉을 뿐 단 한 번도 말을 끊지 않고 듣는 당신의 얼굴. 귀를 기울이는 표정과 눈빛. 자기관리라고는 하지 않는, 낡은 추리닝 차림의 당신은.

그런데도. 지금의 내게는.

나는 점심 식사를 하기 위해 재성 씨의 저택으로 돌아갔다. 언제나 그렇듯 식사 전에는 언니들이 열심히 꾸미고 있었다. 전에는 예뻐 보이기만 했는데, 이제는 언니들의 피로한 얼굴이 보여.

언니들은 아침에 일어나 화장하는 데만 세 시간을 들였다. 기상하면 바디워시로 샤워하고 허리까지 오는 머리를 감고 헤어팩을 했다. 그러고는 바디오일과 바디로션을 발랐고, 머리를 말리고 헤어오일을 바르는 데 또 한 시간 이상이 소요되었다.

메이크업 아티스트가 각각에게 어울리는 퍼스널 컬러를 찾아주면 다들 조언대로 색색으로 염색했다. 우선 검은 머리를 하얗게 탈색하고 나서 색을 입혀야 하므로 두피가 상하거나 심하면 피가 나기도 했다. 그래서 하나같이 머릿결이 좋지 않았고, 그러므로 고데기로 한 듯 안 한 듯 찰랑이는 컬을 만드는 게 필수였다. 고데기를 사용하다 머리칼이 타는 냄새가 날 수 있으므로 컬을 만든 후엔 헤어 미스트를 뿌리고 향수를 뿌렸다. 생리 기간에는 더 진한 향수를 뿌렸다.

그러고 나면 얼굴 화장을 시작할 차례였다. 눈썹을 정리하고 얼굴의 솜털을 뽑고 크림을 바르고 파운데이션과 컨실러와 마스카라, 아이섀도와 립 틴트, 치크와 컨투어링을 했다. 그런 다음 레이저로 제모해서 예민해지거나 화상을 입은 겨드랑이에 진정 크림을 발랐다. 그 후 벗겨지거나 부서진 네일을 손질했다. 그리고 블라우스와 치마를 입고 스타킹과 하이힐을 신은 다음 모델 워킹과 춤을 배웠다. 내가 놀란 것은 언니들이 나보다도 한글의 맞춤법을 모른다는 거였다. 그렇지만 그 누구도 언니들보다 열심히 살진 않을 것이다. 식사 때마다 재성 씨는 언니들의 번진 화장이나 덜 아문 성형 자국, 젖살을 지적했다. 외모를 지적당하는 언니들의 떨리는 입술, 그 입술에

맺히는 미소. 나는 그 지적들이 필요하고 도움이 되는 거라고 생각했었다. 그랬는데.

식사를 끝낸 후, 나는 '핍진성의 산실'에서 태블릿을 켜보았다. 여전히 제대로 녹화된 건 없었고, 신부님이 밥을 먹는 영상 하나만 또렷하게 나왔다.

신부님은 햇반 하나를 전자레인지에 넣고 있었다. 그리고 서재에서 노트북을 가져와 식탁 위에 펼쳤다. 화면에 뜬 건 스케줄표 같았는데, 병자 영성체, 혼인 면담, 유아세례, 신자 상담, 가정 방문 등의 일정이 빼곡했다. 신자 상담 일정은 왜 저렇게 많으며 시간도 한두 시간씩이나 잡아놓다니. 신부님은 얼마 남지 않은 빈 공간에 또 스케줄을 적어 넣었다.

전자레인지에서 햇반을 꺼낸 신부님이 덮밥 소스를 부었다. 반찬 하나 꺼내지 않는다. 그나마도 밥을 먹는 내내 노트북에 시선을 고정하다가 마우스로 체크 표시를 하거나 오타를 고쳤다. 신부님은 음식의 맛을 음미하지도 않고 기계적으로 숟가락을 움직이다가 햇반 그릇이 비자 바로 식탁에서 일어났다. 식탁을 닦고 빈 햇반 그릇을 씻어서 재활용품용 비닐봉지에 넣어두고는 숟가락을 씻는 것으로 식사가 마무리되는 것 아닌가. 어이가 없었다. 저게 식사인가? 일을 하는 동안, 생존에 필요한 뭔가를 몸에 넣는 것뿐인 것 같은데.

당신은 늘 잘난 체에 시끄럽고 실없는 농담만 하는 사람이 아니었나? 혼자 있을 때의 당신은 한없이 바닥으로 가라앉는 눈을 하고 있어서. 이해할 수 없었다.

'핍진성의 산실'로 들어온 재성 씨가 말했다.

"비포, 신부의 실체를 증명할 만한 것을 찾았니?"

별다른 게 없어 고개를 젓자, 재성 씨가 혀를 찼다.

"나는 네가 뭘 하고 있는지 모르겠구나. 내일은 토요일이야. 이래서야 아무 진척이 없지 않니."

"노력할게요."

나는 식은땀을 흘리며 '핍진성의 산실'에서 나왔다. 성당으로 돌아오면서, 편의점에 들러 초콜릿을 잔뜩 사 먹었다. 단것을 몸에 부어넣고 나니, 마음에 일어난 가시들이 간신히 도로 눕는 게 느껴졌다. 진정되자마자 내가 먹은 것들의 칼로리가 날 짓누르기 시작했다. 안 돼. 일도 제대로 못 해내고 있는데 살까지 쪄워서야 곤란해. 나는 공원 화장실에서 내가 먹은 것들을 다 게워냈다. 변기에 묻은 토를 휴지로 닦아내고 세수를 하고 입을 헹구면서, 거울에 비친 빨갛게 핏발이 선 눈과 퉁

퉁 부은 얼굴을 보게 되었다.

나는 거울 속의 내 얼굴을 피했다. 누구나 이렇게 흉한 나를 알아볼 것 같아. 재성 씨의 말이 맞았다. 변하지 못한 지금의 나는 아무도 사랑해주지 않는다. 45킬로그램이 되어야 했다. 빨리 차 안의 여자에 대한 증거를 잡아서 다이어트 주사를 맞아야 해.

사제관으로 돌아가니 마트 전단지를 보고 있던 신부님이 말했다.

"유정아. 보호자분 건강은 좀 어떠시니?"

"네, 좋으세요. 아직 병원에 다니시지만요."

재성 씨는 검버섯을 빼기 위해 피부과에 다니는 거지만. 신부님은 뭔가 더 묻고 싶은 얼굴이어서, 나는 말을 막기 위해 신부님이 보던 전단지를 집어 들었다. 햇반 깜짝 세일에 동그라미가 되어 있고, 그 옆에 체리45 주스를 들고 있는 시아 언니의 광고도 있었다.

보는 사람까지 행복하게 하는 시아 언니의 저 미소. 내가 시아 언니의 반의반이라도 닮았다면 인생이 바뀌었을 텐데.

"정말 예뻐요."

"누구? 이 연예인?"

"네. 시아 언니요. 저렇게 생기면 소원이 없겠어요. 단 한 달이라도 시아 언니의 외모로 살 수 있다면 하루하루가 얼마나 행복할까요."

"글쎄……. 시아 양도 언제나 행복하기만 한 건 아냐. 사진은 너무 과장된 것 같아. 실제로는 이 사진보다 훨씬 어려 보이고, 불편한 무대 의상을 입은 지친 어린애였어."

뭐야 왜 갑자기 아는 척은.

"시아 언니랑 친하세요? 전화번호도 주고받고 그러시나 봐요?"

"전화번호를 알 리가 있나."

신부님이 웃으면서 말을 이었다.

"얼마 전 행사에서 시아 양과 마주친 적 있거든. 엄청 바쁜 것 같더라."

"당연히 바쁘죠. 저렇게 인기 많고 예쁜데."

"중2는?"

아저씨 목소리가 먼저 주방으로 들어오고 아저씨가 성큼 들어섰다.

"요한이는 출판사랑 그림책 조율을 한대서 오늘 저녁은 빠지게 됐어."

"그래? 중2에게도 생색을 낼 생각이었는데 아쉽군. 오늘은 꼬맹이랑 셋이서 저녁을 먹자고."

"벌써?"

"고깃집이 좀 멀어."

아저씨가 차 키를 꺼내며 말했다.

아저씨가 신부님과 나를 데려간 곳은 고깃집이 아닌, 서울의 야경이 훤히 내려다보이는 레스토랑이었다. 천장을 메운 크리스털 샹들리에 아래, 흰색 벨벳 의자는 코끼리도 앉을 수 있을 정도로 푹신해 보였다.

신부님이 한강 다리가 반짝이는 검푸른 야경을 내려다보며 말했다.

"여기 비싼 데 아니야?"

"걱정 마. 먹고 나서 널 이십 일 동안 설거지를 시키기로 했으니까."

"내 퐁퐁은?"

입구에 서 있던 직원이 아저씨에게 다가와 이름을 확인하고는, 예약석이라고 적힌 자리로 우리 셋을 안내해주었다. 메뉴판을 받은 아저씨가 신부님과 내 쪽으로 메뉴판을 돌려 건넸다. 나는 신부님이 보여주는 메뉴판을 보았는데, 먹음직한 음식들의 사진은 있었지만 값은 나와 있지 않았다. 이상한 식당이네? 고개를 갸웃거리는데 인턴이라는 명찰을 단 이십 대 초반의 직원이 주문을 받으러 왔다.

인턴은 아저씨와 신부님을 번갈아 보고는, 신부님 앞에 섰다. 신부님이 얼굴을 찌푸리며 메뉴판에 고개를 박고 있자, 직원이 당황한 얼굴로 아저씨를 돌아보았다. 그리고 조심스럽게 말했다.

"캔 유 스피크 잉글리시?"

뭐야. 아저씨는 한국 사람이라고. 그러나 아저씨는 대답이 없었다. 주문을 기다리는 직원에게 악의가 없다는 건 나도 알았다. 하지만, 나는 아저씨 같은 표정을 알아. 화도 짜증도 아니다. 보육원에서 명절과 생일 때마다 부모님을 기다리다, 자정이 지났으니 이만 잠자리에 들라는 말을 듣는 아이들의 얼굴이다.

신부님이 메뉴판에서 고개를 들었다.

"주형아."

이름이 불린 순간, 내게 익숙했던 그 표정이 아저씨의 얼굴에서 바로 걷혔다.

"주형아, 메뉴판에 음식 사진만 있고 가격이 없네. 아무리 봐도 봉사료는 별도란 말밖에 없어."

"넌 가격 몰라도 돼. 메뉴 보라고 준 거야."

신부님과 아저씨의 대화를 들은 직원이 깜짝 놀라 둘을 번갈아 보자 신부님이 직원에게 말했다.

"얘랑 저는 고등학교 동창이에요. 얘는 빠른 년생이라 제가 한 살 더 많긴 하지만 보기에는 제가 스무 살은 어려 보이죠? 제가 너무 동안이라 놀라셨을 텐데, 앤 의사고 전 백수라 스트레스가 없거든요. 전 밤에 잠도 푹 자요. 불면과 스트레스는 노화의 주요 원인이라 동안을 위해선 주의해서 원인을 제거해야 하잖아요."

"아 네에……."

직원이 열없이 대답했다. 내가 다 무안하다. 직원이 아저씨를 돌아보고 고개를 숙였다.

"고객님, 주문을 도와드려도 될까요?"

아저씨가 메뉴판을 가리켰다.

"A코스 둘, 어린이 코스 하나 부탁합니다."

"알겠습니다, 고객님. 곧 가져다드리겠습니다."

메뉴판을 받아든 직원이 자리를 떠났다. 신부님은 테이블에 놓인 크리스털 물 잔에 띄워진 부드러운 불빛의 티 라이트를 신기한 듯 보고 있었고, 아저씨는 그런 신부님을 가만히 보고 있었다. 아저씨의 눈에서, 티 라이트의 불꽃이 흔들리며 반짝거렸다.

벨소리가 울렸다. 신부님 폰인 모양인지, 신부님이 주머니를 뒤적거렸다.

"이 시간이면 병자 성사인가?"

신부님이 폰을 열어 문자를 확인했다.

"병자 성사예요?"

"아니."

슬쩍 보니 '비서실입니다. 회장님께 연락 부탁드립니다.'라는 문자 아닌가.

"신부님, 그거, 높은 사람 연락 아니에요?"

"아. 무슨 기업이더라. 여하튼 무슨 회장 조카인지 친척인지가 생일이라고 나한테 내방해 노래를 불러달래. 난 전화번호를 가르쳐준 적도 없는데 어떻게들 알았나 몰라."

신부님이 삭제 버튼을 띡 누르면서 말했다.

"어, 회장이라면서요. 그걸 지우면 어떻게 해요."

"국회의원 연락도 지우는데 뭘. 내 폰은 용량이 적어서 쓸데 없는 건 바로 지워야 돼."

쓸데없는 거라니.

"회장이나 국회의원 연락을 무시해도 돼요?"

"응. 난 사회적 지위가 높은 사람들 연락을 씹어버리는 데서 쾌감을 느껴."

뭐라고? 당황한 내 얼굴을 본 아저씨가 말했다.

"꼬맹아, 봤지? 사람이 성생활을 안 하면 이렇게 비틀리게 돼."

저게 친구에게 할 말인가? 아니 지금 그게 문제가 아니잖아.

"국회의원이나 기업 회장 같은 분들은 연락이 씹히는 것에 익숙하지 않잖아요. 전화, 받으셔야 하는 거 아니에요?"

"괜찮아. 지금까지 별일 없었어."

지금까진 그렇지. 재성 씨는 자신의 연락을 받지 않는 사람 에게 익숙하지 않았다. 난 땀이 뻘뻘 났다. 신부님이 날 보더 니 말했다.

"유정이는 더위를 많이 타나 봐. 에어컨 온도 낮춰 달랠까?"

아냐. 지금 에어컨이 문제가 아니라구요.

나는 아저씨가 담배를 피우러 나간 틈에 신부님에게 말했다.

"기업 회장이건 국회의원이건, 전화가 오면 그냥 씹지 말고 일단 받아서 부드럽게 말씀을 하시라고요. 예의란 게 있잖아요."

"왜, 걱정 돼?"

"정말 걱정 된다구요. 신부님은 전화를 씹는 게 재밌을지 모르지만 그 조그마한 재미에 목숨이 오락가락할 필요가 없잖아요. 백 살까지 살 거라면서요. 신자들이 신부님을 보면 고개를 숙이고 인사해주니까 모르는 모양인데 세상은 정말 거칠어요. 조그마한 일로 원한을 사서 위험해질 필요가 있어요? 속으로야 아니꼬울지 몰라도 연락도 받고 비위를 맞춰주는 게 좋다구요."

신부님이 놀란 눈치다가, 곧 피식 웃었다.

"유정아. 너 그런 표정 처음이다. 앞으로는 국회의원도 만나볼게. 됐지?"

"약속하셨어요."

"알았어."

돌아온 아저씨가 말했다.

"둘이서 무슨 비밀 애길 했지?"

"정치인에 대한 얘기야. 난 노후 대책으로 대통령에 당선된 후 법을 고쳐 백 세까지 독재자가 되겠다고 말했지. 그 계획의 지지자로 유정이가 되기로 했어."

"제가요?"

"네 지지자가 화들짝 놀라는데?"

"응. 공동 독재를 할 거야. 유정이는 머리 쪽. 나는 몸빵 쪽."

"공동 독재요?"

"꼬맹아, 종교인들은 잠깐만 방심하면 일반 시민을 자신의 편으로 선포한다니까. 중세부터 이어져온 전통이지. 아주 조심해야 돼."

내가 고개를 끄덕이자 스크램블드에그를 먹던 신부님이 말했다.

"누가 뭐래도 유정이 넌 내 편 아니야? 얼마 전에 밥 먹을 때 날 구박한 거 봐서는 내 편이 된 게 확실했는데."

대체 논리의 전개와 근거가 뭐지.

"전 절대로 신부님 편이 될 생각이 없어요."

"그래, 꼬맹이는 내 후계자야. 다시 말해서 무신론자인 이성적 현대인이라는 거지."

"뭐? 너네, 크리스마스에 케이크 먹기만 해봐."

신부님이 입을 비죽 내밀면서 주스를 따라 내게 건네주었다.

돌아오는 길, 내가 공원에 들러 운동을 하겠다고 하자, 신부님도 따라왔다. 초콜릿을 사 먹고 토하려고 했는데 이렇게 되면 먹지도, 토하지도 못하잖아. 하지만.

공원에서 운동하는 건 살을 빼기 위해서일 뿐 피하고 싶은 일과였는데. 내 땀이 부끄럽고 내 몸이 부끄러워 어둠이 아니면 나설 엄두를 내지 못했는데.

당신과 같이 걷는 밤의 공원에선 호수의 물살이 달빛에 일렁이는 게 보여. 풀벌레들이 재잘대는 게 들려. 당신이 하는 말도 안 되는 농담들, 재미없다고 하면 들리는 당신 특유의 웃음소리.

어떻게 하지. 당신과 걷기 전에는 몰랐어. 내가 얼마나 주변을 경계하고 날이 서 있었는지. 이 풍경들이 하나도 들어오지 않았어. 내 뒤나 앞에 남자애들이 있으면 얼마나 욕을 먹을지, 괴롭힘을 당할지 몰라 언제나 주눅 들고 신경을 곤두세우느라 풍경을 본 적도 없었어. 길을 걷는다는 게 이런 거였나.

사람들이 날 싫어하는 것 같을 때마다, 신부님의 눈빛을 마주하면. 그 생각이 녹아 없어지는걸. 아무렇지도 않아. 두렵지도 않아. 그동안 수없이 길을 걸었던 게 하나도 기억나지 않아. 도대체 난, 어떻게 길들을 걸어왔을까.

"유정아. 먼저 들어갈래? 나 편의점 좀 들렀다 갈게."

신부님의 말에 나는 성당으로 가려다가, 신부님과 좀 더 같이 걷고 싶어졌다. 편의점 옆에서 기다리고 있는데, 편의점에서 나오는 신부님은 날 못 본 것 같았다. 신부님의 신경이 쏠린 건 손에 쥔 팩소주였다. 편의점 옆 건물 사이 좁은 틈에 들어갔다 나온 신부님이 빈 팩소주를 구겨 쓰레기통에 버렸다.

나는 못 본 척 걷기 시작했다. 몰래 본 거고, 내가 간섭하거나 막을 수 있는 것도 아니야. 술을 마시는 게 범죄도 아니고. 하지만……. 마음속에 깜깜한 어둠이 고여 오는 것 같았다.

해피 버스데이 투 유

아침에 신부님을 도와 같이 밥을 해먹었다. 신부님은 내가 칼을 만지지 못하게 해서 신부님이 썬 무에 식초를 치거나 고춧가루로 버무리는 게 내 일의 전부였다.

신부님이 엉성하게 칼질하는 것보다 내가 잘할 것 같았는데도 신부님은 매번 내게서 과도를 뺏어갔다. 몸놀림이 둔한 신부님이 칼에 긁힐까 봐 걱정되었지만 어쩔 도리가 없었다.

신부님은 요리를 잘 못했다. 무는 굵기가 들쭉날쭉이라 어떤 것은 익지가 않아 설겅설겅 씹히고 어떤 것은 너무 익어 숟가락으로 뜨기도 전에 뭉개졌다. 신부님이 소고기뭇국에 든 고기란 고기를 전부 내 국그릇으로 넣어주어서, 신부님 국에는 무와 멸치만 있었다. 내가 고기를 도로 주려고 하면 신부님은 젓가락으로 요리조리 잘 막았다. 칼질은 잘 못하면서 젓가락으로 막는 건 기막히게 잘하네. 내 생각이 보였는지 신부님이 말했다.

"원래 고기는 애들이 먹는 거야. 난 성장기가 끝났거든."

"신부님은 아저씨보다 작잖아요."

"아. 직격타인데."

신부님이 가슴을 움켜쥐며 식탁에 쓰러졌다. 그리고 말했다.

"유정아, 난 가슴이 아픈데 넌 웃니?"

"신부님은 칼질도 못하세요."

내가 신부님이 하던 대로 고기를 신부님 그릇에 넣어주며 말하자 신부님이 웃었다.

"그럼 고기는 반씩 갈라서 먹자."

신부님이 말했지만, 결국 국그릇에 담긴 쇠고기는 내 쪽이 훨씬 많았다. 신부님은 혼자 먹을 때 제대로 씹지도 않고 5분 만에 햇반 그릇을 비웠지만, 나와 먹을 때는 내가 먹는 속도에 맞춰서 밥을 먹었다.

내가 말이 많다는 걸 몰랐는데, 신부님 옆에선 말이 많아졌다. 산책하면서 보았던 고양이 이야기, 마법의 성 같이 생긴 구름 이야기, 무슨 이야기를 해도 신부님은 귀 기울여 들었다.

신부님이 미사를 하러 간 시간에 나는 재성 씨의 저택에 갔다. 점심 식사가 준비되는 동안 재성 씨가 '핍진성의 산실'로 날 불렀다.

"요즘은 편의점에 가지 않더구나. 잘하고 있다."

재성 씨의 칭찬에 얼굴이 달아올랐다. 역시 재성 씨처럼 날 신경 써주는 사람이 없어. 뭐라 감사할 말을 찾으려는데 재성 씨가 말을 이었다.

"그렇지만 신부에 대한 증거를 찾지 못했지 않니. 살을 빼고 싶지 않은 게냐? 이대로 변하지 않으면 널 사랑할 사람이 있 겠어?"

아무 말이 나오지 않았다. 나는 방으로 돌아가자마자 가방 안에서 말라가던 초콜릿을 낱낱이 털어 먹었다.

식사 시간, 다 같이 재성 씨의 〈청춘솔루션〉을 보는데 뉴스 속보가 나왔다. 앵커가 말했다.

"유명 아이돌 시아(15)가 여의도 모 방송국 3층에서 추락했 습니다. 장재성 전 국회의원이 발견하여 급히 병원으로 옮겼으나 현재 의식불명 상태로……."

　재성 씨가 건물 끝으로 뛰어가 자살을 시도하려는 시아 언니를 따라가며 만류하다 결국 신고하지 않았다면 구급차도 오지 못했을 테고, 시아 언니가 죽었을지도 모른다는 내용이었다.

　연예부 기자들이 재성 씨의 신속한 구조와 신고를 칭찬하는 영상을 보면서도 재성 씨는 무표정한 얼굴이었다. 재성 씨에게 언니들이 찬사를 보내는 동안, 팬들이 인터넷에 찍어 올린 시아 언니의 영상이 나왔다.

　병원에 실려 가는 시아 언니는 커트 머리에 헐렁한 추리닝 세트를 입고 있었다. 언니들이 고개를 갸우뚱하며 소곤거렸다. 시아가 왜 남자처럼 머리칼을 자른 거지? 실연했나? 시아가 트레이닝복을 입은 건 처음 봐. 웬 트레이닝복?

　나는 멍하니 뉴스를 보았다. 짧은 머리에 화장기 없는 시아 언니의 얼굴은 광고에서 웃던 그 얼굴과는 너무 달라서 언니 같지가 않았다.

　시아 언니의 사고는 뒤늦게 알려져, 언니가 나오기로 한 〈청춘솔루션〉 생방송은 대체 게스트도 없이 취소되었다고 했다.

　뉴스를 보던 재성 씨가 말했다.

"지금 나의 뮤즈가 방황하고 있어. 나는 악마에게서 그녀를 구원해야 해. 그건 나의 사명이기도 하지."

TV를 끈 재성 씨가 아름다운 선물 상자를 꺼냈다.

"일요일은 비포의 생일이라고 했지? 오늘 미리 준비한 선물을 주마."

다이어트 주사권을 미리 주는 것일까? 난 지금까지 노력했으니까. 나는 가슴이 벅차 겹겹이 포장된 선물 상자의 리본을 풀었다…….

상자 속에 든 건, 휴대용 체중계였다.

체중계라니.

나는 체중계를 들여다보며 멍하니 있었다.

"비포는 살을 빼야 해. 비포에게 가장 필요한 선물이지? 자, 모두 비포의 생일을 미리 축하하는 박수를 치자."

재성 씨는 날 생각해서 이 선물을 사준 거야. 내 자기관리를 위해서. 나는 모두의 박수를 받으며 휴대용 체중계를 들고 웃어 보였다.

식사가 끝나고, 나는 선물 받은 체중계로 몸무게를 재어보았다. 며칠 사이 3킬로그램이나 줄어 있었다. 신부님 때문에요 일주일은 저녁도 꼬박꼬박 먹었는데 의외다. 내게 관심 없는 신부님도 내가 체중이 줄었다는 걸 자랑하면 놀라서 날 칭찬하겠지.

나는 급히 성당으로 돌아왔다. 큰 길마다 교회 전도자들이 초코파이가 붙은 전단지를 들고 행인들을 붙잡고 있었다. 전도자 한 명이 전단지를 내밀며 말했다.

"학생, 교회 와서 잠깐 성경 말씀 듣고 가."

신부님께 빨리 가야 하는데. 나는 날 잡으려는 전도자 아주머니에게 말했다.

"죄송한데 집에 가야 해서요."

집이라니. 나는 내가 한 말에 놀랐다. 나는 재성 씨의 저택에 있는 아름다운 내 방이 아니라, 사제관에 딸린 낡은 방을 생각하고 있었다. 분홍빛 화장대도, 몸을 가늘게 보여주는 전신 거울도, 퍼스널 컬러에 맞는 파운데이션도 없는. 당신이 있는 그곳이, 내 집일 리가 없는데. 나는 지금 무슨 생각을 하는 걸까.

나는 멍하니 성당으로 돌아오는 길을 걸었다. 습관대로 걸으니 멀리 성당 건물이 보였다. 주차장이 가득 찬 걸 보니 신자들 모임이 있는 모양이었다. 신부님이 주차장 앞에 내버려진 테이크아웃 커피 컵들이며 담배꽁초를 줍고 있었다. 남성 신자들 모임인가 보다. 저걸 신부님이 줍게 하나. 백 미터 밖에서도 저놈의 추리닝은 알아보겠네. 언젠가 신부님이 아저씨를 놀라게 했던 것처럼, 나도 소리 없이 뒤로 다가가 놀라게 하고 싶었다. 늘 쓸데없는 농담만 하며 웃던 얼굴에 깜짝 놀라는 표정이 담기는 걸 보고 싶었다. 소리를 죽여 걸어가는데, 누군가 다다다 뛰며 내 옆을 스쳤다. 내 옷이 펄럭일 정도로 빠른 속도였다. 뭐지, 하는데 욕설이 귀에 꽂혔다.

"이년아! 또 어떤 놈이랑 붙어먹으려고."

배관 파이프를 쥔 작고 초라한 남자가 여자를 뒤쫓고 있었다. 여자는 언젠가 성당에 왔던, 어두운 얼굴에 불어가 능숙한 베트남 여자였다. 여자가 불어로 뭐라고 소리쳤다. 그 말을 들었는지, 신부님이 고개를 들었다. 쓰레기를 쥐고 있던 신부님의 눈이 찢길 듯 커졌다. 뛰어드는 여자에게 배관 파이프가 내리쳐지기 직전, 신부님이 가장 손쉬운 방패를 찾아냈다. 곧 여자를 덮은 신부님의 몸에 배관 파이프가 퍽퍽 떨어졌다. 새된 비명이 내 입에서 나오는지 여자의 입에서 나오는지 구분할 수 없었다. 뛰어가는 내 몸에서 출렁이는 살이 악몽 같았다.

"뭐? 접근금지? 이 개새끼가 어디서 남의 가정을 깨려고 들어. 네년은 어디서 빈둥대던 백수 새끼가 외국말을 알아듣는다고 이 새끼한테 지껄여?"

"신부님!"

뛰어가며 내가 던진 가방에 머리를 맞은 남자가 돌아보았다.

"이년은 또 뭐야."

"시, 신부님 놔줘요."

"신부님? 오늘따라 미친년이 왜 이렇게 많아."

내 가방을 걷어찬 남자가 배관 파이프를 고쳐 잡았다. 남자의 눈이 번뜩거리다, 모임을 마치고 나오던 남성 신자들이 다들 달려들자 순식간에 정상으로 돌아왔다.

"이 사람이 신부님한테 무슨 짓이야!"

"신부님! 정신 좀 차려보세요."

"신부님께서 의식이 없으셔. 함부로 만지지 말고 구급차 불러."

"뭐, 이 새끼, 아니, 이놈이, 신부? 성당인가 그 신부?"

축 늘어진 신부님의 드러난 흰 팔이 얼룩덜룩했다. 섣불리 신부님의 몸을 움직이지 말라며, 남자 신자들이 신부님을 에

위쌌다. 남자가 쇠파이프를 내던지더니 입술을 씹었다.

"이 새끼. 아니. 이 사람. 신부 아니잖아요. 멀쩡한 남의 가정에 초나 치고. 아니, 정말이라니까요. 이 사람이 잘못한 겁니다."

"당신 감옥 갈 준비나 해."

"감옥? 뭐야 이 새끼가! 난 감옥 안 가! 내가 감옥에 왜 가는데!"

"당신이 뭔데 신부님한테 이런 짓을 해?"

남자 신자들이 뒷걸음질을 치는 남자를 붙잡아 얼굴에 핏대를 올리자 남자가 순식간에 표정을 바꾸어 말했다.

"아니 내가 내 집사람 잘 가르치겠다는데, 왜 접근금지를 당해야 하냐고요. 안 그렇습니까? 예? 내가 많이 억울합니다. 신부는 높은 사람 아닙니까? 억울한 사람을 돌봐줘야지요. 왜 나한테만 그러냔 말입니다."

곧이어 경찰과 구급차가 도착했다.

"전 저 사람이 신부님인줄 몰랐거든요. 정말입니다. 근데 멀쩡한 남의 가정에 간섭하는 건 죄 아니요? 감옥엔 내가 아니라 저런 사람이 가야죠. 그렇잖아요?"

남자가 경찰차에 태워지며 말했다. 구급대원들은 정신을 잃은 신부님을 조심히 들것에 옮긴 후, 급히 성당 앞을 떠났다.

신부님이 실려 갔다는, 신촌에 있는 종합병원은 괴물같이 컸다. 어디서 신부님을 찾아야 할지도 알 수 없었다. 나는 버스를 몇 번 갈아타고서야 병원에 도착할 수 있었다. 나는 여기저기 물어서 응급실 앞에 갔다. 사람도 너무 많고 급하게 들것에 실려 들어가는 사람도 있었다. 그 와중에 응급실에 들어가도 되는지 몰라 문 밖에서 쭈뼛거리는데 누군가가 내 어깨를 툭 쳤다.

"꼬맹이가 기동력이 있네."

아저씨였다. 어떻게 알고 먼저 왔을까. 그보다 수많은 모르는 사람들 틈에서 아저씨를 보니 길을 잃었다 찾은 기분이었다.

"신부님은요? 괜찮으세요?"

"생명에는 지장이 없어. 그 말을 듣기 전까지는 내가 두 손을 모으려고 하기에 놀라서 안정제를 먹었지."

꼭 말을 저렇게 해야 하나.

"신부님이 많이 다치신 건 아니죠?"

"MRI를 찍긴 했는데 두어 시간 있어야 의사를 만날 수 있나 봐. 기다리는 동안 재의 신자들에게서 일이 일어난 전말을 파악했지. 베트남 출신의 에스메랄다를 탐내 상송을 합창했다며? 중세 직업답게 종이나 칠 것이지 현대 문명인 접근금지

법을 에스메랄다에게 전파해서야. 역할에 맞는 꼽추도 아니니 배역에 맞춤하려면 쇠몽둥이 찜질을 당하는 게 당연한 거야."

"무슨 말씀인지 모르겠지만 제가 그때 다 봤어요. 어떤 미친 사람이 부인을 때리려다가 신부님을 쇠파이프로 막 때린 거라구요."

"그다지 놀라운 소식은 아니군. '고생하며 무거운 짐을 지고 허덕이는* 사람들을 자석처럼 끌어당기는 직업이잖아. 깨지고 상한 쇳가루들을 매만져 내보내려니 살이 터지는 게 당연하지."

아저씨가 담배를 다시 꺼내다가, 흡연실이 보이지 않자 도로 집어넣었다.

"애가 병원에 있어봐야 좋을 것도 없고, 돈 줄 테니까 택시 타고 성당에 가 있어."

"그냥 여기 있을래요. 성당으로 돌아가도 편하지도 않고 잠도 못 잘 것 같아요."

아저씨가 별말이 없다가 날 의자에 앉혀두고 나갔다. 한참 뒤에, 샌드위치와 주스를 사와 내게 주는 아저씨에게서 한숨 같은 담배 냄새가 났다.

---

* 가톨릭 신약성서 마태복음 11: 28

검사 결과, 신부님은 갈비뼈 두 개에 금이 가고 온몸에 타박상을 입었다고 했다. 갈비뼈에 금이 가면 수술 방법도 없고 그냥 붙기를 기다려야 한다고 한다. 대축일미사가 바로 코앞인데 어떻게 하지 싶었다.

침대에 누워 있는 환자복 차림의 신부님을 보았을 때 신부님은 웃으면서 성당에 가 있으라고 할 뿐 별달리 긴 말을 하고 싶어 하지 않았다. 나도 빨리 나으시란 말 외엔 할 게 없었다. 신부님과 함께 있던 아저씨도 내가 빨리 병실에서 나가주길 바라는 것 같아 성당에 가겠다고 말해놓긴 했지만 발걸음이 떨어지지 않았다. 나는 아저씨에게 신부님이 언제 퇴원할지 자세히 묻고 싶어 병실 앞에서 기웃댔다.

병실 안에서 아저씨의 목소리가 들렸다.

"……물론 나도 네가 슈퍼맨 겸 배트맨 겸 스파이더맨이라는 걸 알아. 사제관의 십 년 묵은 벽지 위로 거미가 기어 다니는 건 우연이 아닐 테니까. 그렇지만 대한민국과 동남아를 구하기 위해 악당과 대결하려면 외국에서 시집 온 여자들은 사회복지 공무원에게 돌려주라고. A4용지에 '주민센터는 저쪽입니다.'라고 영어, 베트남어, 필리핀어로 쓰도록 해. 사제관 도배

지도 그걸로 하자고."

"싫어."

"싫다고?"

"여자들에게 잘난 척하려고 신부가 되었는데 이제 와서 내 삶의 목적을 뺏길 순 없어."

모서리가 이리저리 찍히고 구겨진, 신부님의 머리맡 책들을 본 아저씨가 말했다.

"이젠 스트레스를 받을 때마다 성경을 바닥으로 집어 던지나 봐? 중세라면 넌 삶의 목적이 아니라 삶을 뺏길걸?"

"집어 던진 게 아니라 놓친 거야."

"종교재판관 앞에서 그렇게 말해보시지."

신부님이 피식거리다가 아픈지 가슴을 움켜쥐었다.

"아파? 그 통증은 주님의 계시야. 불교로 개종하라고."

그러면서도 아저씨가 간호사 호출 벨을 누르려는 것을 신부님이 손으로 슬쩍 막았다.

"주형아. 아까 맞으면서 든 생각인데."

"뭐? 봉은사 절로 가자고?"

"아니. 그게 아니라. 부탁이 있어."

"부탁?"

아저씨의 표정이 바뀌었다. 묘하게 들뜬 듯한 아저씨가 신부님의 눈높이에 맞춰 침대 아래에 무릎을 대고 앉았다.

"말해. 뭐든 들어줄게."

"정말이지?"

"그래, 채안아. 지난 이십 년 동안, 네가 나에게 부탁한다고 말한 건 처음이잖아."

"약속한 거다?"

"네가 원한다면 돼지갈비 리필 따위가 아니라 내 병원의 반이라도 줄 수 있어. 아니, 더한 것이라도 네가 원하는 거라면."

꿇어앉은 아저씨의 눈이 열기로 빛났다. 신부님이 아저씨를 내려다보았다.

"그럼 부인분과 아이를 낳아."

아저씨의 얼굴에서 핏기가 가셨다.

신부님이 조용히 말했다.

"차에서 잠깐 뵌 게 다지만 부인분은 너랑 잘 어울리는 품위 있고 아름다운 분이셨어. 내게 남편을 사랑한다고 말하며 눈물을 보이시더라. 아내가 아이를 갖고 싶다고 해서 남편이 이혼소장을 내민다는 게 말이 되니? 왜 같은 이유로 세 번씩이나 이혼하려는 거야?"

차 안의 여자는 신부님이 사귀는 유부녀가 아니었단 말인가?

신부님은 성당 앞에서 신자들이 볼 수 있는데도 여자의 차에 탔고, 울며 남편을 사랑한다는 여자의 앞에서 화를 감추지 못했다. 나는 신부님이 대담하고 철면피라고 생각했는데.

맥이 풀렸다.

"내가 여태껏 이혼을 하건 말건 손 놓고 있더니 왜 이번에는 이혼을 말리는 건데?"

"이번에야말로 네 사랑을 찾았다고, 이젠 정착하겠다고 하지 않았어?"

"결혼이란 게 착각이 있어야 진행되지."

"주형아."

"난 결혼 전부터 와이프에게 말했어. 내 인생엔 아이란 없으니 둘이 행복하게 살자고. 와이프도 동의한 거야. 왜 여자들은 하나같이 마음이 변하는 거야? 왜 날 설득하려 들지?"

"하지만 주형아."

"너는 몰라. 내가 벤츠를 몰고 있잖아? 사람들은 저 불체자가 훔친 외제차의 불행한 주인이 누굴까 궁금해하지. 내 자식이 너처럼 오지랖이 드넓은 동창을 만날 기회가 있으리라고 장담해? 나는 네가 내게 해로운지 이로운지 지금도 헷갈리기만 해."

"……그러니."

신부님이 고개를 숙였다가, 말했다.

"그렇더라도 부인분은 나와 다를 거야. 네게 상처 입고도 널 사랑하는 사람이야. 결혼식장에서 잠깐 본 나에게, 가정의 위기를 고백하고 도움을 부탁하는 게 쉬운 일이겠어? 소중한 사람이라고 생각하지 않니? 주형아, 아기를 낳아. 내가 무슨 부탁을 하건 들어주겠다고 했잖아."

"맞아, 지금 고해성사를 하면 되겠지? 아이를 너무나 사랑해서 이 세상에 내놓지 못하는 내 죄를 사해달라고."

"널 사랑하는 사람을 세 번씩이나 떠나보낼 작정이야?"

"날 사랑하기는. 첫 번째도 두 번째도 그냥 개원과 병원 확장을 위한 거래였어. 지금 와이프는 돈 때문에 내 옆에 있는 거야."

"그렇지 않아. 널 사랑하기 때문에 너와 아이를 낳고 싶어 하는 거야."

"신부님, 세상에는 번식욕이란 단어도 있지."

"주형아."

"어떤 여자가 날 사랑해? 의사 면허라는 번쩍이는 브로치가 없었다면 그녀들 눈에 나는 편의점 간판으로 보였을걸. 물론 자신이 실천하지 않는 덕목을 설파하는 게 종교인의 미덕이란 걸 이해해. 하지만 출산을 장려하는 네 강론은 그만 들어도 되겠지? 이혼 전문 변호사를 구하려면 생각보다 시간이 필요하니까."

"어머니가 원하는 아이처럼 축복 받는 탄생이 있겠니? 왜 그 축복을 저버리려는 거야."

"불문과 교수 아버지, 의대 교수 어머니 사이에서 태어난 막내아들이라면 축복 받은 탄생이지. 사십 년 정도 늦었지만 나도 축복해줄 수 있어."

아저씨가 박수를 짝짝 쳤다. 박수 소리를 들으며 쓰게 웃는 신부님을 내려다보던 아저씨가, 신부님의 하얀 뺨을 슬쩍 건드렸다.

"채안아. 너야말로 아무것도 몰라. 이 나라에서 남들과 다르다는 게 어떤 의미인지 넌 죽어도 모를 거야."

아저씨가 나오다가, 문밖에 서 있던 나와 눈이 마주쳤다. 놀라 움찔하는데 아저씨는 아무 말도 없이 가버렸다.

병실 안의 신부님을 슬쩍 들여다보는데, 가만히 침대에 누워 있는 신부님은 아무 표정이 없었다. 들어가서 뭐라도 달래는 말을 하고 싶었지만 엿들은 처지에 말을 걸기도 난감했다. 차라리 성당으로 먼저 돌아갈걸 그랬나. 그 여자란 아저씨의 부인인 거고, 신경 쓰지 말라는 건 이혼에 신경 쓰지 말라는 얘기였나 보다. 이렇게 간단히 해결되다니. 나는 45킬로그램이 되어야 하는데, 이러면 어떻게 다이어트 주사를 맞을 수 있을까.

승강기를 타고 내려와 병원 정문 앞으로 나오는데, 일 층 구석에서 아저씨가 담배를 피우고 있었다. 날 본 아저씨가 말했다.

"꼬맹아. 너 다 들었지."

이럴 땐 뭐라고 해야 돼. 내가 어색하게 웃자 아저씨가 말했다.

"들은 값을 치러야지?"

아저씨가 죽집에서 계란죽을 사와 내게 건네주었다.

"채안이 주고 와."

"아저씨가 직접 주세요."

"네가 주웠다고 해."

"신부님 병실에 가실 거잖아요?"

아저씨가 고개를 젓곤 담뱃갑을 꺼냈다.

"신부님 표정이 어두우셨어요."

"건조한 사실 나열이군. 내 죄책감을 자극하려면 그 정도 문장으론 어림없어."

"몸도 아픈데 마음은 더 아프시겠죠."

아저씨가 담뱃갑을 확 구겼다.

"아저씨도 신부님께 심한 말을 하시면 후회하지 않아요? 후회하실 것 같은데. 계속. 계속."

"그 죽 바닥에 떨어뜨려 봐. 내가 주워야 하거든."

나는 아저씨에게 계란죽을 돌려주었다.

성당에 먼저 가 있겠다고 하니, 아저씨가 고개를 끄덕거리며 머리를 긁었다. 아저씨가 사과를 할까? 아저씨가 사과하는 모습이라니 상상이 가지 않았다. 설마 아픈 신부님을 괴롭히지는 않겠지? 나는 망설이다가 아저씨가 올라간 뒤로 승강기를 탔다.

병실 앞에 가서 조심히 안을 들여다보는데, 신부님은 진통용 파스 스프레이를 집으려다 계속 떨어뜨리고 있었다. 신부님이 오른손을 주무르고 스프레이를 다시 집으려고 했지만, 신부님의 손가락은 스프레이를 쥐지 못하고 계속 풀렸다.

"너. 손이."

신부님은 소리 없이 들어선 아저씨를 뒤늦게 발견하고 당황한 표정이었다.

"채안아, 너 손이 어떻게 된 거야."

"그게……, 병원에서도 정확한 원인을 알 수는 없대. 좀 전의 폭행으로 손에 내려오는 신경이 손상된 것 같다는데, 손의 힘이 계속 빠져서 뭘 쥐기가 힘들어."

"채안아."

"괜찮아. 뭐든 빛과 그림자가 있으니까. 교통사고를 당하기 전에는 조깅이나 등산에 몰두해도 성욕 때문에 정말 힘들었는데, 만성통증을 얻고 나니까 그런 쪽의 욕구가 거의 줄었거든. 이번에도 이점이 있겠지."

"이점? 이제 네가 얻은 솔로몬의 황금동굴이 어딨는지 말해봐."

신부님이 웃자, 아저씨가 기가 찬 듯 말했다.

"네 주님의 섭리를 나로서는 짐작도 못하겠군."

"그래. 그분이 어디까지 내다보시는지 나도 알 수가 없지."

신부님이 다시 스프레이를 쥐려다 떨어뜨렸다. 스프레이를 주운 아저씨가 말했다.

"옷 벗어 봐. 내가 뿌려줄게."

"저기 말이지, 네가 의사긴 하지만 나는 종류가 다른 환자기도 하고……."

"남자끼리 내외해? 맨날 내 앞에서 옷 훌렁훌렁 벗고 체육복 갈아입었으면서."

"그땐 내 미모가 절정이 아니었기 때문에 요즘에는 더 조심을……."

아저씨가 말을 다 듣지 않고 신부님의 환자복 상의를 올렸다. 신부님의 등이 드러났다. 나는 숨을 삼켰다. 퍼런 멍들이 있었지만 멍이 문제가 아니었다. 하얀 등에 칼 같은 것으로 깊게 베였다 꿰매진 자국들이 실뱀처럼 살을 파먹으며 뒤엉켜 있었다. 꿰맨 흉터는 벌겋게 번들거리는 게 다 아문 지 얼마 되지 않은 듯했다. 내 표정은, 아마 아저씨의 표정과 똑같을 것이다.

아저씨가 신음하듯 말했다.

"……세 달, 피정 간 게 아니었네."

228

"피정이었지. 장소가 병원이라 그렇지. 잘 쉬고 잘 지냈어. 간호사분들도 친절하셨고."

"세 달 동안 중환자실에 있었어?"

신부님이 대답을 하지 않았다. 아저씨가 스프레이를 내동댕이쳤다.

"너 지금까지 날 바보 취급한 거야."

"주형아."

"의사를 속여? 이 정도면 흉기가 장기까지 들어갔잖아. 이 꼴을 당하고 피정이라고 한 거야?"

"지난번에 내가 교통사고 났을 때 네가 너무 놀라기에, 비슷한 일이 생기면 주변에 피정이라 알려달라고 한 거야."

"교통사고? 널 죽이려고 차로 민 거였잖아. 그걸 사고라고 불러? 내가 남의 가정사에 끼어들지 말라고 몇 번을 말했어."

"세 달 전엔 끼어든 게 아니야. 캄보디아 결혼 이민자가 남편을 경찰에 신고하면서 통역해줄 봉사자가 필요했는데, 급히 구하기가 힘들어서……."

"멋지군. 넌 그 캄보디아 미녀와 섹스한 거겠지?"

친구한테 저런 식으로 말하나? 내가 놀라서 입을 틀어막는데 신부님은 놀란 표정도 아니었다.

"그 남편도 같은 생각이던데."

신부님은 지친 얼굴이었다. 아저씨가 입술을 깨물었다.

"네가 자초한 거야. 오십 년에서 육십 년 걸려 모은 이천만 원의 전 재산으로 가사노동, 감정노동, 육아노동, 간병노동, 성노동을 해낼 노예를 사왔는데, 너 때문에 노예가 도망쳤다고 생각해봐. 나 같아도 널 오백 조각으로 자르게 될 거야."

"그거 좀 아프겠네. 언제 다 붙여?"

"채안아."

"2020년부터 가정폭력 전과자는 국제결혼을 할 수 없대. 그러니 앞으로는 괜찮아."

"……채안아. 적어도 난, 네 목숨을 위험하게 하지는 않았어."

신부님이 미소했다.

"누구도 내 목숨을 위험하게 하지는 않아."

"내가 널 말릴 권리도, 자격도 없다는 걸 알아. 하지만, 부탁이야. 멈출 수는 없니?"

신부님은 말이 없었다. 웃음기가 사라진 신부님의 얼굴은 바사삭 부서질 듯 지쳐 보였다.

"채안아. 어디까지 가려고 하니? 이미 많이 왔어. 여기서 멈출 순 없니? 왜 이렇게까지 해. 응? 나에게, 단 한 번이라도 진심을 말해줄 순 없어?"

신부님이 아저씨를 가만히 보다가 말했다.

"난 대통령이 돼서 독재할 거고, 혼자서 백 년 동안 잘 먹고 잘살 계획이거든. 그러려면 여자들 표도 하나하나 중요하잖아."

아저씨는 한참 동안 아무 말도 하지 않았다. 그리고, 아저씨가 스프레이를 집어 들었다.

"……어디다 뿌리면 돼?"

"이쪽."

신부님이 홀가분한 듯, 옷을 전부 걷어 올려 등을 보여주었다.

"와, 진짜 시원하다. 고마워."

신부님 특유의 웃음소리가 났다.

나는 돌아서서 병원을 나왔다. 정문을 나서는데 아저씨의 병원 앞에 있던 시위대들이 보였다. '태아는 소중한 생명입니다.'라는 피켓도 그대로였다. 하긴 이 대형병원에도 산부인과가 있겠지.

걸어서 성당으로 돌아가는데, 이상한 기분이었다. 공원의 길이, 편의점 앞이, 예전과 다른 것이다. 신부님과 함께 걷던 길은 혼자 걷던 길과는 느낌이 달랐다. 그 여자애 얘기는 뭘까. 나는, 신부님은 앞으로 어떻게 되는 걸까. 나는 생각에 잠겨 걷고 걷느라 성당을 지난 줄도, 해가 지는 줄도 몰랐다.

기울어가는 해를 보며 느지막이 성당에 들어서는데, 문이 잠긴 사제관 안쪽에서 인기척이 났다. 도둑인가. 수틀리면 도망칠 태세를 하는데 문이 열리며 아저씨가 튀어나왔다.

"꼬맹이네?"

"유정이 왔나 봐?"

신부님 목소리였다. 신부님? 급히 사제관에 들어가니 신부님이 거실 소파에 앉아 있었다. 이상하리만큼 멀쩡해 보여서 오히려 불안했다.

"신부님, 병원에……, 계셔야 하지 않아요?"

"내일이 주일이잖아. 추기경님도 오시는 대축일미사에서 성가를 부르기로 예정되어 있어서. 내 밥줄에 대한 집착은 나도 놀랄 정도라……."

신부님이 웃었다. 그래도 몇 시간 만에 몸이 나을 수 있나? 고개를 갸웃거리는데 아저씨가 초밥 상자 네 개를 들고 식탁 앞으로 와서는, 시계를 보고 신부님에게 말했다.

232

"네 산초 판사는 언제 온대?"

신부님이 말했다.

"요한이는 출판사 미팅이 있어서 못 와. 그리고 주형아, 날 놀리는 건 어쩔 수 없지만 요한이를 그런 식으로 말하지 마."

"미안. 네 이천 년 묵은 의상이 너무 낡았기에 갑옷으로 보이더라고."

"내가 풍차랑 싸우기 전에 너부터 패줄 줄 알아."

신부님이 수단 소매를 걷어붙이곤 주먹을 휘두르는 시늉을 하며 웃었다. 모기도 겁을 먹지 않을 것 같은데. 그런데 아저씨는 신부님 앞에 무릎을 꿇었다. 설마 정말 맞을까 봐 저러나? 놀라서 보는데 아저씨가 나무젓가락을 검처럼 가슴에 대고 신부님을 올려다보며 말했다.

"이제껏 내가 잘못 생각했습니다, 나의 둘시네아. 예의가 제 눈을 흐리게 하고 이성이 제 앞길을 막아왔음을 깨달았나이다. 저는 이제 어떤 망설임도 없이, 그대를 이 성스런 감옥에서 구하리다. 저는 중세에서 온 적들에 아랑곳없이 메스를 들고 출격할 예정이오니, 돌아오면 이대로 저를 맞아주소서."

"음. 이제 난 발코니에 나가 손수건을 흔들면 되겠지?"

신부님이 초밥 상자를 펼치면서 말했다. 요한이 없으니까 내가 계란초밥 두 개 먹는다? 아니, 초밥은 꼬맹이랑 내 몫이야. 아저씨가 들고 있던 나무젓가락을 쪼개 초생강을 한 움큼 쥐었다.

"채안아, 네가 먹을 건 이거야. 이건 내가 먹여줄게."

"유정아, 얘 진짜 잔인하지 않니?"

"그냥 제 몫까지 드세요⋯⋯."

아저씨가 초생강을 먹이려 하자 신부님이 식탁을 빙 돌아 도망가며 계란초밥을 허겁지겁 집어먹었다. 그리고 두 개째 계란초밥을 간장에 찍으려다 아저씨에게 잡혔다.

"채안아, 셰익스피어 희곡에도 나오지. 탐욕이 파멸을 불러온다고."

"셰익스피어가 누구야?"

신부님이 초생강을 피하려고 애쓰면서 말했다.

정말 바보들 같아. 나는 계란초밥을 입에 우겨넣고 가슴을 두드리는 신부님에게 물컵을 건네주었다.

"전 초밥 안 먹을래요."

"왜?"

"3킬로그램이나 빠졌거든요."

"오. 대단한데 꼬맹이."

"그렇죠?"

신부님의 칭찬을 기대했는데 신부님은 칭찬이 없다. 신부님은 재성 씨처럼 날 생각해주지 않는구나. 신부님이 말했다.

"성당에는 체중계가 없는데 어떻게 알았니?"

"이번 주 일요일이 제 생일이에요. 그래서 제 보호자분이 제게 체중계를 선물해주셨어요. 그러니까 자기관리를 열심히 할 거예요."

"자기관리?"

"네. 자기관리에 실패한 여자는 사랑받을 수 없어요. 전 뚱뚱하고 못생겼어요. 그러니까 살을 빼고 화장을 해야 돼요. 안 그러면 모두가 절 싫어할 거예요. 자기관리에 실패한 여자는 한국에서 사람으로 살 수 없어요. 사랑받으려면 전부 변해야 해요. 살을 빼고 예뻐져야 한다구요."

"누가 그런 말을 하니."

"제 보호자분이 절 위해 늘 해주시는 말이에요."

재성 씨는 신부님처럼 콜라를 주는 일이 없어. 늘 날 세심하게 관리해준단 말야.

근데 신부님의 표정이 심각해졌다.

"유정아. 보호자분 연락처를 주겠니."

"네? 갑자기 왜……."

"내가 그분을 만나 뵈어야 할 것 같아."

"만나 뵙다뇨."

왜?

"나라면 내 아이의 생일에 체중계를 선물하지는 않아."

"신부님은 짠돌이고 돈에 벌벌 떠니까요. 제 보호자는 신부님이랑 달라요. 이 체중계는 절 사랑한다는 증거예요. 제게 자극을 줘서 살을 빼게 하려고 하시는 거란 말예요. 저 같은 애들을 열 명도 넘게 보호하고 아껴주시는 데다, 화장품도 사주고 성형수술비도 지원해주신다구요."

"어린애들에게 화장품이랑 성형수술을 해준다고?"

신부님의 얼굴이 어두워졌다. 뭐야, 가난해서 질투하는 건가.

"그래요, 신부님처럼 가난하지도 않다구요. 제 보호자는 제가 특별한 사람이라고 했어요. 모두 절 잘되게 하려고, 절 사랑하셔서 그러시는 거예요."

"아니야 유정아. 그분은 널 사랑하지 않아."

가슴이 콱 막혔다.

"신부님이 뭘 안다고 그래요. 저에 대해서도 제 보호자에 대해서도 하나도 아는 게 없으면서! 신부님은 돈도 없고 애도 없고 아무것도 없잖아요!"

나는 숟가락을 놓고 뛰쳐나왔다.

"유정아!"

신부님이 부르는 소리가 들렸지만 나는 급히 신발을 꿰어 신고 사제관을 나와버렸다.

신부님이 틀렸어. 아무것도 모르면서. 재성 씨는 날 더 좋게 변하게 하려고 자극하는 것뿐이야. 신부님은 짠돌이에 가난뱅이에 자기관리도 안 하잖아. 재성 씨의 말대로, 저 사람은 여자를 망가뜨리는 사람이잖아.

……그런가?

신부님과 함께 밥을 먹고 나면 토하는 걸 잊어버린다. 바보 같은 자랑에, 쓸데없는 농담만 하는 당신과 함께 설거지를 하고 영어공부를 하고 나면, 먹은 걸 모두 잊고 그냥 잠이 드는 걸. 토해야 살이 찌지 않는데.

그래. 신부님은 내 자기관리를 방해하기만 해. 재성 씨 말이 맞아. 저 사람은 여자를 망가뜨리는 사람이야. 뭔가 증거가 있을 거고, 나는 재성 씨에게 사랑받고 있단 말야. 이번에야말로 증거를 찾아 재성 씨에게 돌아갈 거야.

나는 크로스백에 들어 있던 핑크색 체중계를 꺼냈다. 숫자가 박힌 촘촘한 눈금이 마음에 박혔다. 단것을 먹으면 기분이 좀 나아질 것 같았다. 먹어도 다 토하면 아무 문제가 없을 거야.

나는 편의점에 들어가 신상품 젤리부터 초콜릿쿠키까지 바구니에 담았다. 어차피 토할 테니 늘 먹고 싶었던 마카롱도 몇 개나 샀다. 나는 계산을 끝내고 편의점 가장 구석에 앉아 신상품인 복숭아젤리부터 뜯었다. 젤리를 먹고 초콜릿을 몇 개 먹자 배가 불렀다. 왜 벌써 배가 부르지? 맞아. 아까 신부님이 초밥의 회를 건어줘서 그래. 왜 그걸 몇 개나 먹었을까. 산 과자를 다 먹고 다 토해야 후련한데. 이게 다 신부님 때문이야.

나는 빈 과자 봉지를 구겨서 버리고 손도 못 댄 마카롱을 가방에 쑤셔 넣었다. 먹은 걸 몽땅 토해버려야 돼. 공원 화장실은 사람이 없으니까 거기로 가자.

공원은 인적 없이 어두컴컴했다. 길게 늘어진 나무 그림자가 혼자 서 있는 사람처럼 보였다. 바람에 나무가 흔들릴 때마다 등 뒤가 으스스했다. 허겁지겁 불이 밝은 화장실로 향하는데, 뒤에서 목소리가 났다.

"유정아."

놀라서 돌아보니 신부님이었다. 뭐야, 하필이면 왜 여기서 딱 마주치는 거야?

"유정아, 여기 있었구나."

땀에 젖어 머리칼이 이마에 달라붙은 신부님이 내게 다가섰다. 신부님이 왜 성당이 아니라 공원에 있는 거야? 지금은 저녁을 먹었을 때보다 꽤 시간이 지났을 텐데?

신부님이 폰을 들어 보였다.

"유정아, 이제 어디든 잊지 않고 폰을 들고 다닐게. 국회의원 전화도 씹지 않고."

신부님이 말을 이었다.

"네 말이 맞아. 난 아이가 없고 가정이 없어서 편협하게 생각했는지도 모르겠다."

나는 뭐라고 해야 할지 몰랐다.

"미안해 유정아. 그러니까 돌아가자."

신부님이 내게 사과하는 게 맞나? 그래. 맞아. 내게 상처주는 심한 말을 했잖아. 종교인이라면서 남을 이렇게 상처줘도 돼? 재성 씨는 신부님과 달라. 날 관리해주고 사랑해준단 말야.

나는 신부님과 함께 사제관으로 돌아왔다. 난 잘못한 거 없어. 신부님은 재성 씨와 나를 오해하고 상처 줬으니까. 하지만,

나는 쉽사리 잠이 들지 못했다.

이불을 덮어 쓰고 누웠지만 잠 대신 생각이 몰려왔다. 재성 씨의 저택에 있는 엔틱의자들과 스툴. 색색의 화장품들과 에스 언니의 망가진 코. 이상하게 속이 메슥거렸다. 과자를 먹어 눌러야겠어. 아냐, 뭘 먹으면 안 돼. 여섯 시가 넘어 먹는 건 전부 칼로리로 저장된단 말야. 하지만, 먹고 토하면 살이 찌지 않으니까 괜찮아. 하지만 신부님이 있을 때 토하면 소리가 들릴지도 모르는데.

나는 슬쩍 신부님의 방을 엿보았다. 신부님의 방은 불이 꺼져 있었다. 내일 미사를 위해 일찍 잠자리에 든 것 같았다. 다행이다. 맘 놓고 먹고 토할 수 있어. 나는 과자를 까서 다 먹었다.

과자는 처음에는 맛있다. 하지만 나중에는 맛을 모르겠어. 이젠 그만 멈춰야 한다고 생각하면서도 먹고 있어. 먹을 때는 기분이 나아지는 것 같은데 다 먹고 나서 빈 과자 껍질들을 보고 있으면 내가 너무 싫어져. 어떻게든 먹기 전으로 되돌려야 한다는 생각만 들어. 토해버려야 돼. 토하면 살이 찌지 않아.

나는 부서진 과자가 남은 과자 봉지들을 움켜쥐고 화장실에 갔다. 다 먹고 지금 토해버려야 마음이 편해질 것 같았다. 나는 화장실에서 초코과자를 부스러기까지 다 긁어 먹고 변기에 대고 토했다. 이상하다. 처음에 먹은 게 분홍색 복숭아젤리니까 분홍색까지 나와야 다 토한 건데, 아무리 토해도 분홍색이 보이지 않잖아. 다 토해야 돼. 그래야 더 빨리 45킬로그램이 될 수 있어. 나는 변기를 껴안고 고개를 다른 쪽으로 기울여 더 토하려 했다.

"유정아."

환청인가?

"유정아. 괜찮니?"

신부님 목소리였다. 순간 체온이 싹 식는 게 느껴졌다.

"유정아. 미안한데 들어가 봐도 되니?"

뭐야. 신부님, 자지 않았었나? 왜 깨어 있는 거야?

입에 토하다 만, 소화가 덜 된 초코과자 덩어리들이 가득 차 있어 나는 아무 말도 하지 못했다. 변기 물에 토를 뱉으면 출렁이는 소리가 날 거야. 뱉지도 못하고 뭐라 말을 할 수가 없었다. 내가 욕실 문을 잠갔던가? 잠갔을 거야. 신부님은 내 방에 들어오는 일이 없었으므로 평소에는 문을 신경 쓰지 않았지만, 이번에는 잠갔을 거야. 잠기지 않은 문이 삐걱 소리를 내며, 신부님이 날 들여다보았다.

"유정아."

나는 변기를 껴안은 채, 미처 다 뱉지 못한 구토물과 침이 가득한 입을 다물지 못한 채 신부님을 쳐다보았다. 어떻게 해들켰어. 눈앞이 새하얘졌다. 미친년인 줄 알 거야. 더럽다고, 정신 나간 애라고 당장 나가라고 할지도 몰라.

신부님은 놀라지도 않은 얼굴로, 옷이 다 구겨지고 오물이 묻는데도 내 옆에 앉았다.

"보좌 신부실 욕실이 생각보다 좁네. 내 욕실이랑 같은 크기 아니었나?"

당신은, 내게 화를 내어야 하지 않나? 날 경멸하는 눈으로 보아야 하는 거 아닌가? 돼지 같다거나, 자기관리를 못한다거나, 그러니 살이 찐다고 말해야 하지 않나? 아무 일도 아니라는 듯한 표정이 믿기지가 않아. 당신은 구토물 가득한 욕실 바닥에 떨어진 마카롱 조각을 발견하고 입에 넣었다.

"이거 되게 단맛이네."

사고가 정지된 것 같다. 나는 멍하니 신부님을 바라보았다. 신부님이 바닥에 떨어져 토와 뒤섞인 마카롱 조각을 또 주워서 입에 넣기 시작했다. 한 조각, 두 조각……

나는 황급히 새 마카롱 봉지를 뜯어 신부님께 내밀었다.

"이거 드세요."

"나눠 먹자. 이게 또 내 직업병이야."

신부님이 내가 내민 바닐라 마카롱의 반을 갈라서 내 입 안에 넣어주었다. 그리고 반을 신부님이 먹었다.

"원래 이렇게 단 맛이야?"

"……네."

당신은 구토물이 출렁이며 퍼진 욕실 바닥에서, 어떻게 그렇게 숨 막히도록 다정하게 웃을 수 있나. 내 모든 슬픔과 외로움을 당신이 알아보고, 모든 것을 이해하고 용서해준 것 같아. 신부님이 바로 고이는 내 눈물을 닦아주었다. 달디 단 마카롱은 코로 넘어가는 짠 맛이 났다.

신부님이 다른 방에 딸린 욕실에서 씻고 오라고 하기에 씻고 왔더니, 그 사이에 내 욕실은 말끔하게 청소되어 있었다. 변기는 토가 묻은 흔적도 없었다. 나는 미안해서 신부님의 눈을 볼 수도 없었다.

"제가 청소하게 놔두시지 그랬어요."

"어차피 나 백수잖아. 노느니 뭐라도 하는 거지."

신부님이 고무장갑을 씻으면서 말했다.

"이 고무장갑, 신환제일교회에서 얻은 건데 질기고 내 손에 딱 맞네. 더 얻어올걸."

내가 할 말은 아니지만 교회에서 얻은 고무장갑으로 보좌신부실 욕실을 청소해도 되나?

신부님이 고무장갑을 뒤집어 널고는 끝! 하며 세제 광고 모델 흉내를 냈다.

내가 웃자 신부님도 웃었다.

나는, 당신에게 다른 말을 하고 싶은데. 할 말이, 고백해야 할 말이 많은데. 제멋대로 딴 말이 나왔다.

"그 교회에서 신부님을 알아보면 어떻게 해요. 앞으로는 뭐 받아 오지 마세요."

"그럴게. 그리고 유정아. 네가 원한다면 말야, 지금 보호자 분 말고 수녀들이 공동생활 하는 그룹 홈을 알아봐줄게. 그룹 홈 입소 조건이 세례교육이거든. 이게 다 신자를 늘리려는 내 계산인데⋯⋯. 내가 신자 모집에 관심 없다는 사실을 덮으려 면 네 도움이 필요해. 날 도와줄래?"

신부님이 말을 이었다.

"그룹 홈은 성당에서 도보로 오 분 거리에 있는 아파트니까,

내가 필요하면 언제든 내게 오면 돼. 난 여기 있으니까. 아무 데도 안 가."

그룹 홈은 색색의 화장품도, 섬세한 무늬가 그려진 화장대도 없겠지. 낡은 욕실과 방은 공동일 거야. 그렇지만. 당신이.

"유정아. 어때?"

이상하다. 난 재성 씨에게 돌아가야 하는데. 바로 거절해야 하는데. 그렇지만, 당신의 눈을 보면. 침을 꿀꺽 삼키는 순간, 전화벨 소리가 들렸다. 신부님이 주머니에서 폰을 꺼내며 말했다.

"천천히 생각해보렴."

신부님이 전화를 받으며 나갔다. 곧 돌아온 신부님이 말했다.

"나 잠깐 나갔다 올게."

"어디 가세요?"

"병자성사 가야 돼. 신자 한 분이 암 수술 받고 회복 중이신 줄 알았는데 갑자기 악화됐다나 봐."

신부님이 수단으로 갈아입고 나왔다.

"신부님께선, 몸이…… 괜찮으신 거예요?"

"괜찮아. 그래도 만약의 경우가 있으니 주형이에게도 전화했거든. 바로 병자성사 장소로 와준대. 택시 불렀으니까 금방 다녀올게."

아저씨가 온다니 다행이지만, 나라도 따라가 봐야 하는 거 아닌가? 신부님도 그리 생각했는지 멈칫했다.

"참, 잊을 뻔했네."

신부님이 갑자기 서재로 가 뽀로로 저금통에서 만 원짜리를 몇 장 꺼내 와 내게 내밀었다.

"유정아. 이 성당에는 결혼 이민자분들이 많으셔. 근데 그 남편 분들이 아내에게 현금을 주지 않고 카드만 주는데, 아내를 위협하거나 순종하게 하기 위해서 카드도 종종 빼앗거든. 그러면 남편에게 맞다가 도망치면서도, 돈을 지불할 걱정에 택시를 잡지 못해. 그래서 장애까지 입은 분도 봤어. 몇 천 원, 몇 만 원으로 인생이 달라지는 건 너무 슬픈 일 아니니? 난 네가 도움이 필요하다면 택시를 타면 좋겠다."

뭐야, 재성 씨를 뭘로 보는 거지. 재성 씨는 그런 무식한 남자들과는 달라. 나는 맞고 다니는 베트남 여자가 아니라고. 내가 돈을 받지 않자 신부님이 내 크로스백 가방의 앞지퍼에 돈을 넣어주었다.

"금방 다녀올게."

신부님이 웃어 보이고 나갔다. 잘 됐다. 안 그래도 재성 씨

카드로 과자를 사 먹는 게 꺼림칙했는데. 이 돈으로 과자나 사 먹어야지. 그러면서도 나는 마음이 편하지 않았다. 왜인지 모르겠지만, 신부님이 돌아오고 나서 과자를 사 먹는 게 마음이 편할 것 같았다. 남편에게 두들겨 맞는 베트남 여자랑 내가 똑같단 말인가. 날 불쌍하게 생각한 거였나? 잠이 오지 않았다.

새벽이 가까워서야 사제관 문이 열리는 소리가 났다.

"신부님!"

나는 뛰어나가다가 멈칫하고 말았다. 한 손에 배낭을 든 채, 축 늘어진 신부님을 업은 아저씨가 현관에 서서 내게 비키라는 손짓을 했다.

"암 환자의 병자성사를 보고 기절한 신부의 병자성사는 누가 보는 거야?"

아저씨가 말했다.

아저씨는 신부님을 침대에 눕히고는, 수단을 벗기고 면티를 꺼내 갈아입혔다. 신부님의 온몸에 하얗고 네모난 스티커가 붙어 있었다.

"이거 뭐예요. 떼어드려야 하는 거 아니에요?"

"마약성 진통제 패치야. 지금 애가 움직일 수 있게 하는 동력원이라 떼면 애 꺼진다."

진통제라고? 그걸 이렇게나 촘촘히 붙일 정도면…….

"저는……. 신부님이 나아지신 줄 알았어요."

"내 병원 재정이 나빠지긴 했지. 뭐, 나도 최선을 다해 협조했다는 알리바이가 있어야 나중에 기사로 봉직하기 쉽겠지?"

무슨 말인지 모르겠지만 물어볼 분위기는 아니었다. 아저씨가 신부님에게 이불을 고쳐 덮어주며 날 보았다.

"늦었으니 가서 자라."

잠이 오지 않는다. 아저씨는 간 것 같지 않은데. 신부님을 돌보고 있는 걸까. 내가 뭐 도울 일이 없나. 불 꺼진 거실에 부연 불빛이 켜져, 내 방까지 새어 들어왔다. 뭐지. 누가 냉장고 문이라도 열어둔 건가.

"꼬맹아. 안 자냐."

아저씨가 주방으로 나온 날 보더니 냉장고를 닫았다. 신부님의 냉장고에 어울리지 않게 와인들이 서너 병 들어 있었다.

"저 와인들은 뭐예요."

"내 와인 셀러는 꽉 차서 말이지."

아저씨가 아무렇지도 않은 듯 배낭을 열어 와인을 하나 더 꺼내 냉장고에 채웠다. 무슨 생각이야.

"그거, 냉장고에 두면 신부님이 드실 수도 있어요."

"글쎄. 먹을 수도 있겠지. 먹지 않을 수도 있고."

아저씨가 알 듯 모를 듯한 어조로 말했다.

"그 술들, 도로 가져 가셔야 하는 것 아닌가요?"

"네가 간섭할 일이 아닌 것 같은데."

아저씨가 무슨 속셈인지 모르겠지만 자다 깬 신부님이 저걸 마셨다간 내일, 아니 자정이 지났으니 오늘 대축일미사에 못 가게 될지도 몰라. 그건 재성 씨도 원하는 게 아니고, 나한테도 좋을 게 없어. 무엇보다 여자에 대한 증거와 상관도 없잖아. 아저씨가 가면 저걸 다 숨겨버려야지.

아저씨가 꿰뚫어보는 듯한 눈빛으로 날 보았다.

"꼬맹아. 쟤가 나한테 술을 끊었다고 하던데. 곁에 있던 네가 제일 잘 알 거야. 진짜냐?"

나는 침을 꿀꺽 삼켰다. 아저씨가 피식 웃었다.

"그럴 줄 알았지. 어차피 알코올 중독자는 스스로 못 멈춰."

아저씨가 가방에서 와인을 하나 더 꺼내 빙 돌려보며 말했다.

"이 와인들 하나하나 다 백만 원 넘는 거야. 쟤 이직 기념 축하주로 너무 싼 건 친구로서 예의가 아니잖아."

예의라고?

"신부님을 미사에 빠지게 만드는 게 예의예요?"

"그럼 무례하게 행동하는 방법도 있겠지. 알코올 중독으로 뇌가 다 파 먹힌 쟤의 장례 미사에 참석해 두 손 모아 기도를 올린다던가. 그렇지?"

어둠 속에서 아저씨의 눈이 번쩍거렸다. 나는 뒤로 물러섰다.

아저씨가 꿈꾸는 듯한 눈으로 와인병을 들여다보며 말했다.

"정신과 환자들은 병원을 방문할 때 보통 세 개를 가져와. 건강보험에 잡히지 않는 현금, 자신의 광기를 인정하는 교양, 병든 전 남편과 죽은 애완견이 혼합된 주관식 문제지. 근데 여기 신자들은 보통 마지막 문제만 쟤에게 가져온단 말야. 나는 쟤의 심신을 뜯어먹는 사람들을 말릴 생각은 없어. 개인의 식성은 자유니까. 하지만 자본주의 사회에선 아귀도 돈을 내야지. 나는 양심이 아니라 법률을 말하는 거야."

양복을 입은 맹수가 나지막이 말한다면 이런 느낌일 것이다. 나는 침을 삼켰다. 아저씨가 와인 병의 라벨을 굵은 손가락으로 훑으며 말했다.

"이대로 신부 노릇을 하면 쟤 술병을 뺏으며 닦달할 마누라가 있을까? 꼬물거리다 기어 다니고 자라며 쟤 팔에 매달릴 애새끼들이 있을까? 쟤는 교구의 지시대로 발령지를 옮겨 다니며 신자들과 지낼 테고, 쟤의 뇌를 알코올이 착실히 파먹겠지. 이번에 무사히 미사를 집전하면 계속 신부로 살겠지만, 그게 얼마나 유지되겠어?"

"술을 끊으실 수 있을 거예요."

"왜 그런지 모르겠지만 쟤는 남들보다 유달리 알코올에 약해. 그리고 알코올 중독엔 완치가 없어. 폐쇄병동에 넣었다가 평생 관리하는 수밖에 없는데 내가 신부를 폐쇄병동에 넣을 권한도 없고. 그러니 로마네콩티를 살 수밖에."

"신부님이 미사에 빠지셔서 욕먹길 바라시는 거예요?"

"설마. 신학교를 구 년 동안 견딘 놈의 정신력이 술 몇 모금으로 끊어지진 않아. 문제는 쟤 정신력보다 몸이 약하다는 거지. 추기경과 주교들이 앉은 대축일미사 생중계에서 성작을 엎으며 쓰러지기라도 하면 바로 끝나는 거고, 뭐 더 화려하다면 나야 나쁠 것 없지. 난 쟤가 미사에서 빠지는 게 목적이 아냐. 나는 그저 쟤 직업의 최대 행사에서, 생중계되는 이직 현장을 보려는 거지."

"그러면요? 신부님이 쫓겨나기라도 하면 아저씨가 책임지실 수 있어요?"

"글쎄. 쟤가 라틴어로 자석요를 팔러 다닐 수도 있겠지만 요즘은 흙침대가 대세거든."

내가 와인을 냉장고에서 꺼내려 하자, 아저씨가 와인을 빼앗아 냉장고에 도로 넣었다. 아저씨의 거대한 등에 냉장고의 불빛이 가려 거실이 더 어둑해졌다.

나는 마른 침을 삼켰다. 아저씨가 말했다.

"쟤도 나처럼 의대 다녔어. 일 학년만 다니고 신학교로 가긴 했지만. 난 이미 폐쇄병동 특실비와 의대 재입학 서류, 등록금도 준비해뒀어. 난 쟤가 졸업하면 내 병원의 정신과의로 일하게 할 거고, 쟤 말대로 아이를 낳을 거야. 그리고 쟤에게 내가 낳을 아이의 대부가 되어 달라 하고, 좋은 여자와 결혼하게 할 거고. 완벽한 계획이지."

"완벽이요? 남의 인생을 자기 마음대로 그림을 그리는 게요?"

아저씨가 가만히 나를 보는데, 전화벨이 울렸다. 아저씨가 폰을 보더니 말했다.

"애들은 왜 예고 없이 태어나는 거지. 예수도 예고를 했다면 구유보단 나은 데서 잠을 잤을걸."

아저씨가 나가면 저 와인들을 죄다 내 방에 갖다 숨겨버려야지.

아저씨가 일어서며 말했다.

"꼬맹아. 내가 초등학교에 다닐 때는 선생들이 돈을 바치지 못하는 애들을 때렸어. 난 축구 장학생이었지만 담임에게 촌지를 줄 여유가 없었어. 초등학교 삼학년 때, 부모님을 뵙자는 담임의 말을 전달하지 않으니 담임이 날 불러 말하더라고. '너같이 생겼으면 고분고분 살아야지, 아니면 죽을 때까지 왕따당하고 아무도 네 곁에 남지 않을 거다.' 그리고 난 청소년 국대가 됐어. 그런 내가 고등학교 때 무릎 인대가 끊어지고 청소년 국대에서 쫓겨났을 때 어땠는 줄 알아? 무리하게 출장시킨 감독도 죽이고 나도 죽자는 생각뿐이었어. 쟬 만나기 전에는."

아저씨가 와인 병을 들여다보며 말을 이었다.

"그만 살자, 마음먹은 그때 반장이던 쟤를 처음으로 가까이 봤어. 쟤가 담임한테 뭐랬는지 알아? '주형이, 저랑 같이 의대 가기로 했는데. 제가 몸이 약하니 수업 듣는 걸 도와주겠대요. 운동선수는 체력이랑 루틴이 있어서 누구보다도 입시에 유리하거든요.' 그 전에는 서로 말 한마디 나눈 적도 없었어. 그리고 쟨 3년 동안 내게 영어랑 수학을 가르쳐줬어. 내가 한 거라곤 쟤가 코피를 흘릴 때마다 갈아입을 체육복을 빌려준 게 다야. 우리 부모님은 내 재활 비용을 갚느라 바빴으니까."

나는 할 말을 잃었다. 체육복을 삼 년 동안 빌려 입었지만 나 염치없지는 않은데. 정말이라니까? 신부님의 말이 떠올랐다.

아저씨가 가만히 날 보았다.

"사십 년 가까이 살아 보니 담임 말이 틀린 게 아냐. 여태껏 왕따에, 주변 사람들이 모두 날 떠나는 게 내 인생이었어. 쟤도 분명 날 떠날 거야. 쟤가 날 버리지 않게 하려면 의대에 보내 내 병원에 붙박아 두면 돼. 처음에는 쟤가 날 원망할지 몰라도 곧 지금처럼 지낼 수 있을 거야."

이떻게 그렇게 확신하지?

아저씨가 말했다.

"난 이제 내가 쟤한테서 받은 게 원한인지 은혜인지도 헷갈려. 쟤 곁을 맴돌면서 갚아줄 기회를 엿보는 건 이십 년이면 충분하잖아. 꼬맹아, 부탁이야. 그냥 저 와인만 모른 척해줘.

선택은 내가 아니라 쟤가 하는 거잖아."

나는 할 말을 잃었다.

아저씨가 가고 난 뒤, 나는 잠든 신부님을 들여다보았다. 신부님은 숨소리도 없이 자고 있어 깨지는 않을 것 같았다. 하지만 와인들을 그냥 두는 게 맞나? 어떻게 해야 하지?

나는 머리가 아파져서 내 방으로 돌아왔다. 어두웠지만 불을 켤 힘도 없었다. 침대에 누워 이불을 뒤집어쓰는데, 등에 뭔가 배겨서 보니 먹다 남았던 바닐라 마카롱이었다. 오물투성이 바닥에서 신부님이 반으로 잘라 내밀던 마카롱. 입안에서 녹아들던 바닐라 마카롱의 맛.

나는 멍하니 있었다. 어차피 차 안의 여자가 누군지도 알게 된 마당에 다이어트 주사를 맞으려면 신부님이 술을 마시든 말든 신경 쓸 게 못 된다. '여자애'가 누군지만 밝히면 된다. 신부님이 사귀는 여자를 뜻하는 건지도 모르니까. 신부님이 사귀는 여자가 있고 둘이 사귄다는 증거가 있다면, 나는 다이어트 주사를 맞고 신부님은 사제직을 그만둬도 아저씨의 병원에서 잘 지낼 수 있을 거야. 그게 서로에게 좋은 걸지도 몰라.

그래. 일단 와인을 숨기고 재성 씨 저택에 가서 동영상을 뒤져보자. 와인이 들어갈 만한 장바구니를 찾아들고 냉장고 문을 여는 데 등 뒤에서 목소리가 들렸다.

"유정아, 뭐해?"

신부님 목소리였다.

"아, 아무것도 아니에요."

신부님이 깨어 있었나? 설마 냉장고 안을 본 건 아니겠지? 나는 놀라서 바로 냉장고를 닫고 일단 방으로 돌아왔다. 내 방 앞에서 부스럭거리는 소리가 나서 의아해하는데, 곧 거실의 불이 꺼지는 게 보였다. 다행이다. 신부님이 자러 돌아갔구나. 그런데, 신부님의 방문이 닫히는 소리가 나지 않잖아.

조심히 방문을 열고 나가자 어두운 주방에 주황색 불빛이 번지고 있었다. 냉장고 문을 연 신부님이 유령처럼 멍하니 와인 병을 들여다보고 있었다. 눈빛에 초점이 없었다.

"……신부님?"

부르니 신부님이 대답 없이 도로 방으로 들어갔다. 신부님, 지금 몸이 좋지 않아 저러는 걸 거야. 곧 대축일미사니 신부님은 잠을 잘 거고 그때 와인을 치워버리면 돼. 나는 두근대는 가슴을 누르며 방으로 돌아와, 신부님이 방문을 닫길 기다렸다. 순간 삐걱, 사제관의 낡은 현관문이 열리는 소리가 났다. 뭐야, 설마 신부님이 나간 건 아니겠지? 나는 급히 방문을 열었다. 방문 앞에 놓여 있던 뭔가가 발에 걸리는 걸 돌아볼 새도 없이 현관 앞으로 뛰어나갔지만, 이미 신부님이 나간 후였다. 나는 잠을 자지 않고 신부님을 기다렸다. 신부님은 밤 열두 시가 넘도록 돌아오지 않았다.

나는 신부님의 폰으로 아저씨에게 전화했다. 수술을 하는 중인지 통화가 되지 않았다. 나는 급한 대로 학사에게 전화했다. 학사는 잠에 취한 목소리로 전화를 받고는, 바로 사제관으로 달려왔다.

나는 학사와 주변을 돌아다녔다. 성당 주위를 몇 번이나 돌고 성당 뒤 공원이며 화장실을 뒤졌는데도 신부님이 없었다. 땀으로 범벅된 학사가 퍼뜩 생각난 듯 말했다.

"……데오도란트."

뭐?

"급히 나오느라 데오도란트를 잊었어. 신부님을 뵙기 전에 데오도란트를 사야 돼."

이 새벽에? 어이가 없는데 학사의 커다란 갈색 눈동자가 불안하게 구르며 텅 빈 길거리를 둘러보았다.

"데오도란트 사고 나서 내가 사제관에 바래다줄 테니 넌 먼저 돌아가. 만일 신부님이 성당에 와 계시면 나한테 전화해주고. 알았지?"

주머니에서 지갑을 꺼내들며 길 건너 편의점으로 뛰어가던 학사가 갑자기 멈춰 섰다.

왜 저래? 나는 학사에게 뛰어갔다.

학사는 말없이 편의점 건물과 옆 건물 사이 어두운 틈새를 보고 있었다. 사람 한둘이 간신히 설 만한 좁고 캄캄한 틈 사이로, 편의점에서 내놓은 듯한 푸른 쓰레기봉투며 검은 마대자루 같은 게 쌓여 있었다. 학사는 넋이 나간 듯 말했다.

"……신부님."

그 말을 들은 쓰레기봉투가 어둠 속에서 꿈틀거렸다. 머리칼이 쭈뼛했다. 아니, 쓰레기봉투가 아냐. 토사물과 오물로 범벅된 채 쓰레기봉투 위에 엎어진 신부님이었다.

"신부님!"

학사의 외침에 신부님의 몸이 다시 꿈틀거렸다. 신부님은 학사의 목소리를 듣자마자 도망치려고 하는데 잘 움직이지 못하는 것 같았다. 신부님의 눈이 술에 취해 풀려 있었다. 학사가 신부님을 껴안았다. 신부님이 말했다.

"요한아. 술 냄새가 날 텐데……. 미안해."

"아뇨. 신부님은 아빠랑은 다르세요."

학사가 신부님을 조심히 안았다. 다친 데가 없는지 살피는 모양이었다. 학사가 조용히 말했다.

"날이 새는 대로 교구에 연락드릴 겁니다. 내일 미사에서 신부님의 성가 독창은 빼 달라고 요청드릴 거고, 신부님의 휴양을 공식적으로 건의할 겁니다. 치료를 받으셔야 합니다."

"요한아."

"절 미워하셔도 어쩔 수 없습니다. 아빠 말이 맞습니다. 술을 안 마시고 돈이 있어서 액취증 수술을 해줬다고 해도, 어차피 다 널 싫어할 거라구요. 신부님은 쓸데없이 저한테 수술비를 쓰신 거예요. 아빠 말대로 될 걸, 쓸데없는 짓을 했습니다."

신부님이 고개를 저으며 학사를 안으려다가, 손에 오물이 묻은 것을 보고는 몸을 뒤로 물렀다. 학사는 손으로 눈가를 닦느라 신부님이 뭘 하는지 모르는 것 같았다. 신부님은 아스팔트 바닥에 손을 싹싹 문질렀다. 신부님이 오물 대신 피가 묻어나는 손을 들여다보고 있자 학사가 손수건을 꺼내 신부님의 손에 묶어주며 말했다.

"많이 취하셨습니다."

무표정한 얼굴이 된 학사가 조심스레 신부님을 안아 일으켰다. 그리고 남방을 벗어 신부님을 감싸 안았다.

"이봐!"

중년 남자의 목소리가 등 뒤에서 울렸다.

돌아보니 GS편의점 점장 배지를 단 중년 남자가 우리를 노려보고 있었다.

"술 먹었으면 곱게 들어가 자지 왜 지랄이야? 여기가 너희 집 앞마당이야? 이 지랄한 거 어떡할 거야, 엉?"

"죄송합니다. 제가 곧 치우겠습니다."

"말만 주워 삼키지 말고 내가 보는 데서 당장 치워."

학사가 꾸벅꾸벅 고개를 숙였다. 나는 맨손으로 토사물을 치우려는 학사의 옷깃을 붙들었다.

"일단 먼저 모시고 가세요. 제가 치우고 있을게요."

학사가 망설임과 미안함이 교차하는 눈빛으로 날 보았다.

"괜찮아요. 먼저 가세요."

"미안하다. 모셔다드리고 바로 돌아올게."

학사가 택시를 잡아 신부님과 돌아가는 걸 보고, 나는 벽에 기대어져 있던 빗자루와 쓰레받기를 들고 토사물을 쓸어 모았다. 익숙한 역한 냄새였다. 토사물을 치우고 있는데 아저씨가 기웃기웃 보더니 말했다.

"야, 애 혼자 치우고 있으면 내가 나쁜 놈 같잖아. 됐으니까 가라."

"그래도 치워드릴게요. 괜찮아요."

"어휴, 아부지 잘 만나야지 원. 가라 그냥."

아저씨가 내 손에서 빗자루를 뺏어 들었다. 나는 감사 인사를 하고 성당으로 돌아왔다.

신부님은 소파에 누워 잠들어 있었다. 그 옆에는 학사가 눈이 퉁퉁 부어서 신부님의 몸을 덮은 진통제 패치에 밴 토사물들을 닦고 있었다. 학사는 내가 다가앉자 놀라서 날 보았다.

"언제 왔어? 미안해. 빨리 너에게 갔어야 하는데."

"아니에요. 편의점 사장님이 절 바로 보내주셨거든요."

학사가 교구에 연락하면 신부님은 어떻게 되는 거야? 나는 망설이다가 학사에게 말했다.

"내일 미사에 신부님을 못 가게 할 거예요?"

"아니. 교구에 사정을 말씀드릴 필요도 없을 것 같아. 원래 스케줄대로라면 새벽에 출발하셔야 하는데, 지금 이 상태로 어떻게 일어나시겠어."

학사는 날이 새기 전 소속 성당으로 다시 돌아가야 하는 모양이었다. 학사는 계속 뒤를 돌아보면서, 소속 성당 신부님에게 외출 허락을 받고 다시 올 테니 그동안 내게 신부님을 잘 살펴달라고 말했다.

학사가 돌아가고 나서, 나는 신부님에게 이불을 고쳐 덮어주고 수건을 빨러 욕실에 가려다가 방문 앞에 놓인 작은 상자를 보았다. 선물 포장이 되어 있었다. 아까 방에서 나가다가 걸린 게 이거였구나.

나는 상자를 열어보았다. 선물 상자 안에는 바다 속 물고기들이 입체로 펼쳐지는 인어공주 팝업북이 들어 있었다. 〈유정이에게. 생일 축하해.〉 남긴 사람의 이름이 없는 간단한 카드가 붙어 있었다. 나는 팝업북을 꼭 안아보았다.

동화의 끝

팝업북을 보며 늦게 잠들었다가 깨자마자 후다닥 거실로 나오는데 안녕, 하는 신부님의 목소리가 들렸다. 놀라 소파를 보니 신부님이 창백한 얼굴로 앉아 있는 게 아닌가.

"신부님, 괜찮으세요?"

"괜찮아야지. 직장인이 사장님들 다 오는 행사에 빠질 수 있나."

신부님이 웃으며 말했다.

"어제는 미안해. 요한이는?"

"소속 성당으로 갔어요."

"그래? 걔 성당 신부님이 엄하시긴 하지. 오늘 혼났을 수도 있겠다."

식사를 준비하는 신부님은 힘이 없어 보였다. 팝업북을 열면 튀어나오는 각양각색의 물고기들이 얼마나 예쁜지 이야기하고 싶었지만, 신부님은 접시를 놓는 것도 힘겨워 보여서 나는 말을 거는 대신 신부님 곁에서 계란물을 만들었다.

나는 신부님과 아침을 먹었다. 신부님은 음식을 할 기운이 없는지 반찬은 김과 계란말이가 다였다. 오늘 같은 날은 계란말이 정도야 내가 썰어도 되지 않나 싶었는데, 내가 과도를 집으려고 하자 신부님은 웃으면서 고개를 젓고 과도를 주지 않았다. 신부님이 만든 계란말이는 여전히 엉망으로 썰려 있었고, 반찬이 두 개밖에 없는 식탁이었지만 이제 초라하게 보이지 않았다.

신부님이 오전 미사를 하러 간 사이 나는 재성 씨와 점심 식사를 하러 갔다. 요리사가 만든 요리들은 서툴게 썰린 계란말이보다 맛있어 보이지도 않았다. 그러고 보니, 신부님과 아침을 먹고 나서 토하는 걸 또 잊어버리고 말았다. 토해야 살이 찌지 않는데. 신부님이 날 이상하게 만들었어. 날 관리해주고 사랑해주는 사람은 재성 씨인데.

나는 재성 씨에게 날 사랑한다는 말을 듣고 싶었다. 나는 식사 후에 '핍진성의 산실'에 들어가는 재성 씨를 뒤따라갔다.

"신부님이 제 보호자를, 재성 씨를 만나보고 싶대요."

재성 씨는 별다른 대답 없이 날 보았다.

"재성 씨가 절 사랑하지 않으신대요. 정말 바보 같죠? 거지 같은 추리닝에 마트 전단지만 잔뜩 들고 다니는걸요. 좀스럽고 시시하고, 별 볼일 없는 사람이에요. 그런 사람이 제 보호자는 절 사랑하지 않는다고 말하니 우습지 않아요?"

재성 씨는 말없이 생각에 잠겨 있었다. 날 사랑하냐고 묻고 싶었다. 그런데 물어볼 수가 없었다. 왜일까. 재성 씨는 날 사랑하는데. 재성 씨가 윤기 나는 마호가니 책상에서 낡은 공책들을 꺼내 팔랑팔랑 흔들어 보였다. 저건, 신부님 일기장이잖아. 아예 잊고 있었는데.

"신부가 우스운지는 모르겠지만, 네가 준 일기에 적힌 신부의 사생활이 아주 흥미롭긴 하더구나. 하지만 내가 원한 건 여자와 관련된 동영상이었어. 대신에 내가 받은 건 편의점 결제 내역 문자들이고. 어떻게 생각하지 비포?"

내가 말을 못하자 재성 씨가 말을 이었다.

"비포. 네가 쓴 내역을 추궁하지는 않으마. 대신 카드를 돌려줄 수 있겠지?"

나는 떨리는 손으로 체크카드를 돌려주었다. 괜찮아. 어차피 카드로는 과자만 사 먹었잖아. 카드가 없는 편이 내게 도움이 될 거야.

"지금까지 기다렸지만, 아무것도 찾아낸 게 없지 않니. 난 분명히 말했어. 그자는 여자를 망가뜨리는 자라고. 너는 내 말을 믿고 있는 것 같지도 않구나. 이대로 변하지도 못하고, 아무에게도 사랑받지 못하고 싶은 게냐?"

"지금 태블릿의 영상을 전부 보고 증거를 찾아볼게요."

"오늘 오후에 대축일미사가 시작될 텐데?"

마사지사가 도착했다는 연락을 들은 재성 씨가 소파에서 일어나며 말했다.

나는 태블릿을 꺼냈다. 내가 왜 재성 씨를 의심했을까. 나보다 재성 씨가 신부님을 잘 알고 있을 수도 있는데. 손이 떨려 태블릿이 잘 쥐어지지 않았다. 그래. 실시간으로 불법 촬영되는 동영상은 노트북에도 연결되어 있다고 했어. 노트북 화면이 크니 더 보기 편할 거야. 노트북을 켜니, 전에는 그림으로 보이던 알파벳들이 글자로 눈에 들어왔다. 폴더 명 S.I.A. 시아. 시아 언니 이름이잖아. 시아 언니의 방송인가?

나는 나도 모르게 SIA 폴더를 클릭했다. 그리고 잘 정리되고 번호가 매겨진, 수백 개도 넘어 보이는 파일의 개수에 놀랐다. 뭐지? 하나를 클릭해보니, 시아 언니가 샤워하는 영상이었다. 나는 다급히 영상을 껐다. 시아 언니가 있는 저 방은, 우리가 있는 방 중에 하나인데. 머리칼이 쭈뼛 솟았다.

나는 다른 영상을 클릭했다. 영상이 어지럽게 흔들려 닫으려는 순간 화면이 또렷해지며 시아 언니가 보였다. 재성 씨가 주관한 〈청춘콘서트〉의 대기실에 시아 언니가 앉아 있었다. 그리고 시아 언니 곁에서 졸린 듯 하품을 하고 있는 사람은, 수단에 낡은 추리닝 상의를 걸친 신부님이었다.

연이어 재생한 〈청춘콘서트〉의 공개 녹화 현장에서는 재성 씨가 강연을 하고 있었다. 맨 앞줄에는 '우리 동네 이장'이라는 명찰을 단 노인들과 '베트남 효부' '대한민국 효부'란 명찰을 단 아주머니들이 앉아 박수를 쳤다. 그리고 관객의 대부분을 채운 이십 대 대학생들이 보였고, 신부님이 구석 간이 의자에 앉아 얼떨떨한 표정으로 박수를 치고 있었다. 신부님이 왜 저기에?

그리고 끊겼다 나온 화면에 화장실 칸으로 들어가는 시아 언니가 나왔다. 불법 촬영 카메라로 어디까지 찍은 거야. 허겁지겁 영상을 끄려는데, 화장실 칸 안에서 시아 언니의 울음소리가 났다. 나보다 나이가 세 살이나 많은 시아 언니는 어린애처럼 한참을 울었다.

그리고 화면이 바뀌어 시아 언니는 밴 안에 앉아 있었다. 완벽하게 화장을 고치고 수면 안대와 귀마개를 한 시아 언니가 밴 밖에서 아기의 울음소리가 나자 귀마개를 고쳐 끼웠다. 그러고는 신경질적으로 안대와 귀마개를 내던지고서 곰 인형을 당겨 안고 차창 밖을 내다보았다.

차창 밖, 공연장 앞에 공중화장실이 보였다. 낡은 벽에는 〈유아휴게실·수유실은 신관 일 층에 있습니다〉라는 종이가 붙어 있었고, 관객들의 긴 줄이 화장실 밖까지 밀려나와 있었다.

그 사이로 배낭을 메고 '필리핀 새댁'이라는 명찰을 단 여자가 우는 아기를 계속 추켜 안으며 땀을 흘리고 있었다. 줄 서 있던 관객들은 아기가 얼굴이 빨개지도록 울자, 여자를 힐끔힐끔 쳐다보았다. 시아 언니가 중얼거렸다. 사람 쉬지도 못하게 왜 저래. 울면 누가 도와줄 줄 알고?

그런데 남자 화장실에서 나온 사람이 필리핀 여자를 보고 지나치려다가, 한숨을 쉬며 여자에게 다가갔다. 저 검은 수단

옷자락에 덧입은 해진 추리닝 상의, 세수를 했는지 젖은 머리칼 아래로 보이는 피로하고 하얀 얼굴은 누군지 모를 수가 없었다.

저 남자, 옷도 이상해. 애 엄마한테 수작 거나? 시아 언니의 혼잣말을 들을 리 없는 신부님이 화장실 벽에 나붙은 종이 쪽지를 가리키며 여자에게 영어로 말을 걸었다. 여자는 놀라며 억양이 강한 영어로 대답하곤 고개를 꾸벅거렸다. 신부님이 여자에게 아기를 받아 안자, 여자는 배낭에서 수건을 꺼내 아기의 얼굴을 닦은 후 자신의 흠뻑 젖은 등을 닦았다. 그동안 신부님은 품속의 아기를 고쳐 안아 자장가를 불러주었다. 영어로 된 낮고 이국적인 곡이었다. 신부님의 노래를 들으니 TV에서 본, 동전 하나만 떨어져도 푹 꺼지는 하얀 구스 이불에 감싸이는 것 같았다. 아기의 울음소리가 작아지는데, 갑자기 여자가 주저앉아 울기 시작했다. 곧 신부님은 여자와 아기 둘 다 달래야 했다.

저 남자, 멍청하잖아. 시아 언니가 말했다. 그리고 신부님이 여자의 울먹이는 말에 대답하며 종이에 그려진 화살표 방향으로 같이 걷자, 언니가 인형을 내던졌는지 화면이 꺼졌다.

다음 동영상엔 거대한 멀티비전인 대기실 화면이 나왔다.

대기실에는 시아 언니의 측근인 듯한 사람과 시아 언니, 신부님이 있었다.

신부님은 정수기로 뜨거운 믹스커피를 타고 있었다. 낡은 추리닝 상의의 가슴 부분에는 아기의 침 자국과 분유 자국인 듯 허연 얼룩이 말라붙어 있었다. 시아 언니 앞에서 부끄럽지도 않나. 저 낡고 지저분한 추리닝 상의는 언제 벗는 거야.

의자에 앉아 있던 시아 언니는 선 채로 믹스커피를 마시는 신부님을 부루퉁하게 보다가 말했다.

"저 누군지 몰라요? 정말?"

"그게…… TV 리모컨이 냉동실에 있거든."

"뭐라구요?"

"유명한가 봐?"

"날 모르면서 이 행사에 온 거예요?"

"원래 섭외 된 신부님이 워낙 바빠서 내가 대타로 왔어."

"아무나 대타를 해도 되나 봐요."

"주최 측도 내가 온 줄 몰라. 신부가 대학생들에게 상장 건네주는 그림만 만들면 된다던데?"

"대충이네요."

"괜찮아. 나야 돈만 받으면 그만이지."

"돈만 받으면 된다면서, 행사장에 연예인보다 늦게 도착하면 돈 벌기 쉽겠어요?"

"화장실에 들렀거든. 대기실에 늦게 온 내가 거슬렸을 텐데 미안하다."

시아 언니는 말이 없다가 입을 열었다.

"화장실만 갔다 온 거, 아니잖아요?"

"응? 날 봤나 봐? 어쩐지 새치기를 할 때마다 뒤통수가 따 갑더라니."

신부님이 의자에 앉아 쓰러지듯 벽에 기댔다. 뭐야, 신부님 이 시아 언니에게 사인을 받는 대신 눈을 감고 자려고 하잖 아. 축 처진 채 눈을 감은 신부님을 살피던 시아 언니가, 시아 언니의 측근인 듯한 사람과 눈이 마주치자 갑자기 안고 있던 쿠션을 내던졌다.

"저 멀티비전 좀 못 끄나? 이래서 밴에 있겠다고 했잖아. 나 오면 어딜 가도 카메라야. 죽을 것 같단 말야!"

"시아야, 마실 거라도 사다줄까?"

"또 카드 달라는 거지? 매니저 쓰라고 법인 카드 낸 줄 알 아? 됐으니까 그냥 좀 나가."

매니저가 쫓기듯 나가자, 눈을 뜬 신부님을 의식했는지 시아 언니가 신부님을 보았다.

"신부님도 나가주지 그래요? 나 공연 전에 혼자서 일 분이라도 자야 살 것 같거든요."

신부님이 부스스 일어나자, 시아 언니는 놀라는 얼굴이었다.

문 앞에 선 신부님이 말했다.

"불 꺼줄까?"

"나 성질 더럽다고 인터넷에 댓글 달고 그럴 거죠?"

"아냐. 난 나보다 돈 많은 사람 말은 잘 들어."

시아 언니가 피식 웃고 말했다.

"그럼 말 들어요. 도로 앉아요."

시아 언니가 의자를 가리키자, 신부님이 좀 놀라는 표정이더니 의자에 앉았다.

"괜찮겠니? 일 분이라도 자야 한다며."

"됐어요. 어차피 시간 벌어줄 바람잡이도 없고, 지금 나가야 돼요. 신부님 몇 살이에요."

"서른아홉."

"진짜 늙었다. 흰머리 투성이네. 근데 왜 염색 안 해요?"

"이미 완성된 미모에 뭘 더 하겠어."

또 저런 소릴. 시아 언니도 황당하다는 듯 신부님을 보았다.

"오늘 처음 봐서 신부님 캐릭터가 원래 이런지 모르겠는데."

신부님이 손가락으로 머리칼을 빗어 넘기며 훗 웃었다.

"원래 그렇게 남들을 속여요? 실은 지쳐서 죽고 싶으면서."

신부님의 얼굴에서 웃음기가 걷혔다.

신부님이 대기실의 조명을 끄자, 어둑해진 대기실은 빈 공연장이 비치는 멀티비전만 푸르스름하게 빛났다. 놀란 표정의 시아 언니에게 신부님이 말했다.

"귀마개를 하면 십 분 정도는 잘 수 있을 거야."

신부님은 종교인이 본디 바람잡이지, 하고는 추리닝 상의를 벗으며 대기실에서 나갔다.

대기실에 있는 시아 언니 앞을 메운 멀티비전에, 행사 관계자인 듯한 사람과 신부님이 얘기하는 모습이 비쳤다. 몇 분 후, 무대에 올라선 신부님이 말했다.

"먼저, 방금 아래 화장실에서 시끄럽게 해서 죄송합니다. 노래 부를 거라고 생각을 못해서, 목을 풀고 나오지 않았거든요. 조금 전 제가 있던 화장실 옆 칸에 계셨던 분들은 놀라셨을 텐데 정말 죄송합니다."

관객들은 입이 나와 서로 수군거리는 동안, 신부님은 스텝

이 건넨 녹슨 마이크를 받아 들었다. 몸을 깊이 숙여 인사한 신부님이 반주 없이 노래를 시작했다. 성가가 아닌, 바닷가의 연인에게 마음을 고백하는 낡은 가요였다. 그런데도.

있지도 않았던 추억이 되살아나는 것 같아. 경험한 적 없었던 밤바다의 풍경들이 눈앞에 불려오는 것 같아. 닿아본 적 없었던 살결의 온기와 솜사탕처럼 휘감기는 밤바람과, 속삭이는 파도 소리와, 어둠 속 보이지 않아도 보이는 내 곁에, 당신.

말은 필요하지 않았다. 어둠 속 별들이 펼쳐진 바닷가, 발을 간질이는 모래와 복사뼈를 건드리는 찰랑이는 물결과 나를 보는 저 눈빛 속에서 이대로 시간이 멎을 수만 있다면.

이 목소리의 바다 속에서, 나는 끝없이 가라앉는 게 아니었어. 찾고 있던 모든 게 따뜻한 물살 속 진주로 잠겨 있었던 거야. 원하던 모든 게 어두운 물 아래 빛나는 걸 알았어. 더 이상은 헤맬 필요가 없어.

신부님의 허밍이 이어졌다. 허밍 사이의 옅은 한숨도, 노래를 완성하는 곡의 일부분 같아. 저 음들. 그 속에서 쉬면서, 물살 아래 숨어 있던 진주와 산호로 이루어진 정원을 지쳐 쓰러질 때까지 거닐고 싶어.

잔향처럼 멀리 퍼져나가는 음 속에서, 관객들은 말이 없었다.

노래 한 곡은 십 분 후에 끝났다.

시아 언니는 잠을 자지도, 귀마개를 하지도 않았다. 언니는 크게 뜬 눈으로, 관객들의 박수 속에서 급히 무대 아래로 내려가는 신부님을 보고 있었다.

어두워졌다가 켜진 화면엔 지하철역으로 연결된 주차장으로 가는 신부님을 시아 언니가 밴 안에서 보고 있었다. 다시 수단 위에 추리닝 상의를 입은 신부님은 큰 밴이 천천히 따라가는 데도 신경 쓰지 않고 걸어갔다. 신부님을 앞지른 밴이 앞을 가로막자, 신부님이 고개를 갸웃하더니 비켜 지나가려고 했다. 문이 열리며 시아 언니가 고개를 내밀었다.

"저, 신부님에게 세례를 받고 싶어요."

신부님이 놀라 걸음을 멈추었다.

시아 언니가 지갑에서 카드를 꺼내 매니저에게 건네자, 매니저가 굽실거리며 차에서 내려 사라졌다. 시아 언니는 밴 안에서 신부님과 마주 앉아 있었다. 밴 안은 팬들에게 선물 받은 듯한 인형으로 오밀조밀 꾸며져 있어, 신부님은 신기해하는 표정으로 둘러보았다. 아마 그 인형들에 불법 촬영 카메라가 숨어 있는 줄은 둘 다 몰랐을 것이다. 시아 언니가 신부님을 가만히 보고 뭐라 말을 하려다 삼키고는, 입을 열었다.

"제 차 어때요?"

"여기서 오래 생활하나 보구나."

"맞아요. 제 집이나 다름없죠."

시아 언니가 말을 이었다.

"신부님은 제 집에 들어오신 것과 똑같아요."

신부님이 고개를 갸웃하더니 말했다.

"세례를 받고 싶다고 했지? 집 근처 성당에서 담당 신부님과 면담을 하고 6개월 동안 교리 교육을 들으면 세례를 받을 수 있어."

"교육 기간 6개월이라뇨. 저는 분 단위로 스케줄을 짠다구요."

"그래? 그래도 세례를 받으려면 교육 기간이 필요한데……."

"그렇겠죠. 싫다는 뜻은 아니에요."

시아 언니가 말을 이었다.

"신부님이 매주 한 시간씩, 저에게 교리를 가르쳐주시면 어때요?"

"그건 곤란한데. 한 사람에게 특혜를 줄 수는 없어. 출석을 할 수 없다면 통신 교리라는 게 있으니까. 소속사나, 자택 주소지 근처에 있는 성당 신부님께 말씀드려줄 테니 한번 의논

해볼래?"

"그렇지만, 제가 교리를 꾸준히 받을지 저도 의심스러운걸요. 제 번호를 드릴 테니까, 제가 교육을 잘 받고 있는지 체크해주시면 어때요?"

"그럼 네 번호 말고 아버지나 어머니 번호를 주겠니?"

"왜요?"

"성인 남자가 너 같은 어린아이 번호를 받는 건 아닌 것 같다."

"제가 어린아이라고요?"

"내가 결혼을 안 해서 그렇지 결혼했으면 너만 한 애가 있었어."

"신부님 정말 웃기는 사람이네요."

"음……. 웃길 의도는 없었는데. 부모님 두 분 중에 누구든 연락처를,"

"우리 엄마 아빠 재결합했다가 다시 이혼 소송 중이예요. 제 양육권 때문에 싸우고 있는데 물론 절 사랑해서는 아니죠."

신부님이 당혹스런 표정을 감추지 못했다.

"내가 어떻게 말해야 할지 모르겠어. 정말 미안하다."

시아 언니의 커다란 눈에 비치는 건 불쾌감이 아니었다.

"이제야 좀 당황하네요. 아깐 신부님이 정말 이상한 사람이라고 생각했거든요."

"뭐 놀랍지는 않은데."

"난 놀랐어요. 신부님은 저를 다른 남자들처럼 보지 않잖아요."

"내가 널 어떻게 보는데?"

"애 보듯이 보고 있어요."

"애니까. 애가 이런 화장과 옷을 해서는 안 돼. 그 옷도 화장도 다 어른들 책임이지. 입는 널 위한 옷이 아니잖아."

시아 언니가 멍하니, 가슴과 허리선을 강조한 레이스 망사 옷을 내려다보았다.

시아 언니가 입술을 짓씹으며 말했다.

"이건 모두 과정일 뿐이에요. 먼저 이름을 알리고 인기를 얻어야 내가 하고 싶은 걸 할 수 있어요. 나는 내 이름을 딴 밴드를 가질 거고, 내가 만든 내 노래를 부를 거예요. 그걸 위해서라면 뭐든지 할 수 있어요."

"네 꿈을 위해선 다른 길이 있지 않을까?"

"어떤 길이요?"

신부님이 말을 하지 못하자, 시아 언니가 쓴웃음을 지었다.

"신부님은 재능이 있어요. 그 마구 바뀌는 음역대를 편하게 들을 수 있게 하려면, 그리고 아름다우려면 재능도 연습도 다 필요해요. 난 알 수 있어요. 정말 처절하게 연습하고 있죠. 그렇죠?"

신부님이 말없이 시아 언니를 보았다. 그리고 말했다.

"너만큼은 아닐 거야."

순간, 시아 언니의 눈에 반짝, 불꽃이 튄 것 같았다.

시아 언니가 말을 이었다.

"신부님, 저와 듀엣해요. 그럴 거죠?"

"아니."

시아 언니는 놀란 얼굴이었다.

"이건 기회예요. 망설이지도 않아요? 몰라서 거절하는 거예요?"

"난 너와 직종이 다르고, 대중에 노출될 기회는 다른 사람에게 필요할 거야."

"제가 싫어요?"

"그런 식의 말은 비겁하구나. 듣기 불편해."

"제 옷보다 불편하지는 않을 거예요."

신부님의 시선이 시아 언니의 한손으로 잡힐 듯한 허리로 향했다. 누구든 시아 언니의 허리를 보면 칭찬하거나 감탄하는 표정인데 신부님은 얼굴을 찌푸렸다.

"그 그물 같은 허리끈 말야……. 숨 쉬기도 힘들어 보이는데. 좀 느슨하게 할 순 없니?"

"허리끈요? 신부님 진짜 무식하네. 이게 느슨하면 허리가 굵어 보일 거예요."

"허리가 굵어 보이는 것 따위 무슨 상관이니."

시아 언니가 놀란 듯하다가, 웃었다.

"여자에게 중요한 건 보이는 거고, 몸의 곡선이에요. 제 몸은 움직이는 광고판이라구요. 광고마다 뽀샵으로 허리를 몇 인치 줄여났기 때문에, 방송에서 광고와 같게 보이려면 아무것도 먹지 않고 숨을 들이쉬고 있어야 돼요. 이거 느슨하게 했다가 광고주들이 소송 걸면 신부님이 몇 억씩 손해배상 물어줄 거예요? 악플 달리고 내가 힘들 때마다 신부님이 내 곁에 있어줄 거냐구요."

신부님이 한숨을 쉬었다.

시아 언니가 신부님을 관찰하는 듯하다가, 말했다.

"이거, 어차피 나 혼자 풀지도 못해요. 내가 죽든 말든, 죄여서 물 한 모금 못 먹든 말든, 이건 등 뒤로 묶여 있다구요. 방송 전에 오 분이라도 풀고 싶어도 누가 도와줘야 말이죠."

"내가 느슨하게 해줘도 되니?"

"뭐, 해보시든가요."

시아 언니가 돌아앉았다.

시아 언니의 허리에 묶인 끈을 풀어나가는 신부님의 흰 손가락에 검고 반투명한 망사와 선홍빛 벨벳 리본이 감겼다. 몸을 숙여 리본을 푸는 신부님에게 시아 언니의 시선이 떨어졌다.

신부님의 머리칼은 군데군데 흰색으로 바래가는 새치가 섞여 있었으나 부드러운 검은색이었다. 풍성한 검은 머리칼은 손질이 제대로 되지 않아 신부님의 창백한 이마 위로 아무렇게나 흩어졌다. 시아 언니가 조심스럽게 신부님의 머리칼을 만졌다. 머리카락, 너무 짧아서 별로. 혼잣말하는 시아 언니의 얼굴에 미소가 지나갔다. 고개를 숙인 신부님이 보지 못했을, 내가 본 모든 뮤비에서도 보지 못한 얼굴이었다. 나는 할 말을 잊었다.

리본을 푼 신부님이 물러앉자 시아 언니가 말했다.

"이거, 코르셋 리본 안에 철사가 들어서 고정되는 거예요. 장갑을 끼고 풀어야 하는 건데."

"음……. 너 알고 있었구나."

"제 옷이잖아요. 바로 포기할 줄 알았는데."

신부님의 손끝이 철사에 찢겨 피가 맺혀 있었다. 시아 언니가 속삭였다.

"피가, 빨개요."

"케첩 묻은 느낌인데?"

신부님이 추리닝 주머니를 뒤적이더니 주섬주섬 고깃집 개업 휴지며 교회 물티슈를 꺼냈다. 휴지를 뜯는 신부님의 손끝을 시아 언니가 손가락으로 훑자 신부님이 윽, 하곤 입술을 깨물었다.

"남자들 피라곤 분장용만 봐 왔었는데."

신부님이 떨어뜨린 휴지를 주워 손을 감싸준 시아 언니가 가만히 신부님을 보았다. 좀 당황한 듯한 신부님이 피가 번지는 싸구려 휴지를 닦으라며 물티슈를 내밀자, 시아 언니는 물티슈를 받아드는 대신 신부님의 손을 들여다보았다.

"상처가 이렇게……. 신부님 손에 흉터가 남을 거예요."

"흉터까지야. 부모님 연락처는 필요 없다. 네 소속사의 주소지 성당은 소속사로 알려줄게. 소속사 연락처는 내가 114에 물어보면 되니 난 이만."

"신부님 정말 웃기는 사람이에요."

일어나려는 신부님의 낡은 수단 자락을 시아 언니가 당겼다. 신부님이 뿌리치지 못하고 엉거주춤 앉았다.

"우리, 듀엣 얘기를 하고 있었죠. 그렇죠?"

"난 거절했어."

"신부님, 설마 어린애에겐 거절의 예의가 필요하지 않은가요? 그게 어른의 예의인가요?"

"듀엣은⋯⋯."

신부님이 한숨을 쉬면서 말을 이었다.

"듀엣은 아니야. 넌 관객이 편하게 듣게 하려고 네가 좋아하고 잘하는 기교를 숨기고 있잖아. 네가 기교를 별처럼 흩뿌리려면 나는 빈틈없이 어둠으로 감싸는 코러스여야 해. 코러스로 널 받으려면 네 목소리를 익히고 버리고 다시 받아들이는 과정이 필요한데 난 그럴 여유도 의지도 없어."

시아 언니가 말문이 막힌 듯 신부님을 바라보았다.

"이제 거절의 답변이 되겠지?"

신부님이 차문을 열려고 손잡이를 잡자, 그 위에 시아 언니가 손을 얹었다. 놀란 듯 손을 빼는 신부님에게 시아 언니가 말했다.

"내게 다른 길을 찾을 수 있냐고 했잖아요. 부모님의 이혼은 내게 기회에요. 부모님이 이혼하면, 내가 지금 이 좆같은 회사와의 계약을 해지하는 데 도움이 될 거야. 그 뒤에 타이틀곡은, 정말 중요해요."

"무슨 말인지 알겠지만 내가 관계할 일은 아니야."

"제 복장엔 어른의 책임도 있다고 했잖아요. 신부님은 어른 아니에요? 저에 대한 책임을 조금쯤 나눠지시는 게 의무 아닌가요?"

신부님이 말을 못하자, 시아 언니가 말했다.

"저는, 아이로서 어른에게 부탁하는 거예요."

신부님은 말이 없었다.

"신부님, 어른의 의무를 지켜주세요. 제 파트너가 되어주세요."

신부님은 대답을 못하다가 시아 언니를 보고 입을 열었다.

"난 네 부모뻘이니 파트너는 아니야. 난 그저 네가 타고 건널 배나 다리라고 해두자."

신부님이 한숨을 쉬면서 말했다.

"난 방송이나 언론 노출은 하지 않을 거야. 같이 무대에 서지도 않을 거고. 날 무명의 코러스로 처리해준다면, 네 노래를 도울게."

"지금 약속하신 거죠? 신부님은 거짓말을 해선 안 돼요. 그렇죠?"

"맞아."

신부님의 대답을 들은 시아 언니의 얼굴이 반짝, 등불을 켠 것 같았다.

"아까 검색해봤어요. 보름 뒤 대축일미사에서도 노래를 부르신다면서요?"

"그래. 그렇지만 그건 지루한 종교 행사야."

"그때 뵈러 갈게요. 우린 앞으로도 계속 보게 될 거예요."

시아 언니는 번호를 입력하라며 신부님에게 폰을 내밀었지만, 신부님은 성당 사무실로 연락하라는 말과 함께 차에서 내렸다.

시아 언니가 차문을 닫는 신부님의 뒷모습을 바라보았다. 그런데 시아 언니의 저 눈빛은, 신자들이 신부님을 보는 눈빛과 달랐다. 세상에서 가장 향기로운 장미가 태양을 볼 때의 눈빛이 있다면 저런 눈일 것이다. 낡은 수단 자락에 흰머리가 뒤섞인 남자를 저렇게 보는 시아 언니라니. 나는 할 말을 잃었다.

'핍진성의 산실'에 재성 씨가 들어오는 소리가 났다. 나는 시아 언니의 동영상을 끄려고 했으나 커서를 잘못 눌러서 동영상이 꺼지는 대신 화면 밑에 숨어버렸다. 나는 허겁지겁 신부님의 불법 촬영 영상이 담긴 폴더를 켰다. 그리고 어제 날짜 동영상을 열었다.

"비포, 뭘 하고 있었지?"

"신부님의 어제 몰카 영상을 보고 있었어요."

"하긴, 나도 봐두진 않았구나."

재성 씨가 내 옆에 앉아 마우스를 만졌다. 작게 내린 시아 언니의 동영상을 건드리기라도 하면, 땀이 죽 흘렀다.

영상 속의 신부님은 신촌 병원에서 퇴원하는 것 같았다. 신부님이 폰을 쥐고 걷고 있는지, 아저씨와 신부님이 비치는 영상이 아무렇게나 흔들려 어지러웠다. 흔들리는 영상에 '태아는 소중한 생명입니다.'라는 익숙한 피켓이 보였다. 그 시위대가 대형 병원에노 간다더니, 저기까지 간 모양이었다. 피켓을 든 사람이 신부님을 보더니 말했다.

"신부님, 한채안 프란치스코 신부님이시죠?"

신부님이 깜짝 놀랐다. 곧이어 사람들이 다가왔다.

"유튜브에서 본 적 있어요. 그런 목소리는 생전 처음 들었답니다."

"추기경님 앞에서도 대한민국 대표로 성가를 부르셨지요? 정말 천사 같으셨어요."

신부님이 물러섰다. 시위대가 아저씨를 손가락질했다.

"그런 신부님께서 이런 무도한 사람과 어울리시다니요."

"이런 자까지 자비로이 돌보실 필요 없습니다."

"맞습니다. 이자는 죄 없는 생명을 죽이는 범죄자예요."

신부님이 고개를 숙이더니 말이 없었다. 곧 고개를 든 신부님이 입술을 깨물면서 한발 앞으로 디뎠다.

"아뇨, 죄를 지은 사람은 제 친구가 아니라……."

아저씨에게 잡힌 신부님이 놀라 말을 멈추었다. 신부님을 가리듯 등 뒤로 보낸 아저씨가 시위대들을 훑어보았다.

"제 정장 멋지지 않습니까? 죄 없는 태아들을 낙태해서 산 아르마니인데."

신부님이 멍하니 아저씨를 올려다보았다. 아저씨는 흰 눈자위의 검은 눈동자만 빙글 움직여 시위대들을 내려다보았다. 시위대들이 침을 꿀꺽 삼켰다. 아저씨가 말했다.

"어느 종교들의 수장께서는 말씀하셨다지요. '죄 없는 자 이 여인에게 돌을 던져라.' 자, 이제 아르마니를 입은 이 여인에게 돌을 던져보시죠. 저기 길 건너편 공사장에 가서 벽돌 빌려오시면 됩니다. 성경 속의 여인과 실제 여인과의 차이점은 돌아가서 회개하는 대신 실제로 느껴지는 벽돌을 잡을 거라는 거죠. 자, 돌 드세요."

시위대가 주춤거렸다. 아저씨는 무표정하게 신부님을 안듯이 끌어 차에 태웠다.

마구 흔들리던 화면이 어두워졌다가, 환하게 켜졌다.

"주형아. 그럴 필요까지는 없었어."

켜진 화면에는 의학 서적과 상장 액자들이 놓인 산부인과 원장실이 보였다. 푹신한 소파 앞에서 아저씨가 초조히 걸어다녔고, 소파에 앉은 신부님이 아저씨를 올려다보며 말하고 있었다.

"일부러 그 사람들을 자극할 필요는 없잖아."

"닌 고해성사를 받는 직업이지 고해성사를 하는 직업이 아냐. 네가 저 머저리들에게 몸을 내던지면 난 뭘 하라고? 그 옆에서 핏자국이나 닦고 있으라고?"

"말이 심해. 그리고 넌 죄인도 아니고, 죄가 있다면 널 교사한 내가 죄를 지은 거야."

아저씨가 원장실 안을 왔다 갔다 하며 말했다.

"고해성사는 같은 신부한테 가서 해. 아냐 누구에게든 평생, 절대로 해서는 안 돼. 저 머저리들이 내 병원 앞에서 지능을 자랑하는 파티를 열건, 인류의 미싱 링크란 걸 증명하는 스피치를 하건 내 알 바 아냐. 하지만 네가 엮이는 건 문제가 달라. 저들도 호모 사피엔스에게 맞고 싶지는 않을 거 아냐."

"주형아."

"그 베트남 여자애가 임신했던 애의 아버지가 누구야."

여자애? 임신? 신부님이 고개를 저었다.

"말하고 싶어 하지 않는 것 같아서 묻지 않았어."

"그럼 내가 말하고 싶어지게 해주지. 그 여자애 전화번호든 뭐든 연락처 내놔."

"그 아이가 본국에 돌아간 뒤로는 연락처도 몰라. 내가 도와줬다고는 해도 걔에겐 한국 자체가 떠올리고 싶지 않은 기억일 것 같아서, 가르쳐주지 않는 건 묻지 않았거든."

"미쳤구나. 그동안 내가 한 말은 고해성사한 사람들 말과 함께 기억에서 날려버렸나 보지?"

아저씨는 화를 참지 못하는 얼굴로 입술을 눌러 씹었다.

"낙태한 베트남 여자애랑 너처럼 사람들이 보기에 섹시한 그림이 있겠어? 애 아버지가 누군지, 최소한의 방어책은 있어야 할 것 아냐."

낙태라니.

"주형아, 자신이 임신했다는 것도 모르는 애였잖아. 임신에 충격 받은 아이에게 세부 사항을 물어보는 건 아닌 것 같았어. 내가 경찰도 아닌데 2차 가해를 할 필요는 없잖아."

나는 침도 삼키지 못하고 신부님과 아저씨를 보았다. 아저씨는 담배를 꺼냈다가 도로 집어넣었다.

"멋진 강론이구나. 박수를 치고 싶지만 우선 혈압강하제부터 삼키고 나서."

"그 아이는 엄마가 아닌 가수가 되려고 한국에서 숙식하면서 고생했다고 했어. 노래를 부르고 싶다고."

"여자애가 뭐가 되건 내 알 바 아니야."

"그 앤 가수가 되고 싶다고 했어. 노랠 부를 거래."

"호모 사피엔스에서 앵무새로 종을 바꿨어? 이젠 종적도 모르는 불체자 애가 제멋대로 입을 놀리면 네가 들어갈 새장의 못은 가톨릭이 박게 될 거야."

신부님이 멍하니 바닥을 내려다보았다.

아저씨가 입술을 악다물었다.

"사제복을 벗고 싶다면 방법은 많아. 꼭 이렇게 위험하게 벗어야겠어? 네가 포르노를 찍고 싶은 욕망은 이해하겠는데 정말 언론 앞에서 홀딱 벗겨지고 싶다면 여자를 사귀고 섹스를 해. 하지도 않고 사방에서 물어 뜯겨 뼈만 남으면 죽어서도 구천을 헤맬걸. 얼른 섹스해."

미친 것 아닌가? 그런데 신부님은 화가 나지도 않는 모양이었다.

"그 앤 엄마가 되고 싶지 않다고 했어. 가수가 되고 싶다고……."

"너야말로 돌림노래를 부르고 있잖아. 처음 본 여자애가 가수가 되건 말건 너랑 무슨 상관인데? 임신성 출혈이랑 생리도 구분 못하고 섹스나 밝히는 저능아였잖아."

"그런 식으로 말하지 마. 열한 살짜리였어."

"그 저능아가 드라마에 미쳐서 구원자가 있겠거니 하고 널 찾아온 건 정말 탁월한 선택이었어. 피가 나니 병인 줄 알고 내게 데려온, 여자 몸엔 백치인 너랑 정말 끝내주게 어울리는 한 쌍이더라고. 임신 진단에 놀란 애랑 네 표정을 보고 폭죽을 찾아다 주고 싶었다니까? 네가 그 여자애를 달고 다른 산부인과를 가려고 하지만 않았어도 그 섹스 중독자를 내쫓았을 거야."

"미안해. 그 애가 임신인 걸 알았다면 네 병원으로 오지 않
았을 거야."

"알아 씨발."

아저씨가 담배를 꺼내서 피우다가, 신부님이 콜록거리자 담
배를 비벼 껐다.

"네가 〈태양의 사제들〉의 주인공이라고 망상하는 거야 네
자유지만 너네 종교의 교리를 알게 된 내 기분은 누가 감당해
주지? 내가 왜 이천 년이나 묵은 너네 종교 교리의 파문 내역
을 뒤적이며 마음을 졸여야 하냐고."

"미안해."

"성경에도 나와 있잖아. 모진 놈 옆에 있다가 벼락 맞는다고.
걔가 임신 8주차였건, 네가 세 달 동안 중환자실에 누워 있었
건 심심한 놈들은 보고 싶은 것만 볼 거야. 넌 반대로 해. 넌
아무것도 못 본 거고 아무것도 안 한 거야. 넌 그 여자애를
모르는 거야. 알겠지? 앞으론 죽을 때까지 고해성사 따윈 하
지 말고 닥치고 있어."

신부님이 손에 휘감긴 묵주를 멍하니 내려다보았다.

나는 멍하니 있었다. 대체, 내가 뭘 본 건가. 재성 씨가 동영

상을 껐다. 재성 씨가 말했다.

"저 신부 말이지……. 운이 좋구나. 〈청춘솔루션〉은 39세까지 해당이니까."

재성 씨는 신부님에게 전화를 걸었다. 신부님이 받을 리가 없어. 신부님은 국회의원들이나 재벌 회장들 전화는 받지 않으니까. 예상대로 전화가 연결되지 않아, 나는 다행이라는 표정을 숨기려고 했다. 재성 씨는 신부님이 전화를 받지 않자 태연한 표정으로 음성 메시지를 남겼다.

"안녕하세요. 김유정의 보호자 되는 사람입니다. 제가 유정이를 사랑하지 않는다며 만나자고 하였다기에 놀랐지 뭡니까. 그동안 유정이가 신세도 졌고 하니, 만나서 빚을 갚고 싶습니다. 만나 뵐 시간이 언제 나실는지요."

재성 씨는 대체 무슨 속셈이지. 그래봤자 신부님은 지금껏 그랬듯이 전화를 받지 않을 거야. 곧 재성 씨의 전화벨이 울렸다. 설마. 그리고, 재성 씨의 전화기에서 익숙한 목소리가 흘러나왔다.

한채안입니다. 김유정 양 보호자시라구요. 뵙고 싶었습니다. 제가 오후에는 미사에 참석해야 해서 오전에 시간이 가능한데, 보호자님께서는 시간이 언제 괜찮으십니까.

재성 씨가 웃으면서 나를 보고는, 자신도 오후에 행사가 있으니 지금 바로 성당으로 찾아뵙겠다고 대답했다. 전화를 끊은 재성 씨가 날 보았다.

"잘했다 비포."

무슨. 뭘 하려는 거야. 재성 씨가 다시 폰을 열어, 오늘 오후 시간으로 다이어트 주사 시술을 예약해주었다.

"담당의는 〈청춘솔루션〉에 나오는 내 동문이지. 친구 녀석이 급하게 뺀 시간이라 놓치면 곤란해. 병원은 여기서 걸어가면 오 분 정도 걸리니 지금 출발하면 딱 맞을 게다."

재성 씨가 웃었다.

"감사하다고 말해야겠지, 비포?"

"……감사합니다."

"그래. 다이어트 주사를 맞고 나면 아마 넌 그전과는 아주 달라질 거다. 어서 가보렴."

재성 씨가 '꿉진성의 산실'에서 나갔다. 곧 재성 씨의 차가 출발하는 소리가 났다.

나는 멍하니 있다가, 신부님의 불법 촬영 영상이 실시간으로 나오는 재성 씨의 태블릿을 움켜쥐고 '핍진성의 산실'을 나왔다. 재성 씨가 뭘 할지 몰라도 내가 먼저 신부님에게 가야 돼.

'핍진성의 산실'의 열린 문을 본 언니들이 찢어질 듯 비명을 지르는 게 들렸다. 자신들의 샤워 영상을 발견한 모양이었다. 나는 언니들을 달랠 틈도 없었다. 신부님이 주었던 삼만 원을 쥐고 저택에서 나오자마자, 택시를 잡았다.

"신환 1동 성당으로 가주세요."

택시로 이동하는 동안 태블릿을 들여다보니 신부님과 재성 씨가 비쳤다. 화면 속의 신부님은 재성 씨를 사제관 거실로 안내하고 있었다.

"김유정 양의 보호자시라고요. 안 그래도 만나 뵈려고 했습니다."

"난 장재성이네."

신부님이 고개를 갸웃하자 재성 씨가 헛웃음을 지었다.

"설마 내가 누군지 모르나?"

"죄송합니다."

"난 장재성이야. 〈청춘솔루션〉 진행자에 전 국회의원이네. 성직자란 세상사에 지식이 없어도 생활이 가능한가 보지."

"의원님, 모든 사제가 저 같지는 않습니다. 과문하여 죄송합니다."

신부님이 차를 끓일 동안 재성 씨가 신부님의 주방 싱크대 문을 열어보았다. 신부님은 좀 놀라는 눈치였지만 재성 씨를 말리지는 않았다. 재성 씨는 낡은 싱크대 안쪽에 꽂힌 과도와 아래 칸에 놓인 1+1 카놀라유가 보이자 싱크대 문을 연 채 내버려두고는 사제관 주방 찬장을 열어보았다. 그리곤 층층이 쌓인 햇반을 보고 쓴웃음을 지었다.

"검소하군."

"몇 년마다 옮겨 다니는 처지라 짐이 간략합니다."

신부님이 식탁에 차를 차려 놓았지만 재성 씨는 식탁에 앉지 않고 싱크대에 기대섰다.

"차는 됐고, 날 보자고 한 이유가 있을 텐데. 먼저 물어봐도 될까?"

"유정이의 보호자시면 아시겠지요? 유정이는 기본적인 초등학교 교과과정에 있는 알파벳을 모르고, 폭식증이 있고, 또래와 교류도 거의 없는 것 같고, 눈 맞춤도 서툽니다. 보호자님을 뵙고 오면 표정이 어두워지고 폭식증이 더욱 심해지구요."

신부님은 내게 무관심하다고 생각했는데.

"보호자님께서 유정이를 제대로 돌보시고 있는 게 맞는지?"

"자네는 자기관리라는 걸 모르나? 십 대 여성의 자기관리에 왜 날 끌어들이는지 모르겠군. 나는 오히려 그녀를 돌봐주고 있어. 다른 십 대 여성들의 화장과 체형교정, 성형수술비까지 내 사비로 지원하고 있단 말일세."

"저는 의원님의 집에서 무슨 일이 일어나고 있는지는 모르지만, 연고 없는 미성년자들에게 숙식을 제공한다고는 해도 그들에게 체중과 외모 관리를 강요하는 것은 학대입니다. 이런 방식이 왜 지금까지 저지되지 않았는지도 모르겠고, 법적으로 문제가 없는지도 잘 모르겠습니다. 교구와 협력하고 있는 인권단체에 연락해 조사를 부탁하고 미성년자들은 합법적인 보호시설로 옮기라는 권고를 할 예정입니다."

"이런. 겁이 나는데."

재성 씨가 서류가방을 열었다. 그리고 서류를 촤르륵 펼치며 손가락을 딱 튕겼다.

"한채안 프란치스코. 1981년 10월 4일생. 불문과 교수인 아버지와 의대 내과 교수인 어머니 사이에서 1남 1녀의 막내아들로 태어나, 2000년 현역으로 의대에 진학했군. 이거야 원 무학인 어머니 밑에서 자란 나 같은 대구 촌놈은 감히 머리를 들지도 못할 고귀한 신분 아닌가."

신부님의 표정이 굳었다.

"의대 1학년 재학 중에 스트레스성 암 투병 중이던 아버지의 간병에 지친 어머니와 누나와 렌터카를 빌려 여행을 떠났다가, 음주운전 차량의 사고로 어머니와 누나를 잃었지. 그 뒤 자네는 의대를 그만둔 후 신학교에 투신했지만, 암 투병 중이던 아버지의 사망 뒤 신학교를 그만두려 했더군. 자네는 자퇴 절차를 밟았다가 교수들의 만류로 복학한 후엔 2011년 사제 서품을 받았고, 보좌신부 2년, 군종장교 3년을 거쳐 이탈리아 유학 후 39세에 성당 주임신부로 발령을 받았지."

재성 씨가 말을 이었다.

"자네 누이는 예원학교 재학 중, 줄리어드 음악원으로 가기 직전 반년 간 실종되었다더군. 돌아와 고교를 중퇴 후 정신병원을 들락거리며 살았고. 근데 말이지, 그 정신없을 와중에 자네 어머니가 임신해 낳은 게 자네 아닌가. 물론 이론적으로는 48세의 여성도 아이를 낳을 수는 있지. 근데 참 이상한 일이야. 성폭행, 무면허 음주운전으로 전과가 수십 개인 오십 대 알코올 중독자가, 십 대였던 자네 누이와 결혼해 대를 잇겠다며 떠들고 다니다 조용해졌거든. 그는 음주운전으로 사망하기 직전까지 직업이 없었음에도 흥청망청 돈을 쓰며 살았다던데. 그 돈은 어디서 나온 걸까?"

신부님의 하얗게 질린 얼굴을 본 재성 씨가 말을 이었다.

"자네 어머니는 친생자 입양에 대해 변호사와 상담하던 기록이 있더군. 그렇지만 친생자 입양은 생물학적 아버지가 법적 서류에 남지. 그 뒤 자네가 태어난 거고. 자네 누이는 우울증으로 정신병원을 오가다 죽었는데 그 이유는 뭘까?"

신부님이 말을 잃었다. 대체, 재성 씨는 무슨 말을 하려는 거지.

재성 씨가 신부님의 노트북을 보더니, 유튜브를 열어 최근 영상을 불러냈다. 신부님이 늘 재생하던 노래가 텅 빈 성당을 적셨다.

"아름답군. 열일곱 살이 이 정도로 노래를 하려면, 줄리어드 음악원에 합격하려면 자기 생활이란 없이 연습하고 또 연습했을 거야. 이런 재능이라면 분명 소프라노로 대성했을 텐데, 왜 갑자기 정신병자가 되었을까?"

재성 씨가 말을 이었다.

"자네는 지난 오월, 성당으로 찾아와 도움을 요청한 십 대여성의 낙태를 도왔지. 왜 처음 본 임신한 여자가, 엄마가 아닌 가수가 되고 싶어 한다는 이유만으로 그녀의 낙태를 도운 걸까."

신부님의 얼굴에 핏기가 없었다.

"자네는 이 아름다운 노래를 부른 여자에 대해서 어떻게 생각하지?"

"……타고난 소프라노셨습니다. 저를 낳기 전의 어머니는요."

주저앉는 신부님의 흰 사제복이 엉망으로 펼쳐지며 구겨졌다.

재성 씨가 서류를 넘기면서 말했다.

"진실은 언제 알게 되었나?"

"저는……. 신학교 재학 중에 암이 악화된 아버지, 아니 할아버지께서, 돌아가시기 전 절 원망하시며 돌아가셔서, 사실을 알게 되었습니다. 신앙을 이유로 낙태를 거부한 어머니의 심신에 무리가 가더라도 강제로 수술했어야 했다며, 제가 남에게 해를 끼치는 존재라고 하시더군요.

어머니는 사랑스러운 분이었습니다. 늘 가라앉은 분위기의 집에서 언제나 낮게 자장가를 불러주셨습니다. 제가 노래를 좀 더 크게 불러달라고 하면, 어머니는 부끄러워하시면서 고개를 저으셨지요.

그 사람이 내 노래는 형편없대. 내 노래 부르는 입모양이나, 노래에 취한 표정이 못났대. 내가 연습하는 소리가 흉하대. 난 못생기고 재능이 없어. 내 노래는 끔찍해. 난 못생겼으니까. 그 사람이 아니면 아무도 날 사랑해주지 않을 거야.

어머니께서 늘 중얼거리던 말은 나중에서야 알게 되었지만, 십 대의 어머니를 납치해 반년 가까이 감금했던 아버지가 어머니에게 늘 하던 말이었습니다.

아니야. 사랑스러운 분. 그렇지 않아. 나는 천 번이라도 만 번이라도 부정할 수 있어.

당신은, 당신의 노래는 아름답다고.

내 소망은 죽어 천국에 가는 것. 그래서 당신을 만나면, 당신의 곁에서 당신의 노래에 영원히 찬사를 바치는 관객이 되겠다고."

"자네 말대로네. 자네 어머니는 노래마저 아름답더군."

"그렇죠?"

신부님의 젖은 얼굴에 웃음이 돌았다. 신부님은 자랑스러운 듯 유튜브 재생 버튼을 다시 눌렀다.

"그렇게 빛도 이름도 없이 생을 마칠 분이 아니셨어요. 어머니께는 다른 인생이 있었어야 했습니다."

"자네 말이 맞아. 자네만 없었다면 자네 어머니도 자신의 삶이 있었겠지."

아. 신부님이 신음했다. 맞아. 당신은 당신에게 주어진, 당신이 길러온 날개를 전부 펼쳤어야 했는데. 나는 당신의 날개를 자르는 칼이었던가? 당신의 뼈와 살을 파먹어 태어나 당신을 끌어내리는 족쇄였던가? 아무리 생각해도 대답을 할 수가 없어. 대답하고 싶지가 않아서.

"사랑스러운 분이었습니다. 누구보다도 재능이 있는 분이셨어요. 의원님 말씀대로 열일곱 살의 나이에 그리 노래할 수 있다는 건, 연습 외에는 자신의 생활이 전혀 없었다는 겁니다. 모든 갈채와 찬사는 어머니의 것이어야 했습니다. 그러니 제가 세상에 드러나, 그것을 빼앗을 생각은 없었습니다."

"자네는 자네 모친의 인생을 이미 빼앗았으니까."

신부님의 얼굴에서 핏기가 사라졌다.

"사실, 자네 어머니의 인생을 전부 망친 건 누굴까? 그 와중에 낙태까지 방조했다라. 자네도 얻은 게 있지 않나?"

"제가 얻은 건, 아무것도."

"아니지. 자네의 조부 말대로, 태어나서 다른 사람에게 해만

302

끼치는 사람이 누구지? 자네는 이제 그 질문에 대답할 필요가 없다고 생각하고 있지 않나?"

신부님이 말을 잃었다.

"가톨릭 신자 어느 누구도, 낙태를 도운 사제의 손에서 성체를 나누어 받길 원하지 않을 걸세. 이 사실이 대한민국의 신자들에게 알려지면 어떻게 될 것 같나? 자네는 조부모와 어머니를 망친 데 이어, 제 콤플렉스를 해소하고자 자네가 의탁한 가톨릭까지 부수려는 뻐꾸기 새끼일 뿐. 대체, 태어나지 말았어야 할 아기는 누구인가."

신부님이 재성 씨를 올려다보았다.

"저는, 해를 끼칠 의도가, 제가 어떻게 해야······."

"나는 자네의 종교를 믿지 않네. 하지만,"

재성 씨가 식탁 위에 놓여 있던 성경을 펼쳐 들었다.

"가톨릭 성서는 구약 시편 90절 3장. 이 구절이 좋더군."

신부님이 멍하니 있었다. 곧 신부님의 입술이 떨리며 열렸다.

"구약 시편 90절 3장. 사람을 먼지로 돌아가게 하시며 '사람아, 돌아가라.' 하시오니."

신부님이 일어섰다.

"세상은 너무나 아름답습니다. 햇빛과 바람과, 연약한 꽃잎

한 장과 호수의 일렁이는 물결에도, 저는 그분의 손길과 축복을 느낍니다. 그분이 부러진 풀잎 하나도 잊지 않으신다는 것을 알고 있습니다. 제게도 여러 가지 일들이 있었지만, 태어나서 마흔 가까이 삶을 누린 것은 감사한 일입니다. 다른 사람들의 무수한 호의와 보이지 않는 배려 속에서 제가 지금까지 무사히 살아왔다는 것도 압니다.

그런 제가 제도 안에 속하지 못하는 생명이라고, 그 모체가 미성년이고 장애아의 가능성이 있다는 이유로 아기를 죽여도 되는가? 누군가 백 번을 묻는다고 해도 아닙니다. 제겐 권리가 없습니다. 그렇지만 임신한 이가 원하지 않음에도 그의 몸을 먹고 자라나는 아기가, 그의 인생과 꿈을 빼앗아도 되는가? 아니요. 부당합니다. 누군가 백 번을 묻는다고 해도 저는 부당하다 답할 것입니다. 그리하여 제가 지옥에 간다 해도 할 말이 없고, 벌을 받아야 한다면 무엇도 거절하지 못할 겁니다. 그러나 모든 것이 제 어리석음에서 비롯한 결정이라 해도, 제가 틀렸다는 확신이 없었습니다. 제가 감히 짐작도 못할 그분의 아득한 섭리와 계획 속에서, 저는 그저 죄만을 짓고 있는 것이라 해도, 제가 틀렸다는 확신이……

그러나, 아기를 해하지 않는 다른 방법이 있었을지도 모릅니다. 그 아기는 저와 달리 세상에 빛을 더했을 수도 있는데, 저는 제 출생에 갇혀 다른 방법을 생각하지 못하고, 아니 생각하지 않고……. 선하신 주님께서 의원님을 보내시어 제 모자람을 깨닫게 해주셨습니다. 주님께도, 의원님께도 감사드립니다."

신부님이 재성 씨에게 깊게 고개를 숙이고 절했다. 그리고는 재성 씨가 열어둔 싱크대에서 과도를 빼어 나갔다. 홀린 듯 걷는 신부님의 흰 사제복이 바닥에 길게 끌려 나갔다.

나는 태블릿을 크로스백에 넣고 택시에서 내리자마자 뒹굴고 구르며 신부님께 뛰어갔다. 신부님은 텅 빈 주차장에 있었다.

신부님이 품에서 꺼낸 십자가에 입을 맞추고, 조심스럽게 천으로 싸서 벽에 기대 놓은 후 주저앉아 과도를 쥐려고 했다. 그러나 과도를 쥐자마자 손가락이 풀리며 과도가 미끄러졌다. 신부님은 오른손을 주무르고 다시 과도를 쥐려고 애썼다. 신부님은 손바닥을 베이면서도 피에 미끄러지는 과도를 사제복에 닦아내고는 계속 고쳐 쥐려고 했다.

"신부님."

신부님이 나를 보았다. 나는 눈이 텅 비었다는 말이 무슨 뜻인지 알았다.

자극해선 안 돼. 평상시랑 똑같이 보여야 해. 나는 떨리는 입술을 깨물었다.

"신부님. 계란말이를 다 만들었어요. 오늘은 일요미식회가 있는 날이잖아요? 손에 쥔 그거 저한테 주세요. 우리 다 함께, 저녁을 먹어요. 계란말이는 아주 맛있을 거예요."

목소리가 떨려 나오고 눈앞이 흐릿해졌다. 안 돼. 들키면 어떡해.

신부님의 손이 내 뺨을 닦아냈다. 당신은 자신이 무얼 하고 있는지도 모르는 얼굴이었다. 누군가가 울면 당신은 숨 쉬듯 눈물을 닦아주었나 보았다.

과도는 신부님의 무릎 위에 놓여 있었다.

나는 과도를 잡아채자마자 내던졌다. 쨍강. 과도가 땅에 떨어지는 소리가 나자마자, 신부님의 눈빛이 변했다. 신부님이 나를 밀치고 뛰어나갔다.

"신부님!"

내가 사제복 자락을 잡아 넘어진 신부님이 피를 흘리며 과도를 향해 기어갔다.

"제발 그러지 마세요. 그만두시라구요."

신부님의 몸을 끌어안자 신부님이 버둥거리며 과도를 향해 손을 내밀었다.

"사제를 도와주는 기회를 외면하긴 어렵지."

재성 씨가 발끝으로 과도를 밀었다. 나는 손에 닿는 과도를 집으려는 신부님을 당겨 안았다.

"비포. 왜 쓸데없는 짓을 하지."

재성 씨의 목소리와 함께, 나는 내던져졌다.

머리가 땅에 부딪치며 눈앞이 번쩍했다. 재성 씨가 날 차려는지 다리를 들었다. 입술을 악다물었다. 맞기는 했는데 뭔가 충격이 둔했다.

퍽, 퍽, 구두 끝으로 걷어차이는 충격이 신부님의 몸을 통해 전해졌다. 날 껴안고 있던 신부님이 고통에 찬 신음 소리를 냈다. 체중을 실어 밟는 듯한 충격이 온 순간 신부님의 팔이 풀어지며 축 늘어졌다.

"신부님!"

신부님은 이미 의식이 없었다. 하얀 사제복이 아무렇게나 펼쳐져 피와 뒤섞였다.

"비키렴."

재성 씨는 다크블루 셔츠의 소맷부리에 튄 핏자국을 보고 눈살을 찌푸렸다. 그리고 커프스링크를 조정해서 핏자국을 가렸다.

"비포, 비키려무나."

등이 식은땀으로 젖어 옷이 달라붙었다.

"저것은 직업이 특수하고 사람을 피해 다녀 일이 쉽지 않았지. 어차피 없앨 거였지만, 네가 아니었다면 좀 더 번거로웠을 거야."

재성 씨가 커프스링크를 풀어 바닥에 떨어뜨리고 팔 근육을 드러내며 몸을 일으켰다. 재성 씨가 나와 신부님을 번갈아 훑어보았다. 주름 하나 없는 매끈한 눈매. 재성 씨가 웃음을 보이자, 희고 가지런한 이들이 드러났다.

눈앞이 번쩍했다. 나는 땅바닥에 부딪치고서야, 내가 목을 쥐어 내동댕이쳐졌다는 걸 알았다. 녹뼈가 끊어진 것 같고 눈앞이 번쩍거렸다. 나는 목을 움켜쥐고 주무르며, 질질 흐르는 침을 느끼면서 눈을 계속 깜박거렸다. 그러자 불이 들어오듯 눈앞이 탁 켜졌다.

무표정한 얼굴의 재성 씨가 정신을 잃은 신부님을 내려다보고 있었다. 신부님의 아무렇게나 잘린 새치 섞인 머리칼을 들여다보던 재성 씨는 이해할 수 없다는 표정이었다. 재성 씨는 과도를 신부님의 손이 닿는 쪽으로 밀고는 신부님 앞에 주저앉았다. 재성 씨는 신부님의 손을 잡아 거스러미가 일어나고 흉터투성이인 손끝을 들여다보았다. 재성 씨가 입술을 악다물더니, 신부님의 목을 쥐어 조르기 시작했다. 신부님의 윤기 없는 머리칼이 재성 씨의 아름다운 손 위에서 흔들렸다. 나는 뒹굴고 구르면서 기어가 재성 씨의 다리를 깨물었다. 재성 씨가 날 내려다보았다.

쯧, 하고 재성 씨가 혀를 차며 손을 거두어들였다. 뺨이 불타고 눈앞에 별들이 타다닥 튀었다. 머리가 팽팽 돌고 사이렌 소리 같은 게 웅웅 울렸다. 재성 씨가 흐트러진 바짓단을 보고는 눈살을 찌푸리며 옷을 추슬렀다. 그 사이에 나는 몸을 굴려 신부님을 흔들었다. 말이 나오지 않고 히끅히끅 이상한 소리만 나왔다. 따뜻했다. 숨 쉬고 있어. 그러니까 괜찮아. 눈물 때문에 얼굴이 따가웠다. 바짓단을 정리한 재성 씨가 혀를 차며 말했다.

"비포……. 넌 어려서 잘 모르는구나."

재성 씨가 말을 이었다.

"저것은 대한민국의 여성들을 하나하나 망가뜨리고 있단다. 본디 세상에 없었어야 할 저것이 제 분수를 자각하고 결정을 내렸다면 방해해서야 되겠니?"

"신부님을, 어떻게 하실 건데요."

"나는 아무것도 하지 않아. 저것이 저런 꼴이긴 해도 신학교를 통과하고 서품을 받은 몸. 저것의 자유의지를 내가 간섭할 수 있을 리 없지 않으냐."

재성 씨가 말을 이었다.

"그래……, 저것이 네게 어떻게 굴었는지 짐작은 간다. 저것의 직업상 어려운 일도 아니야. 그러나, 저것에게 홀려선 안 돼. 저것은 힘도 돈도 없단다. 가정도 없이 교구의 명령에 따라 일생을 떠도는 몸. 널 보호해줄 수도 없고 그래서도 안 될 것이다. 너는 저것을 일주일 남짓 보았지 않으냐. 저것의 그 잠깐의 말과 행동에 홀려 날 배신할 셈이냐?"

재성 씨가 말했다.

"너의 그 몸으로 대한민국에서 살 수 있을 것 같으냐? 아무도 너와 친구가 되지 않고, 아무도 널 사랑하지 않을 거야. 너는 보육원을 떠돌며 희미한 호의와 돌봄을 찾아 평생을 두리번거리게 될 거다. 그리고 내 말을 듣지 않은 것을 남은 인생

내내 후회하게 될 거야.

나는 네가 바라던 모든 것을 줄 수 있어. 네 모든 걸 다 바꾸어줄 수 있어. 나는 너에게 맞는 화장과 헤어를 배우게 해줄 거야. 지금 돌아가면, 널 위한 다이어트 주사와 피부와 화장을 신경 써줄 전문 관리사들이 대기하고 있을 거다. 너만을 위한 사치가 기다리고 있는 거야. 계속 지금처럼 살 수는 없지 않니. 뚱뚱한 여자란 대한민국에서 얼굴이 없는 시체와 같아. 누구나 피하고, 어디에서도 환영 받지 못할 거다. 자, 저 문을 열고 나가면 돼. 어려울 건 없어. 넌 변해야 사랑받는단다."

"알아요."

사랑받으려면 변해야 한다는 것을 알고 있다. 살을 빼고 성형을 하고 최신의 화장을 익히고 어울리는 헤어와 옷차림을 해야 한다는 것을 알아. 재성 씨 말이 맞아. 다 바꾸어야 해. 그래야 사랑받을 수 있어.

하지만, 신부님. 당신의 자장 안에서는 나는 변해야 할 비포가 아니어서. 당신이 날 보는 눈빛이면, 쉼 없이 날 부정하는 고된 노동을 잊게 돼. 당신이 날 그렇게 보니 내게도 아름다운 부분이 있다고 생각하게 돼. 내가 모르는, 당신이 발견한 내 좋은 점들을 나도 찾아내려고 거울을 들여다보게 돼. 아주 조금씩, 내가 아름답게 느껴져.

그래서. 이렇게 되었어.

"저도 변하고 싶어요. 제 살을 모두 없애버리고 싶어요. 하지만, 전 이미 변해버렸어요."

나는 신부님의 폰에 설치된 카메라 영상을 유튜브에 연결했다.

"비포. 지금 뭘 한 거냐."

"지금 촬영된 동영상을 유튜브에 연결했어요. 재성 씨가 신부님에게 한 모든 이야기들은 인터넷을 하는 사람이라면 전부 볼 수 있을 거예요."

"뭐라고?"

재성 씨가 내게서 폰을 빼앗았다.

재성 씨는 유튜브에 업로드된 영상들을 보고, 날 보았다. 재성 씨의 방송을 셀 수 없이 많이 보았지만 저런 표정의 재성 씨는 처음 본다. 나는 와들와들 떨리는 다리로 뒷걸음질도 치지 못했다. 입술을 사려 문 재성 씨가 날 내려치려는 순간 위잉 위잉, 경찰차 소리가 났다. 재성 씨가 뒤를 돌아보았다. 차에서 내린 경찰들이 뛰어 들어와 말했다.

"장재성 의원님, 청소년보호법 위반 혐의로 당신을 체포합니

다. 불법 촬영물 소지 및 유포와 청소년 성매매를 알선한 혐의
가 있으며……."

'꼽진성의 산실'에서 불법 촬영 영상을 본 언니들이 경찰에
신고한 모양이었다. 경찰들을 보고 내게서 물러난 재성 씨가
그들을 향해 섰다. 자네들도 잘 알 거야. 이제 자네들 인생은
끝난 거네. 재성 씨가 웃음을 보이며 스스로 경찰차에 올랐다.

경찰 중 누군가가 119를 불렀는지 곧 구급차가 왔다. 구급
차 대원들이 신부님을 들것에 실었다. 나는 조사를 받고 나서
성당에 전화해, 신부님이 입원한 병원을 알아내어 찾아갔다.

병원에 입원한 신부님은 심각한 외상은 없었으나 의식불명
상태라고 했다. 아저씨는 신부님의 병실 앞을 왔다 갔다 하다
가, 날 보더니 별말 없이 병실로 들여보내주었다.

신부님은 의식 없이 침대에 누워 있었다. 모든 것이 멈춘 듯
한 적막이 심장을 조이는 것 같아.

나는 병실에 있는 TV를 켰다. 신부님이 깰까 봐 소리는 가
장 작게 줄인 채였다.

뉴스에서는 8월 15일 대축일미사의 취소 소식이 나왔다. 낙
태 관련 단체들은 신부님을 옹호하는 외국 발 탄원서는 전부

가짜이며, 신부님을 국외로 추방해야 한다는 기자회견을 하고 있었다. 나는 채널을 돌렸다. 신부님이 동영상을 정교하게 위장했다며 감탄하는 패널들의 인터뷰가 나왔다. 그 아래로 시아 언니가 의식을 되찾았다는 속보가 자막으로 지나갔다. 다행이라는 생각 외엔 더 이상 아무것도 떠오르지 않았다.

　나는 채널을 돌렸다. 또 신부님 얘기잖아. 팔구십쯤 되었을 남자 노인이 말하고 있었다.

　"맞습니다. 그 신부는 보좌신부 때부터 제멋대로였지요. 신부의 축일 때마다 신자들이 음식을 장만해 교우들에게 나눠주며 축하하는 관례가 있는데, 그 신부는 관례를 다 없애고 수백 개의 커피 잔들도 다 내다버리고 종이컵을 박스로 사오더란 말씀입니다. 남성 신자들이 환경을 생각하라라며 항의하자 설거지하는 신자들은 누구냐고 물어보고는, 남성 신자들이 말을 못하니 자신은 애가 없는 신부라 후세를 생각 안 한다나. 갓 마흔도 안 된 어린 신부가 사목 위원 말도 무시해가며 축하 잔치를 없애고, 원로파도 망신을 주고, 늘 그딴 식이니 무슨 짓을 벌였어도 이상하지 않습니다."

　뒤이어 쉰 살 정도 된 아주머니가 말하고 있었다.

　"아니요······. 한 신부님은, 그분은, 왜 여태껏 참다가 이혼하려 하느냐, 다른 누군가—남자—가 생겼느냐, 그렇게 묻지 않으셨어요. 그냥, 제가 말과 울음을 그칠 때까지 들어주셨어요. 제가 멍청하다는 말은 하지 말라고 하셨어요. 누구든 그 상황 안에 있는 사람이면 하루하루 견디느라 다른 생각을 못하게 된다고, 신부님 당신이 같은 처지였어도 저와 다르게 행동하지 않았을 거라고……. 저는 그분이 감옥에 가시더라도 너무 길게 계시지 않길 바라고…….”

화면이 바뀌면서 시위대가 나왔다. 나는 채널을 돌리다가 동물 다큐에 멈춰두었다.

아저씨가 소리 없이 병실로 들어왔다. 아저씨는 의식 없는 신부님을 내려다보고는, 담뱃갑을 구겼다가 부서져 떨어지는 담배 속을 갑째 쓰레기통에 넣었다. 그리고 아저씨는 신부님의 거취에 대해 전망하는 뉴스가 나오는 TV를 껐다.

“뉴스, 보셔야 하는 거 아니에요?”

“이미 본 거야. 얘는 아마 각종 확인과 절차를 거쳐 파문될 확률이 높아. 그러니까 가톨릭에서 얘를 내버린다는 거지.”

아저씨가 신부님의 손을 잡아 주사 스티커를 고쳐주면서 말했다.

"말도 안 돼요."

"말도 안 되긴. 몸담은 조직의 룰을 어겼잖아. 낙태 방조로 파문이라니, 내 와인 값 어쩔 거야. 3개월 할부로 할걸."

"앞으로 신부님은 어떻게 되는 거죠."

"뭘 어떻게 돼. 불교 국가로 이민 가는 거지. 난 팟타이가 맛있더라고."

"파문이 그렇게 간단한 건 아니잖아요."

"누가 간단하대? 지금 파문이 문제가 아니야. 가톨릭이야 애 목숨을 빼앗으려 들지는 않지만 장 의원은 사정이 다르거든. 지금 애한테 무고죄, 합성영상물 유포죄 등으로 열 개 넘는 고소가 들어와 있어. 나도 비슷한 개수의 소송이 걸려 있고. 장 의원에 따르면 애는 장 의원의 집에서 살던 베트남 애를 중환자실 입원 중에 텔레파시로 임신시킨 후 낙태를 사주했다는 건데, 나도 물론 그 합리적인 추론에 동의해. 그 베트남 애가 입국하려다 들어오지 못하게 된 것도 지금 병원에 누워 있는 애의 텔레파시가 작용했을 거야."

아저씨가 말을 이었다.

"언론은 색다르고 싱싱한 재료가 들어오니까 정신없이 요리해 먹고 있는데 아마 애 다음에 손질될 재료는 나일 거야. 그

리고 너겠지. 중2가 신학교에 갇혀서 반쯤 맛이 갔던데 개한
테 내게 날아온 소장을 자랑하면 학교 문을 부술 것 같아서
그냥 같이 기도하자고만 하고 돌아왔지. 참, 두통약을 먹고 나
니 기도가 필요 없게 느껴지긴 하던데. 제약 회사는 파문 안
하나?"

"우린 이제 어떻게 하죠."

"장 의원 측에서, 어떤 증언도 하지 않고 한국을 떠난다면
모든 고소를 취하해주겠대. 물론 나도 소송에 응한 후 육십
년 뒤에 백발성성한 머리로 '그래도 내가 이겼어.'라고 V자를
그려 보이고 싶지만 그 포즈는 유행도 지났고. 그래서 말인데
캐나다 이민 어떻게 생각하니?"

나는 의식이 없는 창백한 신부님을 내려다보았다. 이민은
무슨. 그냥 도망가는 거잖아. 아무런 해명도 없이. 이대로 추
문 속에 갇혀서.

"아무런 해명 없이 그냥 떠나면 사람들이 신부님을 오해할
텐데요."

"오해되는 사람 속에 나도 포함되어 있다는 걸 일깨워주고
싶군. 모두가 잊고 있지만 나도 사회적 지위와 명예란 게 있다
고. 캐나다 밴쿠버 어때?"

나는 아무 말도 하지 않았다. 어떻게 신부님을 해명해드리면 되지?

아저씨가 말을 이었다.

"장 의원과 맞서 싸운다고 아무도 칭찬해주지 않아. 간신히 이긴다고 해도, 몇 초도, 아니 찰나조차 아닌 승리일 거야. 장 의원은 절대로 죽지 않아. 넌 끝없이 되살아나는 좀비를 몇 만 번씩 이길 수 있을 것 같아? 좀비를 도끼로 때려눕히고 카메라를 돌아보며 씩 웃는 엔딩이 될 것 같니? 너랑 나는 주인공이 아니라 도끼 옆에 있는 수건걸이라니까?"

아저씨가 말했다.

"나는 지금 덜덜 떨리는 손발을 누르며 말하는 거야. 장 의원이 여론을 의식해 매혹적인 포즈를 취할 때 우린 허겁지겁 도망가는 게 이기는 거라고."

알아. 재성 씨가 어떤 사람인지. 그렇지만…… 이대로라면 재성 씨가 대통령이 될 거야.

"우리가 도망가면 대한민국 다음 대통령은 재성 씨잖아요."

"뭐 나한테 축하 화환을 보내달라고 하진 않겠지. 밴쿠버에서 대통령 수락 연설을 보며 우리가 한국 국적이 아니라는데 기쁨의 눈물을 줄줄 흘리자고. 밴쿠버 아니면 시드니는 어때?

호주 햄버거가 맛있다던데."

"재성 씨가 대통령이 되는 게 좋다고 생각하세요?"

"좋지. 결론은 우린 초고속으로 도주해야 돼."

아저씨가 폰으로 호주 맛집을 검색하기 시작했다. 정말 제멋대로다. 한숨이 나왔다.

"아저씨도 아시잖아요. 재성 씨가 대통령이 되면 대한민국이 어떻게 될지."

"알지. 그러니 빨리 이 구멍 난 대한민국에서 뛰어내리자니까? 구명정이 없다는 사소한 문제가 있지만 내 의사 면허에 바람을 넣으면 어떻게든 호주 바다 위에 뜰 수 있을 거야."

아저씨가 호주 미식가 블로그를 보여주었다.

"호주 햄버거에 육즙이 많다는데?"

"재성 씨가 대한민국 대통령이 되는 걸 막아야 돼요."

"뭐라고? 난 옛날부터 히어로 영화를 싫어해. 보통 흑인은 금발머리 백인 옆에서 오렌지 수레를 부수며 나가떨어지더라고. 근데 대한민국에선 까만 머리 미국인을 빼면 다 비슷한 결말로 가게 되어 있어. 너도 그러고 싶니? 난 아니야."

"아저씨가 도와주지 않으셔도 전 재성 씨를 막을 거예요. 제가 증인이니까요."

"꼬맹아. 좋아. 아주 망상에 가득 찬 전망을 해보자고."

아저씨가 한숨을 쉬었다.

"몇 십 년을 걸려 우리가 이긴다고 치자. 일억 분의 일 확률
로 장 의원이 대한민국 대통령이 못될 수도 있다고 치자고. 우
린 상처뿐이고 영광 따윈 없을 거야. 잰 극도로 운이 좋아봐
야 쇠락해가는 시골 성당에서 아무도 듣지 않을 성가나 부르
고 있겠지. 나는 그 옆 보건소에서 퍼즐 맞추기를 하고 있을
테고. 넌 대한민국에서 장 의원이 언론을 통해 내놓는 온갖
추문을 끝없이 해명하는 여자로 살다 어떤 소득도 빛도 없이
늙어 죽게 될 거야. 그걸 원하니?"

"……다른 미래가 있을 거예요. 신부님은 사람들이 넘치는
성당에서 성가를 부르실 테고, 아저씨는 바쁜 병원 스케줄
을 틈타 새 동료들과 함께 신부님의 노래를 들으실 테고, 저는
……. 작가가 될 거예요."

"아름다운 말이네. 난 아름다운 말은 일단 의심하는 사람이
야."

아저씨가 창밖을 내다보고는, 병원 앞을 메운 경찰과 기자
들을 보곤 커튼을 쳤다. 그리고 신부님을 내려다본 다음, 폰을
열어 로펌이며 변호사라는 긴 통화 목록을 확인했다. 병실 문

을 연 아저씨가 몸을 돌려 날 보며 말했다.

"꼬맹아. 다른 건 됐고 삼시세끼 잘 챙겨 먹자고."

아저씨가 한숨을 쉬며 말을 이었다.

"대한민국이라는 이 지옥에서 살아남아야 돼."

아저씨가 폰을 고쳐 쥐며 문을 나섰다.

아저씨가 나가고 난 병실 안은 링거액이 똑똑 떨어지는 소리가 들리는 착각이 들 정도로 조용했다. 나는 의식 없는 신부님을 내려다보았다. 얼굴부터 손이며 손목까지, 드러난 하얀 피부는 모두 멍과 상처가 번져 있었다.

당신이 깨면 뭐라고 날 변명하지. 그렇지만, 도망치지 말자. 도망치면 안 돼.

나는 벽에 기대어진 접이식 의자를 가져왔다. 낑낑대며 펴니 의외로 앉는 자리가 널찍해, 의자에 앉았다.

신부님이 깨면 어떻게 하지 걱정하며 물수건으로 신부님의 마른 입술을 축여주자, 붓고 멍든 눈꺼풀이 천천히 열렸다.

나는 신부님을 똑바로 볼 수가 없었다. 날 파렴치하다, 뻔뻔하다고 생각하는 것 아닐까. 당신은 내게 무슨 말을 할까. 날 이 진창으로 밀어 넣은 게 너라고. 내 믿음과 행동에 너는 상상치 못한 기만과 배신으로 답했다고. 내 몸의 멍과 핏자국의 이유가 바로 너라고.

나는 떨리는 손을 다른 손으로 눌렀다. 떨림이 멎지 않았다.

그리고 신부님의 피멍이 든 입술이 열리는 소리가 났다.

"굿모닝."

나는 멍하니 있었다. 나는 고개를 들어, 신부님을 보았다. 멍들고 부은 눈꺼풀 안의 눈빛은 예전과 다르지 않아. 당신은 어떻게 여전히, 그렇게 날 볼 수가 있지.

코와 눈꺼풀 안쪽이 뜨거워졌다. 나는 일그러지는 내 얼굴을 어쩌지 못하며, 간신히 대답했다.

"······굿, 모닝."

신부님 특유의 웃음소리가 났다.

"좋아하는 책은?"

"인어공주, 요."

링거줄이 엉킨 손이 올라와 내 눈가를 닦아주었다.

"결말이 마음에 들지 않아서, 제가 다시 쓰고 있어요."

가져간 물기가 무거웠는지 손이 툭 떨어졌다. 그 손을 껴안자, 신부님이 날 보았다. 따스한 바닷물 같은 그 눈빛.

오랫동안 무언가를 찾아 헤맸어. 무언가를 내 빈 곳에 부어

넣어 채우려고, 가장 쉽게 손에 넣을 수 있는 과자와 초콜릿들을 먹으면 텅 빈 허기가 잠시라도 채워지는 것 같아서.

그런데. 당신의 눈빛 속에서는, 입안에서 쇠 맛이 나는 자기혐오가 사라져.

"물거품으로 사라지게 두지 않아. 저는 해피엔딩을 쓸 거예요."

이젠 배가 고프지 않아.